HERDEIROS DA
PAIXÃO

Editora Appris Ltda.
1.ª Edição - Copyright© 2023 do autor
Direitos de Edição Reservados à Editora Appris Ltda.

Nenhuma parte desta obra poderá ser utilizada indevidamente, sem estar de acordo com a Lei nº 9.610/98. Se incorreções forem encontradas, serão de exclusiva responsabilidade de seus organizadores. Foi realizado o Depósito Legal na Fundação Biblioteca Nacional, de acordo com as Leis nºs 10.994, de 14/12/2004, e 12.192, de 14/01/2010.

Catalogação na Fonte
Elaborado por: Josefina A. S. Guedes
Bibliotecária CRB 9/870

P381h 2023	Pelá, Hélio Herdeiros da paixão / Hélio Pelá. – 1. ed. – Curitiba : Appris, 2023. 230 p. ; 23 cm. ISBN 978-65-250-5071-3 1. Ficção brasileira. 2. Periferia. 3. Pobreza. I. Título. CDD – B869.3

Editora e Livraria Appris Ltda.
Av. Manoel Ribas, 2265 – Mercês
Curitiba/PR – CEP: 80810-002
Tel. (41) 3156 - 4731
www.editoraappris.com.br

Printed in Brazil
Impresso no Brasil

Hélio Pelá

HERDEIROS DA
PAIXÃO

FICHA TÉCNICA

EDITORIAL	Augusto Coelho
	Sara C. de Andrade Coelho
COMITÊ EDITORIAL	Marli Caetano
	Andréa Barbosa Gouveia (UFPR)
	Jacques de Lima Ferreira (UP)
	Marilda Aparecida Behrens (PUCPR)
	Ana El Achkar (UNIVERSO/RJ)
	Conrado Moreira Mendes (PUC-MG)
	Eliete Correia dos Santos (UEPB)
	Fabiano Santos (UERJ/IESP)
	Francinete Fernandes de Sousa (UEPB)
	Francisco Carlos Duarte (PUCPR)
	Francisco de Assis (Fiam-Faam, SP, Brasil)
	Juliana Reichert Assunção Tonelli (UEL)
	Maria Aparecida Barbosa (USP)
	Maria Helena Zamora (PUC-Rio)
	Maria Margarida de Andrade (Umack)
	Roque Ismael da Costa Güllich (UFFS)
	Toni Reis (UFPR)
	Valdomiro de Oliveira (UFPR)
	Valério Brusamolin (IFPR)
SUPERVISOR DA PRODUÇÃO	Renata Cristina Lopes Miccelli
ASSESSORIA EDITORIAL	Nicolas da Silva Alves
REVISÃO	Simone Ceré
PRODUÇÃO EDITORIAL	Sabrina Costa da Silva
DIAGRAMAÇÃO	Renata Cristina Lopes Miccelli
CAPA	Eneo Lage

A arte é a expressão da alma do artista; meus filhos são também minha arte.

Dedico, portanto, a eles esta obra:

Claudia Regina

Hérica Karina

Júlio Wenvil

Wilker Fernando (In Memoriam).

SUMÁRIO

PRÓLOGO 9

CAPÍTULO PRIMEIRO
VIDAS INGLÓRIAS 16

CAPÍTULO SEGUNDO
GERAÇÃO VIOLÊNCIA 37

CAPÍTULO TERCEIRO
MARCADOS PELO DESTINO 55

CAPÍTULO QUARTO
MARCAS IRREVERSÍVEIS 87

CAPÍTULO QUINTO
UNIVERSIDADE DA VIDA 117

CAPÍTULO SEXTO
TRÊS ALMAS: UM DESTINO 168

Paixão, emoção carregada de sentimentos. Amor ardente, martírio.

Um sentimento cego, ensurdecido, duradouro, uma herança obscura, emudecida, instalada na alma: gera a insensatez e se alimenta do ciúme, amor e ódio, carrega-se de ambição, avareza e fanatismo, busca a vingança, causa despeito, instala o confronto, que muitas vezes leva à morte prematura.

PRÓLOGO

— Vem, Rose, vem conhecer minha mãe, ela está chegando. Lá está ela e minha tia. Não repara, minha mãe às vezes se porta de uma forma estranha, mas é devido a sua timidez, prefere não falar.

A verdade não seria bem essa, mas o momento não era propício, não convinha dizer de sua origem humilde, ou entrar em detalhes sobre a sua família. Estava muito feliz para lembrar de coisas desagradáveis.

As duas senhoras desceram do carro e caminhavam juntas uma amparando a outra, atravessavam lentamente o extenso gramado do Campus da Universidade de Campinas, vieram assistir à colação de grau do filho mais novo, o Preto. Era um apelido de infância, só em família o tratavam assim. Quem começou a chamá-lo por esse apelido foi o irmão mais velho, o José Antônio; seu nome na realidade era Pedro. O único da família que conseguiu um diploma universitário.

Pedro correu em direção à mãe, puxando Rose pela mão, quase a arrastando, ela não estava tão à vontade naquela roupa repleta de detalhes e brilhos, roupa de festa não permite os mesmos movimentos das roupas usadas no dia a dia. Acercaram-se das duas senhoras aos risos, pareciam explodir de felicidade. Também não era para menos: não é sempre que se conclui um curso tão importante, foram cinco anos muito difíceis, suou para alcançar aquele objetivo, houve muito sacrifício, muitas horas de estudo e dedicação. Cinco anos até se formar, agora seriam somente mais dois anos de residência, iria se especializar em pediatria: adorava crianças.

— Mamãe?... Cléo! esta é a Rose, de quem já lhes falei, quero aproveitar a oportunidade para informá-las que estamos namorando.

As duas parecem ter levado um choque ao verem aquele casal que corria em direção a elas, apesar da felicidade do ato e do momento, aquelas duas figuras jovens e bonitas conseguiram trazer de volta velhas e amargas lembranças. Dona Leonice apresentou um tremor momentâneo. Não responderam de imediato, não conseguiam articular as palavras, ficaram olhando-os profundamente, a moça sentiu até um mal-estar, aqueles olhares penetrantes pareciam penetrar seu íntimo. Passado o primeiro impacto, a tensão foi se serenando, a velha senhora segurou delicadamente a mão da moça, permaneceu mais algum tempo segurando-a, olhavam-na como se a conhecessem há muito tempo. Foi justamente a garota quem reagiu; sentia-se constrangida e, de forma um pouco inibida, quebrou aquela emoção instantânea, comentando:

— Acho que não agradei o suficiente.

— Não!... desculpa, não é o que pensa. Acredita, você se parece tanto com uma pessoa que nos foi muito próxima, até o nome é o mesmo, você não pode imaginar quantas recordações me vieram na memória ao vê-los surgir correndo. Coisas tão antigas, porém tão presentes em nossas lembranças. A vida nos reserva muitas surpresas, essas coisas às vezes acontecem exatamente para não nos deixar esquecer. É isso, minha filha, tudo que agrada meus filhos é do meu agrado, você me agradou muito. Abraçou-a forte, uma lágrima desceu pelo rosto, contornando as rugas que marcavam aquele semblante cansado.

— Estão na mesma classe? A tia fez a pergunta novamente querendo quebrar a emoção que se instalava.

— Sim... estivemos na mesma classe, só que vamos seguir especialidades diferentes, o Pedro quer ser pediatra e eu vou ser ginecologista.

— Que bom! É muito bom mesmo.

Voltaram a caminhar, agora juntos em direção ao auditório da universidade onde seria a entrega dos diplomas e também onde prestariam as homenagens aos novos formandos.

O jovem casal a todo momento era festejado por amigos, conhecidos que os paravam para cumprimentar ou fazer alguma brincadeira de moços, com isso foram ficando para trás. As duas irmãs compreendiam e se adiantaram sozinhas.

Quando conseguiram ficar a sós, os dois enamorados se esconderam atrás de uma árvore, trocaram um longo e apaixonado beijo. Ela o afastou e perguntou:

— Pedro... qual é o mistério que envolve a sua família? Sua mãe é tão simpática, agradável, mas nota-se em seu semblante tamanha tristeza, se mostra uma pessoa extremamente infeliz e hoje é o dia da sua formatura! E esta pessoa com quem ela disse que me pareço, que influência tem nessa história? E os seus irmãos, por que não estão aqui?

— Meu irmão mais velho cuida dos nossos negócios. Temos uma pequena indústria de confecções, este é o melhor período de vendas e estamos com muito trabalho, por isso não pode vir. Quanto ao resto, um dia eu te conto.

Saíram de trás da árvore e correram para perto das senhoras que já os tinham alcançado na entrada do anfiteatro. Para a irrequieta e curiosa menina aquela resposta não era suficiente, precisava saber mais, sentia que existia ali uma desventura, algo a intrigava, via perfeitamente que eram gente rica, possuíam indústria, puderam sem problemas custear a universidade do filho. Por que tamanha tristeza emanava daquela pessoa tão doce? Aproximou-se mais, pegou as mãos delicadas, marcadas pelo tempo da velha matriarca, ficou algum tempo acariciando, olhou-a dentro dos olhos e sorriu, um sorriso inquisidor. Não sabia o que dizer ou como começar. Não sabia sequer se o que sentia se era dó ou admiração. Só sabia que estava de alguma forma atraída, sim, sentia uma atração tão forte que aumentava muita a vontade de conhecer aquela história.

— Quantas perguntas habitam esta cabecinha, não é, minha filha? — Disse-lhe a bondosa senhora. — A curiosidade não consiste em pecado. O que gostaria de saber? O que te intriga tanto? Não creio que vai gostar de conhecer nossa saga, é uma história triste.

— A senhora lê os pensamentos, como adivinhou o que se passa na minha cabeça? Sabe!... a senhora parece tão frágil, mas inspira um sentimento tão forte, tão diferente, não saberia como explicar. O Pedro me falou certa vez que tinha dois irmãos, agora, quando perguntei sobre eles, falou-me somente sobre um, e o outro? Faz tempo que não vê, por onde anda?

— O outro... sim o outro! Faz muito tempo, existiu, sim, um outro. Mas não tanto tempo que pudesse ser esquecido, afinal, tudo isso que vê em nós e que te enche de curiosidades foi graças a ele. É a herança que nos legou, triste herança, e a que preço, minha filha, a que preço!

— Desde quando ele se foi ou quanto tempo não vê seu filho?

A pobre velha teve os olhos marejados de lágrimas, balançou a cabeça com assentimento, novamente todas aquelas lembranças tornaram-se nítidas, estavam ali presentes todos os fantasmas do passado. Sentiu uma leve vertigem, suas vistas escureceram, o mundo rodou à sua frente, sentiu necessidade de recostar-se no ombro macio da bela moça. A cabeça pesava e a pergunta ficava martelando-lhe o cérebro. A última vez, aquele dia fatídico: foi a última e definitiva vez. O pior de tudo é que ela estava lá, pôde assistir à derrocada final.

O helicóptero pousou apenas alguns metros atrás da linha de fogo. O que se via era um autêntico massacre, os soldados ensandecidos atiravam desenfreadamente, a loucura sobrepujou a razão e as balas surgiam por todos os lados, cortavam o ar em busca dos corpos dos dois amigos, transformados em alvos fáceis naquele campo aberto. Bailavam como fantoches ao som dos estampidos e eram jogados ao léu, de um lado para outro, a cada bala que os atingia.

Foi então diante daquele espetáculo dantesco que a velha senhora saltou do aparelho, ainda em movimento, e aos tropeços correu em direção ao filho no centro da batalha sem se dar conta do perigo, seguiu em desabalada carreira por entre os projéteis. Não atendeu aos apelos do comandante da tropa: foi em frente, arriscando-se, tomada pela loucura, o perigo de ser alvejada por uma bala perdida.

O som de seus gritos ecoava pela planície numa súplica ardente.

— Cessar fogo! Parem de atirar, meu Deus.... esta velha é louca! Parem de atirar — berrou bem alto o comandante, com os braços erguidos, chamando a atenção ao perigo, para que todos o vissem e parassem.

Interromperam todos ao mesmo tempo o tiroteio. A pobre mulher que corria fazia com que os olhares incrédulos fixos nela voltassem a si, como se, até então, estivessem todos em um transe coletivo. Mas permaneceram em suas posições, estáticos como rochas, não moveram um só músculo nem piscavam, diante daquele espetáculo macabro.

Ela baixou-se junto ao corpo, estava todo disforme, recebeu tantos tiros que estava completamente deformado: transformou-se numa massa sanguinolenta, ficou irreconhecível, para ela continuava sendo seu filhinho, frágil e desprotegido, necessitando da proteção de seu colo.

A pobre mãe inconsolável, aos prantos, desvencilhou o corpo do filho da cerca de arame, ajoelhou-se piedosamente com aquilo que fora o corpo de seu filho tão querido, acomodou sua cabeça no colo tingindo o vestido de vermelho, acariciou seus cabelos encharcados do líquido viscoso, limpou o sangue que escondia o rosto, contemplou-o por alguns momentos e com suavidade afagava-o como se acaricia uma criança ao tentar ampará-la, empurrou as pálpebras para baixo, cobrindo os seus olhos que permaneciam até então arregalados, fechando-os para a eternidade. Apesar disso, não apresentava aquele rosto pálido, nenhuma expressão de horror, mas sim de surpresa, parecia que, ao tombar sobre o arame, depara-se com alguma coisa ou alguém distante que o esperava para levá-lo à eternidade.

Foi quando o comandante da tropa, consternado com a cena, aproximou-se devagar, agachou-se ao lado da mulher, estava aparentemente muito comovido. Os soldados, seus comandados, estranharam ao ver aquele homem rude, de espírito calejado pela luta, tão acostumado às cruezas da vida deixar rolar algumas lágrimas de compaixão e dó. Ergueu a mulher com suavidade, ajudando-a a ficar de pé, tentou consolá-la. O elemento ali tombado era um bandido, mas para ela era somente um filho muito querido, que morreu.

— Acabou-se, minha senhora. Vem, vamos sair daqui: nos perdoa, mas foram eles quem nos obrigaram a isso, parecia que estavam procurando a morte. Não tiveram respeito pela vida.

A pobre mãe ainda amparava o corpo sem vida, foi deixando-o sobre a poeira do acostamento da estrada, olhou para o soldado, estava ainda em prantos, conseguiu com grande esforço controlar-se, suspirou profundamente. Limpou as lágrimas com o dorso das mãos:

— Sim, filho, acabou-se, é!... eles procuram por isso, como se eu não soubesse, senhor comandante. Quantas e quantas vezes eu supliquei que mudasse. Preferia mil vezes continuar morando naquela vila imunda na periferia de São Paulo, sem nenhum conforto, enfrentar toda adversidade, mas tê-lo vivo ao meu lado. Sempre foi um bom menino, tinha um coração de ouro, tudo que fez foi pensando em nos proteger. Levou muito além os seus sonhos de nos proporcionar um bom futuro.

Os paramédicos chegaram, sem nenhuma cerimônia jogaram os corpos sobre uma maca e cobriram com um lençol, deixando-os estendidos na beira da estrada.

Até o sol começou a afastar-se triste e lento naquela tarde morna e trágica, deixando para trás aquele palco fúnebre. O comandante procurava ajudá-la, amparando-a no caminhar pesado quase se arrastando, ouvia os lamentos como um padre confessor, afastava-a para longe. Ao passarem por um dos atiradores, ouviram-no comentar:

— O que será que leva uma pessoa a fazer isso?

Ao ouvir a indagação, ela parou, olhou na direção do incrédulo soldado ainda apoiada no braço do comandante.

— Paixão! meu filho... paixão!

— Paixão...? Me parece mais loucura.

Na verdade, os limites entre paixão e loucura são muito difíceis de definir, torna-se uma linha muito tênue, estão muito próximos.

— Mamãe!... mamãe!... você está bem? — Balançou seu rosto suavemente.

— Sim, filho, estou bem, estava só recordando. Ao sairmos daqui, vou te contar toda nossa história, a você também, minha filha, vocês precisam saber. Todos precisam saber, você qualquer dia, ou quando quiser, nos acompanha até nossa casa, lá vou lhe contar com calma.

As duas mulheres, que foram as grandes testemunhas de todo drama vivido pelo filho mais velho e seus companheiros de infortúnio, alternavam na narrativa.

Dona Leonice começou descrevendo com tanta clareza a infância atribulada do filho, que pareciam estar assistindo o desenrolar de sua vida, vendo-o correr pelas ruas sujas da periferia pobre em que moravam. A cada relato que fazia, parecia estar esmorecendo, em certo momento, Pedro abraçou-a, num consolo mudo, afagou por instantes seus cabelos grisalhos:

— Chega por hora, mamãe, seu coração pode não resistir tanta emoção.

— É certo, minha irmã, agora para de contar que ele mesmo irá nos descrever sua trajetória.

Todos se voltaram para ela espantados.

— Explica melhor, tia Cléu, quero saber como alguém que já morreu vai nos contar sua história?

— É simples, eu nunca disse a ninguém, mas antes de morrer ele mandou-me alguns cadernos em que descreve tudo que aconteceu em sua vida, vou pegar.

Daquelas páginas fluiu toda tragédia.

O homem não nasce completamente mau, tampouco nasce totalmente bom, diz Jean Jacques Rousseau que o ser humano nasce bom e a sociedade o corrompe, em outras palavras, nós é que moldamos seu caráter. Somos, portanto, no pensamento de Rousseau, responsáveis pelo que possa vir a ser ou acontecer com as pessoas.

CAPÍTULO PRIMEIRO

VIDAS INGLÓRIAS

Era uma tarde triste apesar de sexta-feira. Deveria estar quente, novembro geralmente faz muito calor, é o prenúncio do verão. Contudo, surgiu de repente um vento frio, apanhando todos de surpresa. Da janela da escola dava para notar as pessoas esfregando os braços para se esquentar. Não se via ninguém de agasalho, realmente todos saíram desprevenidos naquele dia. José Antônio permanecia olhando pela janela da classe, dava para ver a praça da igreja de São João, bem defronte à escola, uma praça que representava bem a pobreza e o abandono do bairro, bastante descuidada, suja, completamente abandonada, o velho coreto no centro da praça, que outrora servira para o deleite dos moradores da vizinhança, hoje servia como refúgio de alguns moradores de rua, desocupados, ou usuários de drogas, a única novidade, naquela tarde, era uma perua Kombi, estacionada na rua lateral à esquerda da praça e um homem encostado nela com o pé apoiado no pneu traseiro, fumando, parecia estar esperando alguma coisa ou pessoas, poderia ser uma lotação clandestina, por ali havia muitas, imaginou ele, na sala de aula no pavimento superior, José Antônio, menino esguio, magro, mesmo sentado se destacava pela altura, mantinha-se sentado em sua carteira, parecia desinteressado. Seu olhar perdido se estendia no horizonte, seus pensamentos estavam completamente dispersos, vagando, nem ouvia as palavras da professora, divagava. Nesse momento um sinal estridente quebrou o silêncio, era o aviso de que as aulas daquele dia haviam terminado, todos como que despertaram juntos de um sono profundo, juntaram seus materiais escolares e correram todos ao mesmo tempo, em direção à porta da saída, em desabalada carreira, trombando e se espremendo no vão da porta. Só foi possível ouvir a professora gritando... "Cuidado! para não se machucarem". Isto quando já estavam fora da classe, descendo as escadas rumo ao portão da rua. Ali, na calçada defronte ao Colégio, Beto, um mulatinho forte, esperto, conseguia sempre sair na frente dos outros meninos. Aguardava a chegada do José Antônio, eram vizinhos de casa e bons amigos.

— Zé? Você fica comigo mais um tempo? Minha irmã tem mais uma hora na escola, vai ensaiar para as comemorações do dia 15 de novembro, ela está no coral. A gente senta ali na praça, fica conversando. Assim que ela sair, a gente sobe para casa, você espera aqui comigo?

Já estavam na praça e, antes mesmo de uma resposta, movidos pela curiosidade, viraram-se em direção à Kombi estacionada, pois ouviram o som estranho da voz de um senhor grande forte, que descia de um Passat marrom e dirigiu-se para a perua:

— E, aí, China, só chegamos nós? Cadê o resto do pessoal? Já está quase na hora.

Ficaram os dois meninos olhando admirados naquela pessoa, porque aquele timbre de voz chamava a atenção, parecia uma taquara rachada, um som fino e estridente para um homem grande e feio, que despertava medo pelo olhar duro, impiedoso, o rosto todo cheio de marcas, cicatrizes de antigas espinhas, ou varíola ou outra doença qualquer. Tudo isso lhe imprimia um aspecto sombrio. José Antônio sentiu um arrepio estranho, Beto percebeu, mas não teve tempo de comentar. Outros dois elementos chegaram, surgiram como que por encanto: um negro alto, forte, ainda jovem e outro mais baixo, pouco mais velho, jeito truculento, aparência bem acentuada de nordestino. Aproximaram-se sem que os meninos percebessem. Um deles falou-lhes:

— Vai, molecada, vai andando. Dão o fora, a mãe de vocês já deve estar esperando. Vai, vai!

José Antônio voltou a sentir aquele estranho calafrio, como se a morte houvesse passado por eles. Olhou para o colega e respondeu a primeira pergunta.

— Beto! hoje eu não vou esperar aqui com você não. Prometi à minha mãe chegar mais cedo, e estou com frio, "isso, para não dizer que estava com muito medo", e não trouxe blusa. Vou indo embora. Quando você chegar na sua casa, me dá um grito. Quem sabe ainda dá tempo de a gente bater uma bola na rua.

Deixou o colega e foi andando pela calçada, em direção à sua casa. Ia chutando as pedras do caminho, latas de bebidas jogadas ao chão. Aquela rua suja, descuidada, mostrava claramente o desvelo dos governantes das grandes metrópoles pelas periferias: o asfalto da rua todo carcomido, esburacado, os pedriscos soltos, casas sem reboque exibindo os tijolos escurecidos pela poluição dos carros, caminhões e ônibus, que por ali transitavam espalhando dióxido de carbono para todo lado e enchendo os pulmões dos pedestres de poluentes. Mas para José Antônio aquilo nada representava, o importante seria chegar em casa o quanto antes. Quem sabe sua mãe já tivesse chegado do serviço e trazido alguma coisa boa para comer. Ela trabalhava de diarista, fazendo faxina nas casas das pessoas ricas, aliás... ela é que segurava a barra em sua casa, seu pai estava desempregado há muito tempo e não conseguia arrumar nada. Todo dia saía à procura de emprego, mas estava difícil. Se não fosse a Pastoral dar uma ajuda, vez ou outra, a coisa ficava mais feia. Padre Augusto, que arrumou um jeito de sua mãe trabalhar, deu a ela uma carta de apresentação por meio da mesma Pastoral, senão ninguém iria deixar sua mãe entrar nas casas. Todo mundo acha que quem mora na periferia é ladrão ou bandido. Padre Augusto disse que dinheiro não é tudo, que a gente tem que ter fé, mas ficar sem comer é muito ruim, também não ter um tênis bonito, uma roupa boa, ia à missa todo domingo com a mesma roupa, queria ter mais, como na época em que o pai era metalúrgico em São Bernardo, eles viviam bem, mas a fábrica fechou. Agora nem os cinemas e galerias ele conhece mais. Em compensação não era só ele não, o Beto era bem pobre também. Outro dia ainda viu Seu Raimundo, o pai dele, chorando sozinho, na cozinha. Achou que era de pobreza, ou então porque dona Jacira, a mãe do Beto, disse a ele que se Vandinha, sua irmã mais velha, de 16 anos, não fosse se virar para pôr comida em casa e pagar o aluguel, acabariam morando debaixo da ponte. Ainda iria perguntar para o Beto no que a Vandinha trabalhava! Já havia andado uns quatro ou cinco quarteirões quando ergueu os olhos e viu um fusca amarelo, estacionado em frente ao Bar do Pinto. como se despertasse dos pensamentos, disse a si mesmo: — É o fusca do meu pai, oba! Ele já chegou! Que será que está fazendo? Nunca entra em boteco! Vai sempre direto para casa. Correu em direção ao bar, entrou e foi abraçá-lo. Oi, pai! chegou mais cedo? O que o senhor veio fazer aqui?

— Meu filho! depois de tanto tempo tinha que comemorar, arrumei emprego, começo amanhã de motorista da Empresa de Ônibus da Vila. Só vou pegar uma cerveja e ir para casa, não vejo a hora de dizer para sua mãe. Pega um doce pra você e pra seus dois irmãos. Seu Pinto, vê uns doces aí para os meninos, hoje é um dia muito especial. Amanhã volto a trabalhar, já não terei que vender meu fusquinha, meu único patrimônio.

— Pega lá no balcão, Zezinho. Vê o que você quer eu embrulho — respondeu o dono do boteco.

José Antônio abaixou-se para escolher os doces. Nesse instante, como um furacão inesperado, entraram quatro homens encapuzados, atirando para todo lado. O rapaz negro, sentado no canto do balcão, até então, estava ali sem dizer nada, só apreciando, caiu primeiro, nem teve tempo de esboçar qualquer reação. Seu Pinto deu um grito de dor e foi escorregando atrás do balcão, tentando se segurar nos vidros e garrafas, levando com ele para o chão tudo o que os braços alcançavam. O barulho aumentava com o som de vidros estilhaçando ao caírem ou ao serem atingidos pelas balas. O garoto entrou por baixo do balcão de doces que era mais alto, uma peça antiga. Ficou com tanto medo que não conseguia nem chorar, nem gritar, estava ali duro como uma estátua. Só ouviu quando seu pai falou a um dos atiradores:

— Por favor, senhores... não atirem, eu tenho família, filhos pequenos, não tenho nada com o problema de vocês. Pelo amor de Deus, não me matem.

— Sinto muito, meu velho, você está no lugar errado, na hora errada e com as pessoas erradas. Vai virar presunto.

— Aquela voz novamente! Era o homem da pracinha da igreja, aquela voz horrível! Não iria esquecer nunca.

Ouviram-se quatro tiros. Seu pai foi arremessado contra a parede como se fosse um boneco de trapos, pela violência das balas ao atingirem seu corpo: duas no peito, uma na cabeça e uma na perna. Ainda ouviu mais uma vez aquela voz estranha:

— Não sobrou ninguém? O cara é aquele negro sujo lá do canto mesmo, China?

— É!... é ele mesmo.

— Vamos sair logo deste lugar. Daqui a pouco isso aqui vira uma zona, enche de gente.

O sangue de Seu Pinto corria pelo chão, na sua direção deixando-o todo vermelho. Aquilo parecia grudar na sua pele, no rosto e nos braços. Exalava um cheiro estranho, e ele não conseguia sair daquele buraco apertado, parecia que tinha crescido ou inchado ou talvez o medo, tivesse-lhe endurecido o corpo todo, e ele não conseguia se mover. Aquele sangue ia encharcando-o era grudento. Queria correr para o seu pai, socorrê-lo e não conseguia sair. Queria gritar, pedir socorro, não conseguia dizer nada, as palavras não lhe brotavam da boca, estava petrificado pelo medo. O rosto disforme do Seu Pinto, ali na sua frente, expressava pavor, como se tivesse morrido sem saber por quê. "Será que o homem horrível com aquela voz estranha matou meu pai?", pensou ele.

Alguns minutos se passaram, parecia uma eternidade que ele estava ali debaixo daquele balcão, todo encharcado de sangue. Aí ouviu alguém dizer:

— Mantém o povo afastado, não quero tumulto, fotografem tudo e recolham o que houver de pistas. Não acredito que tenha sobrado algum vivo, soldado Silva. Avisa a Central que houve uma chacina e manda o pessoal do IML. Mantém estes repórteres longe. Esses caras parecem que sentem cheiro de desgraça.

José Antônio fez uma força enorme para se mover daquele lugar apertado. Seu corpo doía todo, parecia ter levado uma surra de pau. Até que um policial gritou:

— Tem alguém aqui debaixo! Sargento! deve estar muito ferido, tem sangue por todo lado.

Ergueram o balcão e o puxaram para fora.

— É um garoto! Está vivo!

— Como se chama, garoto? Teve muita sorte, hem, menino! Os justiceiros, ou quem quer que fossem, não viram você aí debaixo, senão já era! Igual aos outros quatro.

Conseguiu se levantar com a ajuda do policial. Olhou rápido em busca do seu pai, não conseguia enxergar nada direito, via tudo vermelho, no chão, nas paredes. Cobriram todos com jornal. Não conseguia responder à pergunta, estava engasgado, olhou para o sargento ali do seu lado. Parecia tão alto... e ele tão pequeno, tão insignificante:

— Meu pai?... Viu meu pai?

— É, filho! Seu pai?... acho que já foi para o outro mundo, se é que existe mesmo. Ato contínuo, ergueu o jornal de cima daquele corpo encostado na parede: a cabeça tinha um buraco bem no centro da testa e um risco vermelho de sangue descia do buraco feito pela bala, tapando todo o olho esquerdo de uma pasta vermelha escura, deixando o outro à mostra, bastante arregalado, parecendo que ia saltar para fora do rosto. Ficou olhando quieto, lhe veio só um pensamento, "meu pai"! Sentiu-se regurgitar, vomitou, sentiu uma dor profunda no estômago: seu peito parecia estar vazio, não saía o choro e ele queria chorar. Nessa hora o sargento disse à moça de branco:

— Enfermeira, pega o garoto, ele vai desmaiar.

Seu amigo Beto foi quem disse ao guarda:

— Esse fusca é do Seu Oliveira.

Ele chegou ali quase junto com a polícia, sua irmã demorou um pouco mais ensaiando, eles não viram o tiroteio:

— E aquele garoto na ambulância, você conhece?

— Conheço... é o Zé Antônio!... filho do Seu Oliveira. A mãe dele vem subindo ali atrás, está chegando do trabalho. É aquela mulher magra de cabelo comprido. O policial olhou para o Beto e disse:

— Coitada! Vai ter uma bela surpresa. Está bem, garoto, já ajudou bastante. Agora vai andando — disse, empurrando o Beto para longe do local.

Quando o guarda chamou sua mãe, ele já havia recuperado os sentidos:

— Minha senhora, por favor... chega até aqui.

A resposta foi instintiva:

— Estou chegando do trabalho, seu guarda, não sei de nada não!

— É! Tô sabendo, mas é bom se preparar. Quando ficar sabendo, tenho a impressão que não vai ficar nada satisfeita, nem muito feliz.

O garoto reconheceu a voz da sua mãe, saiu até a porta da ambulância e chamou:

— Mamãe?..., mãe, estou aqui.

Ela ficou olhando-o pálida, boquiaberta. Não estava acreditando no que via, aquilo não fazia nenhum sentido. Esqueceu até o frio repentino, talvez pensasse que ele estava ferido, vendo-o todo encharcado de sangue. O seu amigo Beto foi quem gritou lá de trás, do meio das pessoas que estavam assistindo àquele espetáculo macabro, num converseiro sem sentido, cada um dizia uma coisa:

— É o Zezinho!

Seu grito quebrou o silêncio que havia se instalado. Aquela senhora, de ar cansado, teve uma espécie de choque, como se uma força invisível a empurrasse, despertando-a daquele transe momentâneo. Correu pegou o filho no colo, apertou-o contra o peito. Ele já se sentia mais protegido. Olhou no rosto dela com as lágrimas correndo, aquelas lágrimas quentes lhe caíam na face, no braço, pareciam queimá-lo. Foi aí, nesse momento, que conseguiu falar, com a voz ainda trêmula num profundo soluço:

— Mãe! aquele homem da voz horrível... ele matou meu pai.

Sem a menor compaixão ou sensibilidade, o sargento da polícia chamou sua mãe, ainda descontrolada emocionalmente, com o filho no colo, sem saber o que fazer ou a quem recorrer, tentou correr para abraçar o corpo inerte do marido, estendido no chão frio, coberto de sangue, foi barrada pelo policial, que lhe perguntou:

— Minha senhora, dá para reconhecer a vítima? Pode nos dizer se tinha inimigos? E o que estava fazendo num boteco destes, nesta hora?

Ela olhou incrédula para o rosto do sargento, indignada, certamente achou aquilo uma agressão, mas pela sua simplicidade não teve argumento para responder, foi o Padre Augusto que chegou e dirigiu-se ao policial.

— O senhor não pode tratar assim as pessoas, sargento... São cidadãos, merecem respeito e, acima de tudo, são seres humanos, iguais ao senhor quando está sem a farda. A pobre senhora está traumatizada, está sofrendo. Por favor, respeita! Pobre também sente dor e tem direitos. Ainda que vivamos uma ditadura, o senhor não é o ditador.

O policial olhou o Padre de cima em baixo, com ar arrogante, sem dar nenhuma resposta ou se desculpar. Virou-se para o lado, gritou aos comandados:

— Muito bem! Anotem os nomes e endereços, recolham esses corpos e lacrem o estabelecimento. Vamos encerrar, isto já está bom demais para uma sexta-feira.

Dona Jacira, mãe do Beto, foi quem pegou sua mãe pelo braço e disse em tom de consolo.

— Vamos, Leonice... vamos para casa. Deixa que o Raimundo vai atrás de tudo. Você vai ter que ser muito forte, guarda as energias para depois, agora não podemos fazer nada a não ser rezar, é o nosso único consolo.

Aquelas palavras ditas num sotaque nordestino, carregado, soaram longe. A mãe do Zequinha seguiu-a instintivamente em passos trôpegos. Apoiando-se nos ombros do garoto, falou-lhe com uma voz lânguida:

— Vamos, filho, depois me conta o que houve.

Parecia estar anestesiada, distante, sem saber ainda o que realmente tinha acontecido ali, naquela hora, simplesmente deixou-se conduzir.

Quando a televisão apresentou em seu noticiário policial a chacina ocorrida naquela tarde, na Vila Rosa, estampou a foto de seu pai, Senhor Oliveira, como uma das vítimas. Diogo teve um sobressalto, era uma das poucas famílias que tinham televisão, por isso teve conhecimento do fato, seu coração bateu descompassadamente, imediatamente gritou:

— Pai! corre aqui, vem ouvir isso, mataram o Seu Oliveira, o pai do José Antônio. É ele sim... tenho certeza.

— Meu Deus! realmente, é o Oliveira. Mais uma tragédia, coitado não merecia, eu disse a ele para não sair daqui de São Bernardo. Amanhã vamos até lá, vamos ver o que pode ser feito. Mais uma vez vamos dividir a miséria, mas nestas horas temos que nos unir. Foi um grande amigo enquanto trabalhamos juntos na metalúrgica.

Quando Seu Nené e a Dona Nega chegaram à casa de Dona Leonice com o Diogo, o Seu Raimundo já tinha conseguido liberar o corpo do infeliz no IML, e trazido para casa. Ele disse que foi o dito vereador quem deu uma mãozinha, senão teria sido mais difícil. Pelo menos nessa hora essa gente presta para alguma coisa, segundo Seu Raimundo. E a organização Amigos do Bairro deu o caixão. Enquanto velavam o corpo de seu pai, José Antônio, o Diogo e o Beto conversavam inocentemente no quarto sobre o ocorrido. Contou toda a história, o Diogo lhe perguntou:

— Você viu a cara dos assassinos?

— Não!... não vi nada, nem sei como consegui entrar debaixo daquele balcão apertado. Foi por graças de Deus que eles não me viram, senão tinha morrido também. Só não consigo esquecer aquela voz que parece um uivo de animal. Eu disse pro Beto: é a voz do cara da pracinha da escola, aquele com o rosto todo marcado de cicatriz, o sujeito mais feio que já vi, tenho certeza, e não esqueço ainda aquela expressão medonha no rosto do Seu Pinto, dono do bar, caído do meu lado, morro de medo.

Diogo ainda insistiu:

— Se você reconhece os caras, podemos matá-los. Meu pai tem um monte de revólveres guardados lá em casa. Estou sempre mexendo, e ele me ensinou atirar, nós vingamos seu pai.

Beto arregalou os olhos interessado, mas Zezinho disse a eles:

— Nós ainda não podemos. Se eu falar isso pra minha mãe, levo uma surra. Mas quando crescer, vou matar um por um, eu juro, nem que seja a última coisa que eu faço.

Foi neste momento que encostou o carro da funerária e sua mãe os chamou:

— Crianças, vamos?

Seu Nené insistiu com ela para mudar de volta pra São Bernardo, ela lhe disse que ia esperar o final do ano depois que terminassem as aulas. Ia ver o que fazer, mas o mais provável é que o filho José Antônio fosse mandado para Campinas na casa de uma tia e ela permaneceria em São Paulo, com os dois mais novos. Sua irmã não tinha filho, sempre se propôs ajudar. Ele a ouviu falando sobre isso, antes, com a mãe do Beto.

Passados alguns dias, depois daquele trágico evento, sua mãe recebeu uma intimação para prestar depoimento na delegacia.

Zequinha e a mãe entraram na Delegacia na terça-feira à tarde, o garoto teve que faltar à escola, isto porque o delegado achou que ele devia estar presente. Ficaram horas ali sentados, esperando. Marcou para estarem lá pontualmente às 13 horas, já eram 14h30 e não tinham sido chamados. Sua mãe já se sentia impaciente, quando lhe veio, aos ouvidos, mais uma vez aquela voz estridente que soava como um canto de morte. Ficou lívido, seu coração disparou, sentiu um arrepio que lhe balançou todo o corpo, como uma convulsão, e sua mãe olhou assustada em sua direção e perguntou!

— O que houve, filho? Está passando mal? Está tão pálido!

— Mãe! este é o homem que matou meu pai, essa voz é dele!

Foi no momento em que o escrivão chamou:

— Cabo Bento? Encaminhe esta senhora até o delegado. Vamos, cara, faça alguma coisa, sua folga terminou ontem.

Sua mãe apertou seu braço com força e falou baixo em seu ouvido:

— Fica quieto, por favor, não abre a boca, senão!... não será só seu pai, morremos todos. Pelo amor de Deus, filho, não diz nada ao delegado, promete, filho? Certamente, deve ser membro de algum esquadrão da morte que tanto falam.

E sem esperar a resposta ou ser encaminhada pelo tal cabo Bento, levantou-se e foi puxando o filho em direção ao gabinete do delegado.

Sem dar oportunidade àquela mãe, de esboçar qualquer movimento ou dizer alguma coisa qualquer, o delegado já foi expondo seu ponto de vista:

— É, minha senhora, tudo indica que foi uma briga de quadrilhas de traficantes, visto que um dos elementos mortos no bar já tinham passagem pela polícia... ou então vingança de justiceiros. Isso é muito comum nessas periferias. O que a senhora tem a dizer?

— Nada, delegado, o senhor já julgou, condenou e deu o veredicto, o que eu posso dizer: só que meu marido entrou no bar para comprar uma cerveja e doces para as crianças. Ia esperar eu chegar para comemorarmos, ele tinha acabado de conseguir um emprego na Viação Santa Rosa, de motorista. Seu crime foi esse, Doutor, ter conseguido um emprego honesto para tentar sustentar a família. E o senhor, o que tem a me dizer: será que vai fazer justiça?

Sentiu vontade de abraçar, com bastante força, e beijar sua mãe, naquele momento. Não entendeu muito bem tudo o que disse, mas sabia que ela buscou coragem no fundo da alma para dizer tudo aquilo ao delegado. Ficou muito orgulhoso e pensou com seus botões: "Vou fazer de tudo para dar uma vida melhor, muita alegria e felicidade para minha mãe, nem que para isso tenha que roubar, ela merece".

Naquela noite Seu Nené voltou a casa do amigo falecido, acompanhado do Diogo, seu filho, veio dizer a sua mãe que havia vendido o Fusca do seu pai, como ela pediu que fizesse. Pelo menos esse dinheiro iria ajudar por algum tempo. Enquanto conversavam dentro de casa, José Antônio, o Beto e o Diogo trocavam ideias na calçada da rua, quando contou a eles que o sujeito da voz horrível era policial, estava na Delegacia. Ouviu alguém chamá-lo de cabo Bento.

— Você não falou pro delegado? — perguntou Beto.

— Não!... Minha mãe não deixou, disse que é muito perigoso. Se eu falasse, poderíamos morrer todos. Não sabemos se são justiceiros ou do esquadrão da morte, todos dizem que é a própria polícia que está no meio disso.

— Tem razão — respondeu Diogo. — Meu pai anda envolvido com esse tipo de gente, agora trabalha como camelô e tem que pagar propinas ou então comprar as mercadorias desses caras, tenho a impressão que são até mercadorias roubadas. Meu pai diz ser um mundo de sujeira, mas se não for assim... não tem como viver. Estou sempre ouvindo as conversas dele com os adultos que vão lá em casa. Às vezes vejo ele preocupado, com medo de alguma coisa que não comenta comigo, mas fala tudo pra minha mãe. E ela chora, pede pra ele deixar essa vida, que um dia pode ser ruim. Ainda ontem disse a ela:

— Tá vendo, mulher, o Oliveira levava uma vida certinha, nunca fez mal a ninguém, e aí? Morreu de laranja. Mais dia menos dia acontece. Quando souber que um cretino destes tá a fim de me jantar, vou e almoço ele primeiro. A vida é assim.

Ficou pensando, criou coragem e perguntou:

— Será que Seu Nené tá mexendo com coisa errada, Diogo?

— Não sei não! Mas, se estiver, quando puder vou ajudá-lo, ele sempre fala que neste mundo não tem justiça, manda quem gritar mais alto e atirar primeiro.

Não houve mais tempo para conversa, só se despediram. Seu Nené já ia saindo e chamou:

— Vamos, Diogo, deixa esse papo pra outro dia. Daqui até em casa é uma cacetada.

Passaram um final de ano muito triste, seu pai fazia muita falta. Bem ou mal sempre algum dinheiro ele ganhava fazendo biscates, sempre o suficiente para comprar algum presente, alguma comida melhor. Agora só sua mãe estava trabalhando. Arrumaram um emprego de vender doces no trem do subúrbio, ele e o Beto, mas sobrava muito pouco. O dono da mercadoria ficava com a maior parte e a despesa era toda deles, mesmo assim melhor aquilo do que nada.

No final do ano seguinte, dezembro de 1981, a coisa estava ainda mais difícil. Já não tinham mais o dinheiro do fusca que sua mãe vendeu, ele já estava indo para 14 anos de idade, faltava dinheiro pra tudo: escola, comida, roupa, remédios. Estava insuportável a situação, sua mãe chegou pra ele e disse:

— Filho! vou mandar você lá pra casa de sua tia em Campinas, ela se prontificou em nos ajudar. Eu queria ficar sempre junto de vocês, mas não tem jeito, as coisas estão cada vez mais duras. Vamos domingo no trem da manhã, queria que compreendesse, meu filho.

— Tudo bem, mãe, mas o que eu vou fazer lá?

— Vai estudar, trabalhar, aprender uma profissão, e ficar longe deste ambiente ruim em que você e o Beto estão entrando. Saio para trabalhar e vocês se metem no meio de marginais. Sei lá se não corre drogas nesse meio. Não quero vê-lo perdido, prefiro você longe de mim do que junto do perigo.

No dia seguinte, quando o Beto veio lhe chamar, para venderem doces e chocolates no trem, ele disse:

— Não vou mais, Beto, minha mãe quer que eu vá para Campinas, partimos no domingo.

Beto mostrou um certo abatimento, um ar desolado, como que estivesse perdendo alguém da família. Ele era o único amigo que tinha, já fazia tempo que passavam os dias juntos e às vezes parte da noite, vendendo doces ou fazendo arte. Um dia ele roubou a bolsa de uma senhora com trinta cruzeiros dentro. Foi muito mais do que ganhavam por semana, até no mês inteiro, vendendo as mercadorias do Seu Joca Baiano, era assim que se chamava o dono das mercadorias. Compraram tudo em porcarias, comeram lanche, e o Beto comprou alguns maços de cigarros. Levou um pouco do dinheiro para sua casa e deu para sua mãe, mas não disse a ela onde arrumou aquele dinheiro. Quando disse ao amigo que iria se mudar para Campinas, Beto olhou para ele, ainda com aquele ar desolado, e, com a voz titubeante, disse:

— Tudo bem. Se for melhor pra você, vai mesmo. Mas tem o seguinte: um sujeito meu chapa, aí da vila, convidou a gente pra fazer uma cachanga. Vai sobrar uma grana boa pra todo mundo, o que você acha?

— Bem, primeiro me explica o que é cachanga?

— É um assalto que fazem em residências, vai ser na casa de uns grã-finos da cidade. Eles vão passar as férias fora, e nós vamos lá, juntamos tudo de valor. Esse meu amigo tem quem compra tudo que for roubado, e nós dividimos.

— Roubar, Beto!... não é perigoso?

— Perigoso? Isso é! Mas o guarda da mansão vai estar na jogada. Lá em casa não estamos tendo nada pra comer, preciso deste dinheiro de qualquer jeito. O cara que bancava minha irmã meteu o pé no traseiro dela e meu pai está bebendo até cair pelas calçadas. Eu vou ter que encarar essa barra.

— Está certo, mas tem cuidado, não vai meter os pés pelas mãos. Minha mãe fala que esse é um caminho sem volta.

— Fica frio, meu amigo, eu não entro em roubadas. Já vou fazer 16 anos, não sou nenhuma criança. Só que vou dar um pulo na casa do seu amigo Diogo, vou ver se ele me arranja uma arma, só por prevenção, não pretendo usá-la.

— O que te dá tanta certeza que o Diogo vai te arrumar a arma?

— Estou sabendo que o pai dele entrou de sola neste negócio de roubo de carga, carro, e o Diogo também entrou com ele no crime.

— Se eu tivesse dinheiro para a passagem ia contigo, faz tempo que não vejo o Diogo. Ir até a casa dele, é como fazer uma viagem.

— Não, Zé! ele agora se encontra no centro de São Paulo, a família dele está com uma banca de camelô, perto da Sé. Pegamos o trem e vamos de pingente, penduramos na janela e um abraço, rapidinho chegamos lá.

Fizeram o trajeto como Beto disse, pegaram carona no trem do subúrbio, foram pendurados na janela pelo lado de fora, sem sequer avaliar o perigo. Se sua mãe soubesse, não ia esperar pelo domingo para lhe mandar para Campinas, ia àquela hora mesmo. Desceram na Estação da Luz e foram a pé o resto do caminho. Chegaram na banca do Diogo, já era quase hora do almoço, estava com tanta fome que mal podia se controlar. Cumprimentou o amigo e disse ao mesmo tempo:

— Tem alguma coisa pra comer aí, Diogo? Não estou conseguindo parar em pé de fome.

— Calma, meu irmão, vamos ali no bar do seu Manoel, vou te pagar um salgado, ou se quiser um lanche. Mas me conta: o que os traz aqui além da fome?

O Beto se antecipou:

— Viemos pedir um favor, pretendemos meter uma bronca, e não temos uma arma. Conheci um cara do seu bairro que disse que você poderia quebrar esse galho pra gente. Qualquer tipo de arma que nos arrumar já ajuda. Se quiser vender, também não tem problema, logo após o assalto eu venho te pagar.

— Você está nessa, Zé Antônio?

— Não! só vim com o Beto porque estava a fim de vê-lo, estava com saudades. Afinal das contas, meus melhores amigos são você e o Beto. Quando meu pai morreu, seu pai foi o único colega do tempo de metalúrgico que apareceu, e ajudou minha mãe. Não vou esquecer isso jamais.

Diogo tinha a mesma idade do Beto, 16 anos, mas já apresentava uma feição mais madura, de pessoa mais experiente, aparentava, portanto, mais idade. Quando saíram do bar do seu Manoel, ele colocou a mão no seu ombro e no ombro do Beto e perguntou:

— Muito bem, agora me contam essa história! O que estão pretendendo?

Beto iniciou falando de sua grave situação financeira, o quanto estava precária, que essa situação toda levou o pai a se entregar à bebida de tanto desgosto. Desde que vieram do Nordeste como retirantes, fugindo da seca e da fome, nunca imaginou que iria depender de sua filha mais velha ter que se prostituir para ajudar manter a casa. Sua irmã mais nova, treze anos, já estava jogada na vida: um pilantra filho de papai levou a menina na conversa, engravidou a negrinha e deu no pé. Seu Raimundo foi à delegacia dar parte, fizeram a maior gozação com a cara do pobre homem. Isso aumentou sua revolta, cobrindo-o de tanta vergonha que ficou uns três dias tão bêbado, que acharam que estava em coma. E até então continuava com aquela aparência de idiota, sem dizer coisa com coisa. Dona Jacira não sabia o que fazer, nem como contornar a situação de uma família totalmente desestruturada. Além de pobres, miseráveis, eram agredidos moralmente pelo racismo, visto que, além de nordestinos, eram pobres e negros. Aonde iam eram tratados como animais doentes, as pessoas se aproximavam com um certo receio, aparentando nojo. Só existiria uma solução, no ponto de vista do seu amigo Beto: tomar à força o que a sociedade negava por bem. Quando o Beto terminou de contar toda a história e desabafar com seus dois únicos amigos, as duas pessoas em quem poderia confiar, Diogo disfarçou as lágrimas, andou até a parte traseira da barraca, limpou o rosto. Apesar daquela feição dura, tinha tanto sentimento que mal podia esconder, e aquela história toda amoleceu seu coração que quase o levou ao soluço. Deu duas pigarreadas fortes, chegou perto e disse:

— Tudo bem, vou arrumar a ferramenta pra vocês, mas vou lhes pedir como irmão: tomem cuidado.

— Eu não preciso de cuidados, eu não vou — respondeu prontamente.

— Olha, Zé Antônio, o melhor seria que não fosse realmente. Mas um dia, mais cedo ou mais tarde, você vai ter que entrar no crime. Nós não temos outro caminho. Então começa a aprender desde já: se acontecer algum coisa ruim, que aconteça agora que vocês são menores e as penas são mínimas. Pelo menos é o que meu pai sempre fala.

Beto havia marcado com o Dozinho, apelido adquirido pelo sujeito por ter sido preso já várias vezes por diversos crimes e roubos, furtos, sem importância, mas toda vez que era pego, dizia ser por causa do artigo 12 do Código Penal, ou seja, tráfico de entorpecentes. Tinha o maior orgulho de ser chamado de traficante, mas nunca passou de um viciado em crack. Todos o conheciam na vila como ladrãozinho de quintal, aliás aquele seria o primeiro grande roubo de sua vida e ele, ali ao lado de seu amigo, na praça da escola, defronte à igreja de São João, estavam os dois esperando que chegassem com alguma condução, um carro roubado ou emprestado para debutarem no crime. Sentou-se no banco da praça, cobriu o rosto com as duas mãos, lhe pareceu ter voltado no tempo, pois foi naquela mesma praça que tudo começou, pareceu-lhe sentir a presença daquela pessoa horrível com o rosto todo mutilado de cicatrizes emitindo aquele som estridente ao falar com os comparsas, balançou a cabeça para afastar aquela imagem desagradável, aquilo se transformara em verdadeira obsessão, pediu perdão a Deus pelo que ia fazer. Imaginou que, neste Colégio, o qual lhe colocara tantos sonhos na cabeça, que o fazia voar nos pensamentos de grandeza: ser doutor, ter uma casa bonita, poder dar a sua mãe conforto, tranquilidade, ajudar seus irmãos com seu trabalho. Agora estava ele ali esperando uma gangue de pequenos bandidos para debutar no crime, praticar o seu primeiro assalto. Envolto nestes pensamentos, assustou-se com a buzina de um Opala, carro que conseguiram para **levá-los** ao local do crime.

Dozinho estava no volante todo faceiro, um cigarro no canto da boca. Apesar de franzino, pequeno, sentia-se enorme atrás daquele volante:

— Vamos lá, ladrãozada, vamos trabalhar. E aí, Negrão? Pegou o berro com seu amigo? Está com a arma aí?

Sentiu um certo desconforto com a presença daquela gente, se enojou com a maneira com que aquele elemento se dirigiu ao Beto, passou por ele um mau pressentimento, achou que fosse medo, recompôs-se quando Beto respondeu:

— Está sim, estamos com tudo aqui preparado.

Espremeram-se dentro do carro, em cinco pessoas, e partiram em direção ao desconhecido. Seu coração parecia sair pela boca, um medo sem precedentes, mas tinha que mostrar coragem. Não podia vacilar, tinha que mostrar coragem e experiência, nunca deixar transparecer a verdade. Achou até que todos sentiam a mesma coisa, mas ninguém queria demonstrar. Rucão, um negrão grande e forte, o maior de todos eles, a todo instante abria o cano de sua espingarda e assoprava-o por dentro, numa demonstração clara de nervosismo, e essa era a maneira que encontrou para disfarçar. Ainda pensou: "Será que esse museu funciona?". Era uma velha espingarda de caça que pelo jeito não era usada havia muitos anos.

Dozinho estacionou o carro numa rua transversal, mostrou a eles a casa de longe e disse:

— Vamos nos separar, entra um de cada vez, esconde atrás de uma árvore ou planta. Quando estivermos todos dentro dos muros, invadimos a casa.

Era uma casa linda, de pessoas muito ricas; parecia uma casa das novelas da televisão muros altos, terreno amplo, e o sobrado no centro do terreno num plano mais elevado, um jardim bem formado de plantas e árvores bem podadas. Estava admirando tudo aquilo, quando Beto bateu no seu ombro e disse:

— Agora é nossa vez, Zé, vamos pular o muro.

Até ali parecia que estava tudo dentro do combinado: nenhuma resistência, tudo em silêncio. Rucão tirou um molho de chaves do bolso, fez várias tentativas. Na quarta chave deu certo, a porta abriu, entraram um por um, em silêncio. Não havia alarme, estava tão fácil que sentiam uma confiança desmedida, foram entrando como se a casa fosse deles. Era tanto luxo que lhe deixou abobalhado, ficou olhando aquelas coisas bonitas que nem percebeu quando Dozinho e o Beto subiram ao andar de cima do sobrado. Do alto da escada ele lhe chamou num sussurro:

— Ei?... vai ficar aí moscando? Vem.

Abriram vários sacos de lixo, pretos, vazios, e foram enchendo com tudo de valor que achavam pela frente. Ficaram tão entretidos em apanhar os produtos do roubo que não viram quando um senhor de meia-idade, vestido de pijama, segurou Beto por trás, gritando:

— O que é isso? São ladrões!... Mulher, chame a polícia! Cadê o guarda?

Saiu outra pessoa de um outro quarto ao lado, deve ter acordado com o barulho, os gritos do velho, um sujeito bem mais jovem, saiu com um revólver na mão. Assustou-se com a saída repentina do Dozinho, do local que deveria ser o escritório do dono da casa, com uma sacola pesada nas mãos. Foi quando perguntou:

— Que barulheira é essa?

O jovem incontinente ergueu o revólver e deu dois tiros, acertando em cheio o peito de Dozinho, que arregalou os olhos, sem esboçar qualquer som, foi se afastando, de costas, devagar. Deixou cair a sacola, levou a mão à altura do peito, ainda, com aquele olhar vidrado, incrédulo, afastou-se até se encostar na parede e ir escorregando, deixando um risco de sangue na parede branca, que saía pelo ferimento deixado pela bala que lhe atravessou o corpo.

José Antônio encostou-se no vão de uma porta, ficou olhando aquela cena brutal, atônito, sem poder acreditar no que via. O velho que estava segurando o Beto com aquela cena deu uma vacilada. Ele escapou e instintivamente atirou no moço, a sua frente, que também parecia estar estático, com o braço petrificado, estendido com o revólver ainda apontado, olhando o corpo do Dozinho escorregando até cair no chão, numa demonstração clara de que, sem dúvida, aquela estava sendo a primeira vez de todos ali presentes. Sentiu aquele impacto no rosto, seu corpo foi atirado violentamente para trás, ele largou a arma, que, deslizando, veio cair rente aos pés de José Antônio. Levou instintivamente as duas mãos ao local do ferimento, tentando estancar o sangue e amenizar a dor. Devia ser muito forte, pois soltou um grito horrível. Beto assustou-se e puxou o gatilho mais uma vez, atingindo direto no peito, na altura do coração.

Aquele estampido ficou ecoando pelo corredor, e nos seus ouvidos. Beto ficou parado lhe olhando, parecia uma estátua, suava copiosamente. Trêmulo, tentou esboçar algumas palavras, como se dissesse "eu consegui", ou "eu não queria", ou talvez esperando que ele dissesse algo que justificasse seu ato. mas não lhe saiu nada. Estava emudecido de pavor. Automaticamente José Antônio se abaixou, pegou a arma do jovem abatido pelo Beto, quando aquele homem atrás de seu amigo levantou uma barra de ferro, depois olhando melhor, uma velha espada que havia pegado na parede, que antes servia de enfeite. Ia bater com ela na cabeça do Beto, enquanto gritava:

— Maldito!... você matou meu filho!

Antes que fizesse isso, atirou... mecanicamente, só por instinto de preservação. Vendo seu amigo em perigo, fechou os olhos e puxou quatro vezes o gatilho, as balas iam se alojando no corpo daquele homem, na cabeça, no peito, no braço, e ele vinha para cima do Beto com a espada ainda erguida. Seus olhos esbugalhados espelhavam tanto ódio, que tremeu de medo, quando abriu os olhos e conseguiu ver sua obra macabra. Aquela massa sanguinolenta, não soube onde ele encontrava forças para continuar caminhando, até cair de joelhos e bater a testa contra o carpete, num baque surdo, inundando de sangue o chão da casa. Olhou para o Beto ainda sem acreditar no que havia feito, continuava tremendo por todo corpo. Conseguiu balbuciar:

— E agora?... matei o homem!

— Agora, meu amigo... vamos juntar o que pudermos e dar o fora. Você salvou minha vida, valeu!...

Ficou impressionado com a frieza da resposta e a rapidez com que o amigo recobrou o controle. Imediatamente juntaram o que puderam e saíram correndo. Até aquele momento não soube como conseguiu saltar aquele muro. Chegaram no carro, perguntou ao seu companheiro:

— Aonde foram os outros?

— Não importa, eu peguei a chave do carro, vamos dar o fora daqui rápido.

Ele nem sabia que o seu velho amigo sabia dirigir. Naquele momento não conseguiu perguntar a ele onde tinha aprendido a dirigir. Só estava sentindo um buraco no estômago, não sabia se era fome ou medo, sentia tanta sede que sua língua parecia inchada, mal cabia dentro da boca. Sentia ânsia de vômito, mas não conseguia vomitar, não tinha nada no estômago. Não teve fome o dia todo, passou o dia tenso, pensando no ato que iria praticar. Já estavam chegando perto do bairro em que moravam, rodaram mais de seis ou sete quilômetros sem falar uma palavra um para o outro. Aquela brisa fresca que entrava pela janela do carro ia batendo no seu rosto. Já estava se sentindo melhor e foi quando conseguiu olhar para seu amigo e dizer:

— Beto, não seria melhor abandonarmos este carro? Se cruzarmos com alguma viatura da polícia, a primeira coisa que fazem é parar a gente. Os homens, quando veem um preto no volante, já partem pra cima na hora.

— Tem razão!... mas não podemos sair por aí com esses sacos de lixo nas costas. Vão chamar muito mais a atenção. Vou com cuidado e devagar, mais perto de casa deixo você e largo o carro um pouco mais distante... E aí? Como está se sentindo?

— Péssimo, cara! Matamos duas pessoas, e o nosso companheiro foi morto, você disse que não tinha problema. Se os dois que fugiram forem pegos e derem com a língua nos dentes, estaremos enrolados. O que vou dizer a minha mãe?

— Não diz nada. Amanhã pego esse bagulho todo, vou procurar o Diogo, ele sabe quem compra e paga bem por essas coisas. Vendo tudo e trago a sua parte. Os caras que fugiram não conhecem você. Domingo você vai pra Campinas, portanto se houver algum problema pode deixar que assino a bronca. Afinal te devo minha vida, e você é meu único amigo.

Entrou em casa, procurando fazer o mínimo de barulho. Deitou-se sem ao menos tirar a roupa, sem saber que horas eram, devia ser alta madrugada. Contudo, não conseguia dormir, virava de um lado para outro. A todo instante lhe vinham aquelas imagens, enchiam-lhe os pensamentos, não o deixavam dormir. Quando começava a cochilar, acordava sobressaltado, suando por todos os poros. Já não estava mais a fim de fechar os olhos, de medo, mas o cansaço foi mais forte e dormiu.

— José Antônio?... Acorda, menino, sabe que horas são? Por onde andou ontem à noite? Chegou e dormiu de roupa e tudo, andou bebendo? Já são quase 14 horas, filho, vai tomar um banho e comer alguma coisa.

Sentia-se horrível, aquela voz parecia martelar sua cabeça, devia estar com uma aparência de doente, quando sua mãe o olhou e disse:

— Meu Deus, que cara abatida, meu filho! Deve ter sido uma noite muito ruim, quer me contar?

— Não, mamãe, vou me lavar. O Beto apareceu?

— Até agora não. Vou arrumar alguma coisa pra você comer, deve estar morrendo de fome, não é mesmo?

Estava saindo do banheiro com a toalha ainda enrolada na cintura, quando ouviu a voz do Beto:

— Dona Leonice!... o Zé Antônio está por aí?

Sem esperar que sua mãe respondesse, ele gritou:

— Beto? chega aí... estou aqui no quarto.

— Meu irmão! Aquela sacola que o Dozinho encheu, e eu peguei da mão dele quando saía, estava recheada de bagulhos de valor. Deram uma nota preta, aqui está sua parte, deu mais de deis contos pra cada um. Toma, isto é seu.

Pegou o pacote com o dinheiro, ficou segurando por alguns segundos em silêncio. Olhou profundamente os olhos do Beto e disse:

— Negrão, isso é o que valem três vidas: deis mil cruzeiros para cada um. E por sorte não fomos mortos também.

— É! mas isso aí é que vai manter sua família com alguma dignidade por mais algum tempo. Vão sair temporariamente da miséria até acabar essa grana, e a gente tiver que voltar a praticar novos crimes, ou morrer tentando. Fica tranquilo, você supera isso, já passou por piores momentos. A fome sempre fala mais alto e abafa o grito do remorso.

Beto falava aquilo com tanta propriedade que parecia um homem experiente, estudado, o que não deixava de ser, pois a vida será sempre a melhor mestra, mesmo a deles, uma vida inglória.

— Que conversa triste é essa, meninos? Sua mãe, ouviu parte daquele diálogo e cortou, chamando-os. Vêm comer alguma coisa. Beto pega um prato, vamos lá pra cozinha.

Nesse momento ele aproveitou entregando o pacote a sua mãe e disse-lhe:

— Mãe? pega esse dinheiro que está dentro do saquinho de papel, e usa no que precisar, mas, por favor, não me pergunta nada.

Algumas lágrimas desceram pelo rosto magro e cansado, sofrido, daquela mãe, olhou-o firme nos olhos... não perguntou nada, não era preciso. Encostou o saquinho de dinheiro no peito, a necessidade falava mais alto, virou-se, dando-lhes as costas e saiu em passos lentos. Só Deus saberia dizer o que se passava pela cabeça de daquela mãe, mas, como predisse seu amigo Beto, o estômago falou mais alto, e seu irmãozinho mais novo estava com pneumonia, aquele amaldiçoado dinheiro caiu do céu, iria salvar sua vida.

Enquanto almoçavam ele e o Beto, sua mãe os deixou a sós. Ele afastou suavemente o prato, estava sem fome, não conseguia coordenar os pensamentos. Sentia-se culpado, o remorso torturava sua alma, uma dor profunda lhe agredia o coração, o estômago e a alma. No entanto, seu amigo devorava com avidez a comida que colocara em seu prato; se mostrava tão despreocupado que parecia que nada havia acontecido. Para tirar aquele sentimento ruim da cabeça, virou-se para o amigo e disse:

— Beto, lembra-se das vezes em que voltávamos da escola, vínhamos conversando sobre o futuro. Quantos sonhos, quantas ilusões. Às vezes você dizia em ser polícia e prender todos os marginais; outra hora já mudava, dizia que iria ser jogador de futebol, fazer muitos gols, ser convocado para a seleção, ir para o estrangeiro. E eu iria estudar para ser médico ou advogado, tirar minha mãe desse buraco em que moramos.

— Ainda há tempo, meu irmão! ainda há tempo — respondeu enfático o jovem negro.

— Acho que não — repetiu José Antônio com o olhar perdido —, partimos inconsequentemente por um caminho oposto, nossos sonhos perderam o sentido, nossas vidas naufragaram depois do que fizemos ontem. Só nos resta atingir o fundo, não existe mais glória. Nosso destino ficará marcado para sempre, nossa vida está ferida com uma chaga tão profunda que não terá como cicatrizar.

— Nosso erro foi termos nascido pobres, meu irmão. Assim que acabarmos de almoçar, bem!... você nem começou a comer, vamos dar uma volta pela nossa periferia. Andaremos por todas as ruas do bairro, eu vou mostrar para você o que aconteceu com cada menino e cada moço da vizinhança, o que fazem para sobreviver, quantas meninas estão grávidas, ou se prostituindo, inclusive minha irmã, e não recebem assistência, quantos estão presos na penitenciária ou na Febem e ninguém se importa, todos viram as costas para nós. Aí poderá entender por que fizemos o que fizemos ontem.

— Você acha que isso justifica?

— Não!... mas ameniza. A assistente social da Pastoral no outro dia estava falando que nossa geração é de gente pobre, porque nascemos de outra geração anterior tão pobre como a nossa, não entendi muito bem ela falava em uma tal de herança genética. Se não nos prepararmos adequadamente, se não tivermos educação e formação profissional, iremos formar outra geração de miseráveis. Eu botei na cabeça que não vou morrer miserável e bêbado como meu pai e não vou me casar com ninguém, minha geração vai morrer comigo.

— No fundo você tem razão, todo mundo tem razão, mas não serve de consolo. Aquela cena de ontem não sairá nunca mais de minhas lembranças. Já são duas tragédias que ficarão gravadas pra sempre: a chacina onde meu pai foi assassinado inocentemente e o velho que matei praticamente de susto.

— Fica frio, meu irmão, amanhã você vai embora desse lugar. O que ocorreu ontem vai ser passado e você vai ter um longo e belo futuro pela frente. Mas não se esquece deste seu irmão, tudo o que você for fazer de bom ou de ruim pode contar comigo.

Contornou a mesa, aproximou-se daquele negro atarracado e sempre muito falador, que tinha sempre uma boa resposta, uma palavra de incentivo ou de consolo. Abraçou-o com força, afagou seus cabelos pixaim:

— Até qualquer dia, meu amigo, espero que Deus nos perdoe e nos encaminhe.

— Conta só com você, meu irmão, conta só com você, e se precisar conta comigo.

CAPÍTULO SEGUNDO

GERAÇÃO VIOLÊNCIA

Desembarcaram em Campinas entre 9 horas e 9h30, andaram rápido até o terminal rodoviário, tomaram o ônibus Jardim Europa, a mãe pouco falava com o filho, e ele pouca coragem tinha de se dirigir a ela, desde a hora em que lhe entregou aquele dinheiro, que parecia estar impregnado de doenças contagiosas, de coisas ruins. Sentia queimar as mãos com aquilo, essa foi a impressão que teve quando sua mãe pegou aquele pacote de dinheiro roubado, mas não havia alternativa a não ser usá-lo, e com moderação. Era muito precioso para acabar logo.

Desceram do ônibus, andaram alguns quarteirões, até chegarem à casa de sua tia. Ia olhando por todos os lados, como que fazendo um reconhecimento do local, que pouco se diferenciava do seu antigo bairro de periferia em São Paulo. Algumas crianças brincavam na rua, outros jogavam futebol, o movimento de veículos era pequeno, o que favorecia a possibilidade de ficarem todos fora de casa no domingo, aproveitando o sol, conversando ou fazendo alguma coisa de melhoria nas casas. Também esta era a única opção, não havia outras coisas a serem feitas, não se via nas imediações nenhuma área de lazer, nenhum campo de futebol, um ginásio ou qualquer incentivo ao esporte, isso para pessoas de qualquer idade. Estava fazendo suas observações quando sua mãe o chamou:

— Rápido, Zé, estamos chegando. Tá perdido no mundo, parece que vive no mundo da lua?

Sua tia aguardava-os defronte à casa, uma casinha pequena, tipo popular, mas bem conservada, toda pintada em amarelo bem clarinho, um tom bastante agradável. Muito diferente daquelas paredes poeirentas de onde ele vinha, e que já lhe parecia muito distante, até um outro mundo. Algumas plantas no pequeno jardim lhe incutiam uma sensação de harmonia, de tranquilidade, e foi com essa alegria que sua tia os recebeu, principalmente sua mãe, que correu a abraçá-la, recebendo, em contrapartida, palavras carinhosas e consoladoras, alisando o seu rosto cansado. Depois que seu pai foi assassinado, aquela luta diária e solitária envelheceu muito sua mãe. Tinha pouco mais de quarenta e cinco anos, mas aparentava já uma velha de setenta anos, os cabelos embranqueceram, as rugas surgiram mais visíveis, bem acentuadas. Aquele rosto magro, com a pele seca e descuidada, demonstrava o cansaço das batalhas diárias pela subsistência e manutenção da família em uma terra selvagem e inóspita, na moderna floresta de pedras, onde a vida não tinha o menor valor, pelo menos para as pessoas pobres, negras e periféricas.

Sua tia, ao contrário, se mostrava ainda nova, a idade não a castigara com as marcas do tempo, aparentava ser jovem, era bonita, nada de extraordinário, mas chamava a atenção. Não era alta, deveria ter 1,65 m. O peso era compatível, mas tinha uma leveza no andar, cintura fina, seus quadris balançavam soltos, como uma bailarina espanhola, enfim..., depois de muito tempo esta seria a primeira vez que se via admirando ou notando alguma mulher. Sua tia virou-se e disse:

— José Antônio, está dormindo? Vem, vou lhe mostrar seu quarto, fica nos fundos em ambiente separado, mas terá seu quarto, seu banheiro, toda a privacidade necessária. Tenho certeza que irá gostar. Depois iremos comer, o que tudo indica é que estão morrendo de fome, não é mesmo?

Ela não dava chance para responderem nada do que perguntava, ia falando, falando, tentando de toda forma ser agradável. E até que conseguia, pois há muito tempo não via sua mãe sorrir com tanta satisfação.

Passaram um dia agradável, mas não tinham a presença de seu tio. Sua mãe ainda perguntou por ele, mas ela desconversou, dizendo que o infeliz não parava em casa, sempre viajando, deixando-a na maior parte do tempo sozinha, mas que não havia problema, já se acostumara. Foi quando pensou: "como uma mulher jovem, bonita, consegue ficar sozinha?". A resposta veio de imediato:

— Não se incomoda, minha irmã, agora terei o José Antônio para companhia.

Abraçou-lhe, deixando-o um tanto corado, não estava acostumado com isso. A vida até aquele momento pouco tinha lhe proporcionado de carinho e afeição, sempre foi muito dura e agressiva, chegando até as raias da violência, para se manter vivo e ajudar sua família naquele mundo cruel da periferia paulistana, onde se manter vivo era uma vitória ou dádiva divina.

Na hora de se despedir, sua mãe abraçou-o chorando. Depois de vários dias sem se falarem, ela abriu o coração já fatigado, abatido pelo sofrimento, e disse:

— Vou sentir muito a sua falta, filho, mas será melhor assim, prefiro você longe do que morto. Se continuasse lá, certamente aconteceria o que aconteceu com seu pai e eu não poderia suportar outra desgraça. Procura respeitar e obedecer a sua tia. Limpou as lágrimas, virou as costas e foi saindo em direção ao ponto de ônibus, ao lado de sua tia, que a acompanhava.

Mal sabia a pobre mulher e dedicada mãe que com aquele ato estava traçando para o filho um novo destino, provavelmente muito pior do que se pudesse prever. Ele ficou ali parado no portão da casa sem ter respondido nada à sua devota mãe, só sentindo a sensação de vazio, de abandono. Algumas lágrimas lhe brotaram nos olhos e desceram pelo rosto, disfarçou o choro ao ver se aproximar uma garota vizinha. Na hora não notou nada de especial, estava muito triste para conversar ou se apresentar. Só notou que era de pele clara, quase loira e com algumas sardas no rosto, o que lhe dava uma aparência bem adolescente. Pediu licença e entrou para dentro da casa, dirigiu-se ao seu novo quarto. Foi arrumar suas poucas coisas, para se distrair e espantar a melancolia daquele momento triste.

Deixou seu quarto, já era noite, entrou na sala. seu tio já chegara, sentiu tamanha prepotência, arrogância naquela pessoa que lhe despertou uma antipatia imediata, fazendo com que sua tia percebesse de pronto e tomasse a providência de os apresentar, pois até então não o conhecia.

— Jonas, esse é meu sobrinho José Antônio, vai ficar conosco. Ele interrompeu dizendo:

— Certo, magrão, tô sabendo, posso chamá-lo de magrão? Acho que você está bem abaixo do peso, não é mesmo? Pela sua altura está precisando comer muito feijão. — E saiu rindo de forma debochada.

Ficou imaginando, é, bem ao contrário dele, que parecia estar bem acima do peso pela sua altura. Não deveria ter mais que um metro e setenta e pesava no mínimo 85 a 90 quilos. Parte daquilo deveria ser músculo, aparentava ser muito forte, mas a maior parte sem dúvida era banha. Foi quando sua tia cortou seus pensamentos dizendo:

— Vamos jantar, Zezinho? Realmente seu tio nesse caso tem toda razão, vai precisar ganhar um pouco de peso, está magrinho.

Encaminhavam-se para a cozinha quando foram barrados por alguém chamando no portão, uma voz feminina agradável. Pareceu-lhe já tê-la ouvido antes.

— Cléu, posso entrar?

Esse era o apelido carinhoso de sua tia, cujo nome verdadeiro era Cleonice, mas ela preferia o apelido, com certeza, pois uma das primeiras coisas que lhe pediu foi para não a chamar de tia, e sim de Cléu. Detestava ser chamada de tia.

— Entra, Rose, venha conhecer meu sobrinho, vai morar comigo.

— Já o vi pela tarde, mas parece que não gostou muito de mim, virou as costas e deixou-me falando sozinha!

— Não me leva a mal, por favor — respondeu ele —, estava muito triste e desconsolado, minha mãe estava indo embora. Esta foi a primeira vez que deixo minha casa, e me separo de minha família. — Tentou justificar-se.

— Eu compreendo — respondeu ela —, e se precisar de alguma coisa que eu possa fazer, estou às ordens.

— Preciso, sim, e urgente, não conheço nada aqui em Campinas e preciso trabalhar, pode me ajudar?

— Amanhã mesmo falo com meu patrão, no mercado onde trabalho e te indico. Sabe fazer algo de especial? Tem alguma qualificação profissional?

— Não... nunca aprendi nada, qualquer serviço eu pego, fico muito grato se puder me ajudar.

Esse foi um encontro em que pôde notar melhor sua beleza juvenil. Era pouco mais velha que ele, alguns meses, talvez um ano, mas tinha jeito de menina faceira com corpo de mulher, não saberia dizer, se por sua simpatia ou por sua presteza, despertou nele algo muito diferente, um sentimento com que nunca tinha se deparado antes, seu coração pulsava acelerado, sentia um nó na garganta, uma certa euforia, ficou paralisado sem saber o que falar. Estava sem qualquer argumento como que amarrado com laços fortes impossíveis de soltar, quando seu tio entrou novamente na sala com aquele seu jeito arrogante, machista, foi dizendo:

— Está com os olhos brilhantes, hem! Magrão? Vai comer a garota com os olhos. — Soltou uma gargalhada escandalosa e saiu novamente para a rua, sem dar a menor satisfação à sua tia, que disfarçou um sorriso sem graça, levantou-se e fechou a porta nas costas do marido. Não procurou, porém, tomar o menor conhecimento de para onde ele iria, com quem iria ou até se fosse voltar. Pensou consigo que aquela alegria e felicidade demonstrada durante todo o dia disfarçava uma grande decepção. Vieram-lhe à lembrança as palavras de seu amigo Beto, uma filosofia simples e realista que sempre repetia: "Zé, para nós que somos pobres, pretos e rejeitados, ninguém vai dar nada. Se quisermos, vamos ter que tomar à força, na raça e no peito. O que vão dar pra nós nessa vida é só desilusão, desgosto e cadeia."

— Acorda, Magrão.

Assustou-se com aquela voz chamando-o, com aquela mãozinha leve, suave como uma pluma passando pelo meu rosto, tão suavemente que sentiu um calafrio subir por todo o corpo, enrubescendo as suas faces, fazendo-a perceber e sorrir de forma marota, deixando-o extremamente sem graça e sem ação.

Como era uma situação inusitada, a primeira vez em que ficava ao lado de uma garota, estava como que perdido, não sabia o que dizer e como se portar. Restou-lhe ficar admirando seus movimentos, sua silhueta suave, tudo lhe parecia perfeito, harmonioso, bonito, dos pés aos cabelos. Sentia uma vontade incontida de agarrá-la, beijá-la. Pensou, no seu íntimo, "seria aquilo amor ou simples tesão?" Para si tudo era novidade, tudo era tão diferente, ele ali sentiu como se estivesse renascendo, se reencontrando com uma nova vida, em um outro mundo. Momentaneamente esqueceu toda violência, agressão e fome de um período recente, vivido na periferia da cidade grande.

Deitou-se aquela noite com a cabeça recostada no travesseiro apoiado na cabeceira da cama e não conseguia dormir. Relembrou todo o ocorrido daquele dia, a viagem de trem, a garota tão agradável, tão gostosa, tudo nela era maravilhoso, sonhava acordado, quando ouviu alguns brados, uma discussão acalorada entre seu tio e sua tia. Tentou assimilar alguma coisa, mas o som chegava alto, porém abafado, como se fossem urros de feras acuadas, sem poder entender nada do que diziam um para o outro. Aquilo foi longe até que novamente ouviu uma porta batendo. Não sabia se alguém saía de casa ou se era tão somente a porta do quarto. O silêncio tomou conta de todo o ambiente, virou-se para o lado, procurou ficar alheio aos problemas particulares dos dois parentes, voltando às suas divagações noturnas, perdido nos seus pensamentos. Enquanto o sono não chegava, reviu seus tempos de escola, as brincadeiras no campinho de chão batido onde jogava bola, brincava na rua com outros meninos do bairro. Foi então que teimou correr uma lágrima triste, bateu-lhe no peito uma saudade incontida de seu pai. Como que por encanto lhe surgiu na mente aquela cena trágica, a nítida lembrança da morte do seu pai, inocentemente assassinado por um justiceiro, de forma cruel e violenta, um homem com uma voz diferente que nunca saía da sua memória, pensou novamente, "um dia ainda vou matá-lo", pensou quase gritando, um grito abafado na alma. Sabia muito bem quem era aquele homem. Hei de achá-lo e, onde estiver, um dia vou buscá-lo, e matá-lo com minhas mãos.

Estava sempre ajudando sua tia no que era possível em casa. Foi um dia de faxina geral, estavam ambos tão absorvidos no trabalho, que só deram conta da hora, quando Rose chegou, vestida com um uniforme verde, vermelho e branco, escrito o nome do mercadinho onde trabalhava. As cores distinguiam bem a nacionalidade do dono, um lusitano gordo, grande, com uma enorme papada abaixo do queixo, chegou e foi entrando:

— Oi, gente! Tudo legal?

Sentiu uma alegria interior, percebeu que ali estava entrando um raio de luz, deixando-lhe alumbrado. Não conseguia articular uma única palavra, só sorria, sentia um jubilo enorme em revê-la. Foi sua tia quem acabou respondendo:

— Oi, Rose! Como está sendo o seu dia? Muito trabalho? Trouxe-nos alguma novidade?

Dirigiu-se a ele novamente pelo novo apelido que lhe foi dado pelo marido de sua tia.

— Magrão, amanhã você deve estar logo cedo no mercado.

— É temporário, mas quebra o galho. Você aceita? Pode ser que você consiga agradar o português e vai continuando até encontrar coisa melhor.

— Poxa, que sorte a minha — respondeu sorrindo. — Logo no primeiro dia e já tenho um emprego. Lógico! vou aceitar sim, não poderia ser melhor. "Além de um emprego, ainda vou poder passar o dia todo perto dela", pensou consigo.

Agradeceu muito o empenho, mas sem muitas palavras que pudessem soar agradável. Não lembrava nada de bonito que pudesse dizer em agradecimento.

Ela ficou olhando para ele com aquele sorriso maroto novamente, como se estivesse compreendendo seu embaraço. Despediu-se, dizendo que ainda teria que se aprontar para ir à escola, pois estava tendo aulas por mais pelo menos alguns dias.

Iniciou em seu novo emprego. Desciam juntos pela manhã para o trabalho e voltavam à tarde, sempre conversando sem constrangimentos. Já estavam bem mais íntimos, conversavam bem mais descontraídos, sem embaraços. Por fim, se sentia bem mais à vontade, falavam sobre diversos assuntos. Ela demonstrava nitidamente uma ambição desmedida, queria ser rica, ter joias, carro, viver bem, nada mais justo, ele concordava plenamente com suas ambições. Ela estava sempre articulando uma maneira ou o que fazer para ganhar dinheiro e enriquecer. Em algumas ocasiões até já estava colocando-o nos seus projetos, aquilo ia deixando-o assustado, achava que tudo estava indo muito rápido. Mas ao mesmo tempo sentia-se feliz, pois dessa forma estava se sentindo cada vez mais ligado intimamente a ela.

Morria de vontade de se declarar, pedi-la em namoro, romper com aquela timidez, ao mesmo tempo imaginava! Mas quem era ele? um João ninguém, um borra-botas qualquer. Teria que se tornar alguma coisa, alguém importante, para chegar a esse ponto.

Naquele sábado, trabalharam o dia todo, foi um dia bastante movimentado. Voltaram cansados do trabalho, combinaram de ir a um cinema no recém-construído Shopping de Campinas, olhar as vitrines. Enquanto conversavam sobre isso, aproximavam-se de casa. Já tinham dobrado o quarteirão, quando avistaram um jovem defronte ao seu portão, esperando-a, foi tomado de uma onda de ciúmes, até um certo ódio, quando ela aliviou tudo dizendo.

— Olha, Magrão, meu irmão, o Heitor. Não havia lhe falado dele ainda, mas ele é seminarista, está estudando para ser padre. Já deve ter entrado em período de férias, ou então veio passar as festas de final de ano com a gente.

Ela correu na frente, indo abraçá-lo toda feliz, ele a acompanhou um pouco mais de longe. Quando se aproximou, ele estendeu o braço, cumprimentando-o:

— Como vai? Meu nome é Heitor, e você?

— José Antônio. Sou sobrinho da Cléu, sua irmã me chama de Magrão, de qualquer forma é sempre um prazer conhecer um padre.

— Não!... padre ainda não, sou só um estudante, um seminarista.

Não tiveram mais tempo de conversar. Ela abanou a mão em sinal de despedida e foi entrando com o irmão casa adentro. Ao passar pela porta, Rose voltou-se dizendo:

— Magrão, mais tarde vou lá pra acabarmos de combinar a respeito de nosso passeio.

Acenou com a mão, concordando. Foi para sua casa. Só agora estava se dando conta de que já estavam no final do ano, logo viria o Natal e o Ano Novo. Acreditava que poderia comprar um presente para sua mãe e seus irmãos, ou levar a eles algum dinheiro. Agora estava trabalhando. Bateu-lhe aí uma dúvida: será que deveria ir passar o Natal com sua mãe? Ou se deveria ficar por aqui com sua tia e a Rose. Sentia muitas saudades da sua família, mas relutou em voltar àquele lugar. As lembranças eram muito desagradáveis. Por outro lado, toda vez que se lembra da Rose, sente algo balançar dentro do peito e aquele desejo de estar sempre a seu lado.

Entrou em casa e foi direto ao seu quarto. Sua tia até aquela hora não havia chegado, estava trabalhando em seu salão de beleza. Aos sábados o movimento era bem maior, tinha que ser bem aproveitado, iria trabalhar até bem mais tarde.

Com todos esses pensamentos lhe atormentando o cérebro e pelas correrias do dia a dia, tomou um banho, perfumou-se bastante despreocupado, pois sua tia com toda certeza iria demorar, deixou as portas todas destrancadas ficando bem à vontade. Só se deu conta de que não estava sozinho, quando Rose o abraçou por trás, seu corpo estremeceu todo, a princípio de susto, mas a seguir foi se inebriando de um intenso prazer ao senti-la acariciando suas orelhas com a ponta da língua e sua mão foi descendo pela sua barriga, enfiando a mão dentro de sua cueca pondo a mostra seu membro já completamente rijo e pronto para sentir o primeiro prazer de sua vida.

Seu corpo queimava com volúpia, um fogo ardente, voluntarioso, virou-se desabotoou sua calça Jeans. Abaixou tudo de uma única vez, calça e calcinha, expondo seu corpo de menina. Estava em sua plenitude, seios médios rígidos, aquela pele clara lisa tão suave como pétalas de veludo, não foi possível naquele êxtase admirá-la com detalhes. Num frenesi de paixão, lançou-se sobre aquele corpo macio e sedento de amor, e assim, sem se preocupar com nada mais, como se fossem só os dois no mundo caíram sobre a cama. Rompeu-se então a barreira da sua virgindade, conseguiram alcançar o clímax por diversas vezes. Isso graças a Rose, que demonstrava uma experiência muito acima de sua pouca idade, fazendo uso de todos os recursos de que dispunha, levando-o à loucura. Ela gemia de forma frenética, naquela volúpia sem fim, de repente, se assustaram com o barulho de alguma coisa que caiu dentro da casa, trazendo-os imediatamente de volta à realidade. Interrompendo aquela volúpia.

— Nossa! minha tia chegou! Já faz tempo que estamos aqui, que horas são?

— Fica frio, Magrão... foi ótimo, pena que tenhamos que parar, só vim dizer a você que nosso passeio vai ficar para outro dia. Chega lá em casa mais tarde.

Enquanto falava quase sussurrando, só então pode notar o quanto era belo e sedutor aquele corpo. Ficou admirando-a, e ela ia vestindo suas roupas. Terminou e saiu pelo corredor lateral da casa, tão silenciosa como quando entrou.

Estava todo suado, aquele líquido quente descia da cabeça aos pés, com aquele cheiro de sexo impregnando as suas narinas. Correu ao banheiro, postou-se debaixo do chuveiro, deixou que a água corresse pelo rosto, descendo pelo seu corpo como uma carícia vinda daquelas mãos macias sedosas, daquele corpo suave que se espremeu contra o dele, transportando-o novamente a um novo sonho. Sentia vontade de gritar bem alto, fazer explodir toda aquela paixão incrustada no peito. Sentia-se o maior e melhor dos homens, estava tão perdido nos seus sonhos que nem ouvia os gritos de sua tia chamando-o. Precisou que batesse na porta com força, para que voltasse daquela viagem lúdica, maravilhosa novamente à realidade.

— Ei, garoto! morreu aí dentro do banheiro?

— Não, tia, já estou saindo.

Foi entrando dentro de casa de maneira arredia, desconfiado, preocupado pensava... será que sua tia viu ou ouviu alguma coisa?

"Meu Deus, que loucura! Essa menina é completamente birolada. É! mas foi a melhor coisa que lhe aconteceu em toda sua vida. Podia até levar uma surra de pau que apanharia sorrindo". Pensando assim, se aproximou e foi tomando a iniciativa:

— Oi, Cléu? O dia hoje foi puxado hem? trabalhou como gente grande.

Ia fazendo as perguntas, mas sempre na expectativa de ouvir algo com referência ao acontecido havia poucos minutos no seu quarto. Mas ela não se manifestou, sinal que não viu nem ouviu nada, ou devia ser muito discreta. Ficou assim mais aliviado, com a consciência menos pesada, como se aquilo fosse algo muito feio, algo imoral um pecado mortal, mas que já sentia vontade de cometer novamente o mais breve possível.

— Realmente, Zezinho! foi um dia cheio, bastante serviço, ainda bem, porque a vida não está nada fácil. Só espero que continue assim até o final do ano. Mas e você, como foi? Vai sair, dar um passeio?

— Não, vou ficar por aqui mesmo. Aliás, vou à casa da Rose, chegou um irmão dela que estuda pra padre, vou conhecê-lo. A senhora o conhece?

— É!... E como conheço, esse garoto era fogo, vivia dando trabalho para o pai e a mãe. Puseram-no no seminário, pensando em consertá-lo, pois já estava metido com droga, roubo, e uma série de coisas mais. Foi sempre um garoto revoltado, nunca aceitou a ideia de ser pobre. Sempre rebelde, desde quando vieram da roça. Seu pai era lavrador tinham um pequeno sítio no interior, perderam tudo, foi-lhes tomado pelo banco em troca de dívidas. Compraram essa casinha com o pouco que puderam juntar, mas não sei não se conseguem mantê-la. Seu Juventino, o pai, vive doente desde aquela época, o que ganha gasta com remédios. Creio que as coisas não estão nada fáceis para o lado deles.

 E foi assim que ficou sabendo mais algumas coisas sobre a família da garota que se transformou no motivo da sua existência, o que eles passaram e o que estavam passando, suas dificuldades e o esforço para continuarem vivendo com alguma dignidade.

 Empurrou a porta da sala da casa da Rose, estava só encostada, foi entrando. Chamou seu nome, não houve resposta. Foi então adentrando, quando, não teve como evitar, passou a ouvir um diálogo entre a mãe e o irmão da garota. A pobre senhora, já em prantos, sentiu isso pela voz embargada, sofrida, chamava sua atenção por ter sido expulso do Seminário:

 — Meu filho — dizia ela —, a situação está terrível para nós, estamos na iminência de perder esta casa, seu pai está sem força para trabalhar e você acha de arrumar encrenca com o padre superior? E agora, o que vai ser? Você terá que arrumar um emprego urgente e nos ajudar, senão iremos todos para a rua com uma mão na frente e outra atrás, sem rumo e sem destino. Senhor Deus, quando você vai criar juízo, meu filho? — Lamentou a pobre senhora.

 Não conseguiu ouvir os argumentos do moço, logo a seguir foi abordado pela garota, que se aproximou pela entrada dos fundos.

 — E aí, Magrão, já jantou? Meu irmão trouxe alguns discos novos, vamos ouvir?

 — Claro! Vamos sim, a não ser que sejam hinos religiosos, não sou muito ligado.

 Falou por falar. Com aquela menina ele era capaz de qualquer coisa. Aquela voz soava nos seus ouvidos como música, deixava-o completamente inebriado. Tinha vontade de pular sobre ela a cada vez que a ouvia falar, e devorá-la com beijos, abraços, mordidas. Ficava completamente ensandecido, e o pior é que ela percebia, tinha consciência de que ele estava perdidamente apaixonado por ela. Mas quando ele tentava tomar a iniciativa de se declarar, ela desconversava e desviava o assunto, de forma que o deixava desconcertado e sem argumentos. Mas, naquela noite, depois de receber aquela felicidade toda, pois foi ela quem se jogou pra cima dele, lhe proporcionando a primeira transa, o primeiro grande ato de amor, em consequência foi dizendo, sem esperar uma contra-argumentação qualquer, o quanto estava apaixonado e queria ter um relacionamento mais sério, um compromisso seguro.

Sua resposta deixou-lhe atônito, com a boca aberta, sem forças de reagir. Foi como uma punhalada no peito, bem profunda e muito dolorida.

— Sem essa! Magrão, pode cortar esse papo, que você não vai conseguir fazer minha cabeça. Nosso relacionamento será sempre de amizade, e quando tivermos oportunidade vamos pra cama, que gostei de trepar com você e nada mais. Meu negócio é dinheiro, quero um cara rico, que possa me dar de tudo, carro, joias, roupas bonitas e muito dinheiro, nada de pobreza, ninguém vive de amor não! miséria, chega a que estamos passando. A não ser que você fique muito rico, ou então tenha condição de me dar tudo o que quero, senão esquece!

Pensou bem no que sua tia falara pouco antes sobre o irmão, e imaginou:

— É!... não existe muita diferença entre os dois. São mesmo bastante inconformados e até revoltados com a situação social da família. Não é pra menos, já devem ter passado por poucas e boas nessa vida. Tanto quanto ele, acha que pobres são todos iguais, a herança que receberam é só mágoa e desilusão.

Daquele momento em diante, não tocaram mais no assunto, no dia seguinte continuaram suas rotinas de irem juntos e voltarem juntos. Seu irmão conseguiu um emprego numa caldeiraria em uma metalúrgica.

Quando dava certo, iam para a cama, transavam até ficarem plenamente satisfeitos e ela sempre é quem determinava a hora de parar. Não se sentia conformado com aquela situação, sentia-se cada vez mais apaixonado. Estava ficando difícil disfarçar seus ciúmes e ela parecia divertir-se com essa situação, o que o deixava bastante desiludido. Mas ele não dava o braço a torcer, procurava se manter alheio, contendo-se a duras penas. Dois dias antes do Natal, um dia chuvoso, ficou bastante contrariado ao vê-la se insinuando para um fornecedor do mercado. Para não se aborrecer mais, pegou algumas entregas, colocou na bicicleta e saiu em direção a sua casa. A entrega seria em uma vizinha de sua tia. Como a chuva aumentou quando retornava, correu em direção de casa, entrou, estacionou a bicicleta no alpendre.

Enquanto passava a mão pelo rosto e na roupa na tentativa de enxugar-se, ouviu barulho dentro da casa e ficou apreensivo:

Apurou os ouvidos, pensando o que seria aquilo. Não era hora ainda de sua tia estar em casa. Deu volta pelos fundos e empurrou, com muito jeito, a porta da cozinha, estava somente encostada. Entrou devagar, passo ante passo, o som vinha do quarto, estava mais nítido, alguns gemidos, palavras ininteligíveis. Aproximou-se pouco mais, a porta do quarto estava completamente escancarada, dava pra ver claramente aquele homem negro forte, grande, segurando sua tia por trás penetrando aquele membro enorme em constantes movimentos. Passou a mão em uma pequena estátua de gesso que enfeitava a mesa de televisão, pensando ser um ladrão ou um tarado estuprando sua pobre tia. Mas por sorte se conteve e pode notar que aqueles gemidos eram unicamente de prazer, chamando-o "meu nego", pedindo que empurrasse tudo, que não aguentava esperar mais. Foi saindo de fasto bem devagar, da mesma forma que entrou, sem fazer barulho, com aquela imagem na cabeça, de sua tia completamente nua, ajoelhada na cama, e aquele homem com sua pele negra, suada, contrastando com a dela, bem clara, lisa e bonita, um corpo ainda bem torneado muito atraente apesar da idade. Deixou-o excitado aquela cena e muito impressionado com a capacidade de sua tia, um corpo pequeno aparentemente frágil, receber aquele verdadeiro mastro negro enorme, todo dentro de si, e gemer de prazer, e não de dor. Balançou a cabeça como que espantando aquela visão excitante. "Poxa!", pensou, "ela é minha tia! tenho que tirar aquilo da mente".

Quando voltavam para casa, Rose, que já parecia conhecer-lhe tão bem ou talvez até melhor do que ele mesmo, olhou-o curiosa e perguntou:

— O que está se passando dentro desta cabecinha, Magrão? Tá viajando nos pensamentos, ou preocupado?

— Vou te contar..., não aguentaria ficar com isso sem me abrir. Sabe a hora em que fui fazer aquelas entregas? Pois é, a chuva apertou e eu estava bem perto de casa. Resolvi me abrigar da chuva e entrei no alpendre de casa, ouvi alguns ruídos estranhos. Entrei pelos fundos e, para grande surpresa, vi minha tia, com um negrão enorme, na maior sacanagem. Até me assustei pensando ser um estupro ou coisa parecida, mas nada disso, era safadeza no duro, minha tia na maior trepada.

— E daí? Ela tem todo o direito, seu tio é um babaca, vive na gandaia, se acha o dono do mundo. Tem que levar chifre mesmo, não dá assistência pra sua tia, vive na zona, não para em casa. Ela é que está muito certa. O negrão que você falou é o Pastor Mauro, eu já desconfiava que os dois tinham um caso, agora tenho certeza. Fica frio, o sujeito é um tremendo cara legal, um crioulo decente.

— É, cara! A vida nos prega cada peça. Além de enfeitar a cabeça do coroa, com um belo par de chifres, faz isso com um pastor de igreja?

— Estou vendo que você está completamente por fora da realidade. Sabe por que meu irmão foi expulso do seminário? Se prepara. Um dos professores de Teologia chamou ele no banheiro, um padre já antigo no seminário, abaixou o zíper de sua calça, desabotoou sua camisa, começou a chupá-lo do peito pra baixo até chegar no pau. Encheu a boca, depois ergueu a batina, virou a bunda e queria que meu irmão o comesse por trás. Foi aí que meu irmão lhe meteu foi um bom chute no rabo, fazendo-o bater com a cabeça na parede, rachando-a ao meio. O filho da puta acusou meu irmão de tê-lo agredido e tentado estuprá-lo. Meu irmão foi expulso e ele ficou lá todo gostoso, satisfazendo sua viadice com algum outro seminarista. Não te esquece, Magrão. Bom é Deus, profetizou ela, mandou Jesus pra nos salvar e Jesus que foi crucificado.

Aquela história ficou martelando sua cabeça o tempo todo. Pensou consigo mesmo: a que ponto chegamos, acho que ninguém mais presta. Ao chegar em sua casa, encontrou sua tia toda feliz, cantarolando, sentiu um pequeno abalo emocional frente ao que achou um descaramento por parte dela, eram coisas que ainda não conseguia aceitar com muita facilidade. Vieram algumas ideias repreensíveis, mas se controlou de imediato, sem que ela percebesse. A realidade tinha que ser aquela mesmo que Rose apregoara, quem era ele pra julgar alguém. Mas ficou gravado em sua mente a ideia de que realmente todos têm alguma coisa a esconder, e geralmente é coisa ruim, pois coisas boas não tem necessidade de ocultar, temos é mais que sair falando delas aos quatro cantos.

— Que houve, Zé Antônio? Que cara mais estranha, algum problema?

— Não! nada... só estou pensando. Amanhã pego dinheiro do pagamento e estou com vontade de ir ver minha mãe, passar o Natal junto dela, o que acha? A senhora não quer ir comigo?

— Acho melhor você dar um tempo, ir vê-la em outra ocasião. Tive notícias dela estes dias e pediu-me para segurá-lo por aqui. Sua mãe contou-me que a polícia esteve batendo por lá, atrás de um seu amigo chamado Beto, e tem medo que você se envolva. Espera um pouco mais, assim que a poeira abaixar ela avisa. Disse estar tudo bem com ela e seus irmãos.

Passaram um final de ano bem melancólico, aliás mais um final de ano igual a tantos outros, sem muito o que comemorar. Pelo menos passou ao lado da Rose e seu irmão, o Padre. Agora estavam mais próximos que nunca, sempre que podiam saíam para se divertir. Pareciam velhos amigos, a ponto de trocarem confidências e falavam sobre projetos futuros, porém sem muita convicção. Não tinham grandes esperanças, apesar de jovens, a vida já havia lhes pregado algumas peças, e dessa forma deixavam o tempo passar. Sempre que podia José Antônio ligava no orelhão perto da casa de sua mãe, ou ela ligava no mercado onde ele ainda estava trabalhando e trocavam notícias.

O salário que recebia não lhe permitia muita coisa, mal dava para se manter e pagar seus estudos. Sua mãe reclamava, estava cada vez mais em dificuldades. Sua tia, por sua vez, não podia ajudar mesmo que quisesse, o que ganhava era o suficiente para se sustentar e a manutenção do lar. Seu tio ficava cada vez mais ausente. Quando vinha pra casa, eram só discussões, brigas, já não ajudava com nada, e ainda tentava levar algum. Assim iam empurrando a vida da maneira que podiam, sempre com muito sacrifício.

Dessa forma, com sacrifícios e lutas, venceram mais uma etapa da vida e chegaram a mais um final de ano. Aí não teve como conter-se, precisava ver sua mãe e seus irmãos. Que não os via há mais de três anos. Falou com sua tia e na véspera do Natal de 85 pegou o trem e seguiu em direção a São Paulo. Não aguentava mais de tantas saudades, imaginando tudo como deixara antes de vir parar em Campinas, e realmente nada mudou naquela vila, só seus irmãos que estavam já alguns centímetros maiores e sua mãe alguns anos mais acabada, uma expressão cansada, abatida. Notava-se claramente que envelhecera muito prematuramente, abraçou-a comovido, com lágrimas rolando, procurando demonstrar que eram de felicidade, de alegria. Tentava lembrar seu rosto de outros dias passados, sempre sorrindo, magra, mas bonita, sempre muito determinada, do tipo "vamos fazer". Agora restava somente a sombra daquela guerreira, mas que tentava ainda a todo custo demonstrar firmeza, garra, sem, contudo, alcançar o objetivo. Permaneceu ali abraçado a ela por algum tempo, pois, apesar de tudo, ainda se sentia seguro e protegido quando estava abraçado àquela mulher, que para ele era o símbolo único de toda pureza de caráter, honradez, enfim a única coisa decente que existia no mundo.

Quando ela pressentiu que a emoção estava tomando conta do momento, afastou-o suavemente e disse:

— Que bom que você veio, meu filho, estava com muitas saudades, entra... Não temos nada para oferecer e só nos resta agradecer o que trouxe.

Tentando disfarçar e mostrar-se indiferente, mostrar que estando longe dela havia mudado, se tornado homem, com novos interesses, novos objetivos e outras preocupações, perguntou das pessoas conhecidas, do seu amigo Beto, o que aconteceu enquanto esteve fora.

A resposta foi tão chocante que o deixou sensivelmente abalado. Seu Raimundo, pai do Beto, morreu de cirrose, havia se tornado um alcoólatra inveterado. A família foi obrigada a mudar-se para um barraco na favela e o Beto estava preso na Febem, na época da prisão ainda era menor. Foi preso por assalto à mão armada:

— Agradeço a Deus todos os dias por você não estar aqui, meu filho, senão esta seria sua sina.

— É verdade, mamãe. Nada do que vou dizer justifica, eu sei, mas eu compreendo os motivos do Beto e de muitos que partem para o crime. Não saberia me expressar muito bem sobre o assunto, é papo para sociólogo, psicólogo, assistentes sociais e sacanagem de políticos, mas sei como é a realidade, e de que maneira as circunstâncias nos empurram ao encontro disso, pode crer, são as necessidades.

Sua mãe ficou olhando-o, sem conseguir compreender as suas palavras, mas concordou com um aceno de cabeça.

Nesse instante seus irmãos entraram correndo, pulando por cima, agarrando-o, abraçando-o, os dois falando ao mesmo tempo, sem lhe dar a oportunidade de entender o que diziam, numa euforia sem precedentes. Pegaram seus pacotes, já foram rasgando, numa felicidade contagiante, fazendo-o soluçar diante daquela cena comovente. Estava se sentindo útil e feliz por, pela primeira vez, patrocinar a felicidade de sua família. Queria poder fazer muito mais, aquilo não era nada, mas era exatamente o que podia para o momento. Sabe Deus quando iria conseguir dar a eles a felicidade, o conforto a que tinham direito, mas que por força das circunstâncias lhes eram negados.

Sem dizer quaisquer palavras, sem voltar os olhos para sua mãe, para que não percebesse sua emoção, e não vissem as lágrimas que brotavam, foi saindo devagar em direção à calçada. Apoiou o queixo sobre os braços encostados no muro, e ficou apreciando o horizonte, numa tarde já quase noite, que não aparentava em nada uma véspera de Natal. A poeira, a poluição escondiam as estrelas e embaçavam a lua, que já surgia ao longe, pouco acima da linha do horizonte, melancólica, indolente, como que forçada a surgir contra a sua vontade. Era uma poesia tétrica para aquele dia que deveria ser colorido, alegre, esperançoso, como apregoavam os comerciantes, ávidos por venderem seus produtos e lucrarem em nome da fé, enchendo de ilusão a cabeça dos pobres incautos. Ficou assim pensando, naquela mesma posição por algum tempo, as luzes dos postes já estavam acesas, com suas lâmpadas pálidas acusando a chegada da noite. Perdido nesses devaneios, nem notava as pessoas que passavam de um lado para outro, procurando o aconchego do lar, após um dia cansativo, corrido, de muito trabalho. Outros já saindo na esperança de encontrar seus parentes e assim poderem comemorar aquele dia tão especial, pelo menos para algumas pessoas. Ele deveria estar feliz, estava ali ao lado das pessoas que amava, além de ser noite de Natal.

Sua mãe, recostada no batente da porta da sala, estava o olhando por trás, como que querendo adivinhar seus pensamentos. Deixou o local, aproximou-se do filho e com suavidade colocou a mão sobre seu ombro, e como se os tivesse lido com a clareza da luz, disse-lhe, com carinho, tentando consolá-lo.

— Filho!... cada um de nós tem uma cruz pra carregar, devemos acomodá-la nos ombros de maneira que fique mais fácil e mais leve, seremos nós que vamos determinar o seu peso.

Ergueu sua cabeça, a fim de olhá-la de frente, admirado com aquela filosofia simples e tão profunda. Sentiu naquele momento, um tremor repentino, não pelo que acabara de ouvir de sua mãe, mas pelo que surgiu de repente diante dos seus olhos, olhou assustado como se tivesse visto um fantasma.

— Beto! Você não estava preso?

Num impulso abriu o pequeno portão e puxou-o para dentro, como querendo escondê-lo de alguém.

— Calma, irmão! Saí, na saidinha de Natal, estou limpo. Nos finais de ano os homens soltam a gente para passar com a família, volto só no dia dois de janeiro. Consegui sair por bom comportamento.

— Que deu em você de aparecer por aqui? Nem eu tinha certeza de vir passar o Natal em casa!

— Foi por intuição, achei que viria. No ano passado eu sei que ficou lá por Campinas, fez muito bem. Não teria como vê-lo, já estava na Febem.

— Ótimo... entra, vem jantar conosco. Foi bom te ver, meu amigo, tenho muitas coisas para lhe contar e tantas outras para perguntar.

Virou para sua mãe e perguntou:

— O Beto pode ficar conosco, mãe?

— Claro, filho, até dormir aí em casa se ele quiser. Acho que terão muitos assuntos, entrem, vão conversar lá dentro enquanto termino de preparar o jantar.

Foram para o quarto como antigamente, sentaram na cama que sua mãe mantinha do mesmo jeito de quando se mudou. Não deu a mínima oportunidade de o seu velho e bom amigo abrir a boca. Foi logo contando todas as novidades, sua grande paixão e sua primeira transa com ela, seu trabalho, as dificuldades, as proezas. Foi falando, destrambelhadamente como que num desabafo, parecia que estavam separados havia séculos, queria contar tudo de uma única vez, principalmente sobre Rose, sua revolta em relação à pobreza e sua exigência de alguém com dinheiro apesar de gostar dele. Isso ele tinha certeza, mas a necessidade de se tornar rica suplantava a capacidade de amar. Acredita nisso e tem ela toda razão, sentenciou.

O que ele poderia oferecer a ela, num relacionamento firme e duradouro, senão uma vida de dificuldades. Ele jamais conseguiria ser alguém na vida. Demonstrava com isso um conflito interior tão violento que chegava a lhe ofuscar a razão, enchendo sua cabeça de ideias malucas. Seria capaz até de roubar, se não conseguisse de outra maneira, com a finalidade de conquistá-la definitivamente.

Fez um meneio de cabeça, dando um tapa na testa, a fim de desviar tais pensamentos. Olhou firmemente seu amigo nos olhos:

— Pareço um bobo, não é mesmo. Não consigo pensar em outra coisa, ela me enlouquece, me fascina, será que isso é paixão?

E assim, sem esperar uma resposta, continuou falando sobre outros fatos ocorridos. Não eram muitos, sua vida se resumia a um mundo restrito, um pequeno bairro pobre de uma grande metrópole, que não oferecia oportunidades a pessoas que não tiveram melhor sorte ao nascer. Poucas também eram as personagens que o cercavam: seu tio, um homem inescrupuloso, explorador, viciado em jogos de baralho; e talvez outros que não lhe era dado conhecer. A sua tia, uma batalhadora, de tanto sofrer as ausências e os desmandos do marido, passou a ter um caso com o pastor crente, um sujeito casado, mas que gostava de dar seus pulos nas horas vagas. No púlpito de sua Igreja pregava a moral, a decência e o amor a Deus, principalmente a obrigatoriedade do dizimo. É um negro esperto esse pastor, o irmão da Rose costuma dizer que se Deus é o caminho, ele é o pedágio, este sujeito vai se dar bem. Falou também sobre o irmão da Rose, seu novo amigo, que chamava de Padre, falou de sua expulsão do seminário, e o motivo. Seu novo apelido, Magrão..., todos já o chamavam assim, menos sua tia.

Beto ficou só ouvindo, devia estar com os ouvidos doendo com toda aquela história, uma ladainha comprida, até a hora em que colocou a mão no seu ombro e disse, de uma forma solene, como se fosse fazer um discurso.

— Agora sou eu... escuta o que vou lhe contar! Acho que isso te interessa bastante, na Febem existe um interno, que era truta do cara que matou seu pai. Ficamos camaradas e me deu a ficha completa do sujeito, suas atividades, onde mora, onde costuma ir toda tarde, gastar o tempo, encontrar seus comparsas, o homem da voz estranha, chamam-no cabo Bento, e o outro o China. São policiais, os outros dois são bate-paus da polícia, dedos-duros. Eles se dizem justiceiros, mas têm ligação com traficantes e ladrões de carga. São bandidos também, e da pior espécie.

— Certo! Foi muito boa esta informação, continuo com o mesmo propósito, mas onde costumam se encontrar, e como faríamos para pegá-los todos juntos.

— Calma!... Pelo que parece, a ideia de vingança ainda permanece, mas não podemos nos precipitar, temos tempo de bolar uma estratégia, precisamos de armas e gente pra ajudar. Eles não são bobos e andam sempre juntos e bem armados, e nós não temos nem armas nem experiência. Só que na unidade da Febem onde estou confinado só tem moleques barras-pesadas, só dá latrocida e homicida. São garotos novos, mas com experiência de veteranos. Estão sempre dispostos ao que der e vier, e com esses caras estou aprendendo o que me falta saber, inclusive onde e como comprar armas de qualquer tipo e calibre. Só que para isso teremos que ter dinheiro vivo e vamos ter que arrancar de alguém. Como fazer isso?... pode crer, ali é a melhor escola, por isso devo voltar e, com mais alguns meses, completo a maioridade e com o auxílio da Pastoral do Menor vou sair de lá limpo como a consciência de uma criança recém-nascida.

— Tudo bem, esta parada já está decidida. Por hoje está suficiente, mudamos o assunto e esquecemos. Gostaria que passasse aqui comigo este final de ano, daremos uma corrida na sua casa para ver sua mãe e voltamos pra cá. Aí juntos poderemos traçar os nossos planos de futuro, para quando você sair daquele inferno.

Sua mãe interrompeu aquela conversa, chamando para comerem. Tomaram seus lugares ao redor da mesa, ele, sua mãe, seus irmãos e o Beto. Ela rezou, agradeceu a Deus por estarem juntos e pelo alimento, como se fora aquilo um lauto banquete, Conteve sua revolta, abaixou os olhos e, como todos ali presentes, respondeu "amém".

CAPÍTULO TERCEIRO

MARCADOS PELO DESTINO

O trem estava completamente lotado, ele foi se comprimindo no meio de um amontoado de gente, passando de vagão por vagão em busca de um lugar onde pudesse ficar mais à vontade, e não ser esmagado por aquela avalanche de gente. Gente que vinha ainda eufórica, sem se dar conta de que a vida voltara à realidade. Pensavam tão somente em retornar a seus lares e retomar suas atividades. Estava ele tão compenetrado naquela tarefa e, como costumava dizer sua mãe, com a cabeça tão longe, que nem se deu conta dos empurrões, pisões. Quando menos esperava, o trem parou na estação ferroviária e ele saltou para a plataforma, sentindo um enorme alívio e pensando consigo mesmo:

— Caramba! Já cheguei, como foi rápido!

Abriu o pequeno portão da casa, já gritando lá da calçada mesmo:

— Cléu? cheguei!... e foi entrando como um furacão todo afoito.

— Ei, ei, calma! Aonde vai com tanta alegria? Acalma-se e conta como foi seu final de ano, como estão todos por lá?

— Vou guardar minha mala, depois dou uma corrida para ver como está Rose, e em seguida volto e te conto tudo como foi. Pode ser? — respondeu ele todo afoito.

— Claro! vai, vai lá matar a saudade. Não prefere comer algo antes? Vou preparar pra você.

— Não, obrigado, volto rápido.

Foi entrando devagar, chamando por Rose num tom baixo de voz, como que se adequando ao ambiente, todo silencioso, janelas fechadas, na penumbra, um cheiro clássico de ambulatório, exalando remédio, odor que envolvia todo o ambiente, aparentava um ar melancólico, triste, nada que pudesse lembrar o dia seguinte de um Natal e Ano Novo, que sempre se espera festivo, data em que se supõem estiveram reunidos com parentes, amigos e noite festiva em que se espera estiveram comemorando com toda a alegria possível, contudo o ambiente, estava mais parecido com Finados que com Natal ou começo de ano. De um Ano Novo, a única coisa que fazia recordar os dias que se passaram era a árvore de Natal, no canto da sala, com suas bolas coloridas, mas as luzes apagadas.

Ficou assim!... sem saber se entrava mais adentro, se voltava para trás. Por alguns segundos ficou ali no centro da sala, sem saber o que fazer e tentando adivinhar o que se passava naquela casa, naquele momento. Virou-se, voltando para a saída, quando deu de frente com Rose, que entrava. Chegou a sentir um leve tremor, assustou-se com a presença repentina da garota.

— Que é, Magrão? Viu fantasma? Feliz Natal e bom ano novo.

Abraçou-o com carinho, ele procurou seus lábios, mas ela o afastou suavemente dizendo:

— Calma, garanhão, está indo com muita sede ao pote.

Ele disfarçou sua decepção, esperava uma recepção mais calorosa, para quebrar a perplexidade perguntou:

— Que está acontecendo aqui, Rose? Que tristeza é esta? Parece casa abandonada, tudo fechado, tudo escuro. Parece que o Papai Noel esqueceu de vocês, ele não viu sua meia pendurada na janela, passou longe?

A resposta veio em seguida, quando seu amigo padre entrou dizendo:

— Não foi um dia como se espera para uma noite de festas, meu pai passou mal, conseguimos interná-lo na enfermaria da Santa Casa. Por enquanto vai ficar no corredor, deitado sobre uma maca, até que haja uma vaga em um quarto do hospital. Mas, enfim, é o que se pode fazer no momento. Se tivéssemos dinheiro a coisa seria bem mais fácil, mas pobre tem que se contentar com o que o governo oferece. — conformado perguntou:

— E aí, Magrão? Como foi de festas? Espero que por lá a sua família esteja melhor do que por aqui.

— Da mesma forma que vocês — respondeu —, sem muitas alegrias, sem ter muito o que comemorar, mas nada a reclamar, poucas esperanças, mas sem desanimar, como costuma dizer um amigo lá da Capital, só no compasso de espera. Pelo que posso sentir, aqui não foi nada agradável. Quer me contar sobre seu pai? — Tentava ser cortês e demonstrar preocupação.

— Não precisamos estender muito, a história é simples: o velho teve uma crise, não conseguimos que fosse atendido em nenhum hospital, tivemos que jogá-lo numa enfermaria e seja o que Deus quiser. Não temos dinheiro, somos que nem merda de cavalo no meio da rua, tudo que passa atropela, até secar e o vento empurrar pra frente, até que desapareça e a chuva venha lavar, eliminando os vestígios de nossa existência. Este é o prêmio de quem trabalha quarenta, cinquenta anos sem descanso: a miséria e o descaso.

Com um semblante amargo e uma infinita tristeza estampada no rosto, foi entrando em casa sem dizer mais nada ou despedir-se, era pura revolta.

— Rose... volto mais tarde. Se puder fazer alguma coisa, pode contar, estarei em casa.

Ela apertou seus pulsos com as duas mãos, acenou a cabeça concordando, mas não respondeu nada. Seus olhos estavam marejados de lágrimas, numa expressão de profundo pesar e tristeza, e ele foi saindo devagar, da mesma maneira que entrou.

Sua tia já estava com a mesa posta para o almoço, esperava-o ansiosa por notícias, e também porque já tinha se acostumado a almoçar e jantar juntos desde que viera morar com ela, somente os dois, já havia se tornado rotina.

— Então? Me conta como foi — inquiriu ela.

— Quer mesmo saber?... Nada de especial, valeu pra matar a saudade e concluir que terei que lutar muito para tirá-los de lá e procurar alguma forma de dar a eles uma vida melhor. Minha mãe está definhando, até assustei quando cheguei perto dela. Envelheceu tanto que mal dá para reconhecer, meus irmãos passam o dia sozinhos em casa à mercê do acaso, do destino e da proteção de Deus. Qualquer descuido ou se acontecer de ficarem doentes, certamente vão morrer em situação de total abandono. Veja aí o pai da Rose, cercado pelos familiares, e tem que ser jogado em uma enfermaria, sem maiores cuidados. Imagine meu pessoal lá em São Paulo, num bairro de periferia, onde prevalece o crime, a violência, a impunidade, e sem ter meios de se defenderem.

— Não resta dúvida — disse sua tia em um tom conciliador. — Você não deve se revoltar ou tomar medidas precipitadas — enfatizou, como que prevendo o futuro. — O que podemos fazer é rezar e pedir a Deus que nos dê forças e com fé iremos resolver.

Quando ele frequentava a Igreja com sua mãe, lá na Vila, Padre Augusto dizia a mesma coisa: temos que ter fé, dinheiro não é tudo, estava conformado, mas, diante de tanto infortúnio já estava pensando diferente, e concluiu, "sem dinheiro não somos nada e nunca chegaremos a lugar nenhum". A fé continua, mas temos que dar uma força a mais pra que ela funcione.

Neste clima de um certo desconforto, terminaram de almoçar, e para descontrair perguntou:

— Mas e você, tia, como foi?... pelo menos deve ter tido um final de ano mais agradável?

— Adivinha?

Sem mais prolongar o diálogo, levantou-se, deu volta contornando a mesa, abraçou-a por trás, enlaçando o encosto da cadeira e seus braços, beijou-a no rosto, num ato de consolo, ou querendo simplesmente encerrar aquele diálogo desagradável. E entrou para o seu quarto, indo deitar-se sem tirar a roupa. Arrancou somente os sapatos, com os próprios pés, acomodou a cabeça no travesseiro e ficou ali deitado, sonhando acordado, sonhos de pura irrealidade, se colocava como um herói vingador, que abatia os inimigos com as próprias mãos e corria de volta aos braços da amada coberto de glórias, aquele que ajudava a todos sem esperar recompensa como nas revistas de quadrinhos. Um Robin Hood, já estava quase adormecendo, os olhos semicerrados, na maior preguiça, poderiam se dar esse luxo, pois só iria trabalhar no dia seguinte, assustou-se quando a porta se abriu com o padre entrando e dizendo ao mesmo tempo:

— Te deixei falando sozinho em casa há pouco, Magrão, não me leva a mal, estava puto da vida, revoltado com tudo isso que está acontecendo — acabou desabafando.

— Tá legal, cara! Senta aí — indicou para ele batendo com a mão sobre o colchão. — Vamos conversar. Sabe de uma coisa, tem horas que acho que estamos aqui no mundo atirados a nossa própria sorte, vivendo um verdadeiro castigo. Tenho um bom amigo, acho até que já lhe falei dele, o Beto... um crioulo sangue bom, fomos criados juntos lá na Vila Rosa. Na cabeça dele, negros e pobres só conseguem se impor à força, e se quiserem ter alguma coisa terão que ir buscar, arrancando na mão grande. Ele sempre repetia, não podemos ter piedade porque ninguém terá piedade de nós, para os políticos somos trampolins eleitorais, servimos tão somente para elegê-los, depois esquecem. Aos poderosos somos massa de manobra, temos que morrer de fome para que eles fiquem cada vez mais ricos. Mostram na televisão nossas caras sujas, nossos pés descalços, com a finalidade de conseguirem verbas e com isso encherem os bolsos com a nossa desgraça. É! meu amigo, a pobreza só é ruim pra quem é pobre, mas pode crer, somos muito necessários. Nas nossas costas, vão criar programas humanitários e alguns políticos terão onde empregar seus parentes. Alguns industriais aumentarão seus lucros, construindo sistemas de segurança contra roubo. É bem melhor construir cadeias do que escolas, somos uma verdadeira mina de dinheiro. Certa vez ouvi alguém dizer na Pastoral do bairro que somos inocentes úteis, mas acho que somos culpados úteis, somos culpados até por termos nascido.

— Espera aí, Magrão, o discurso está bonito, mas aonde quer chegar?

— Quer escutar? A história é longa. Depois ouço o que tem a dizer.

— Vamos lá! Desabafa. Já que me chama de Padre mesmo, vamos abrir aqui um confessionário.

— Sabe de uma coisa, meu irmão, preciso mesmo desabafar, isto me queima o peito e não consigo esquecer. Mas foi a única vez que consegui dar algum conforto a minha família, tirando-os do sufoco, foi quando eu, o Beto e alguns malucos assaltamos a casa de um milionário em São Paulo. A coisa não deu de todo certo, tivemos alguns problemas, três pessoas morreram, mas levantamos uma grana, suficiente para salvar meu irmão menor de uma pneumonia e minha mãe conseguiu pôr comida na mesa por algum tempo.

— Estou te entendendo, Magrão, acho que sei aonde quer chegar.

— É! Talvez saiba sim, estou pensando também que tenho direito, neste mundo, de tirar minha carteira de motorista, conhecer o mar, passear na praia, comprar roupas melhores, aprender coisas novas, ter uma garota e sair com ela sem ter que regular os gastos. Viver, Padre! viver... somente viver... decentemente, como gente.

— Antes de falarmos sobre direitos, vamos falar sobre planos futuros, foi bom saber de suas proezas, pois é o que vim fazer aqui, primeiro queria saber de onde vem esta revolta, e ver você soltar todo este veneno acumulado na alma, porque se formos montar um esquema para o futuro, temos que entrar com consciência, sem precipitação, com frieza, esquecer o ódio.

— Tem razão, Padre, até parece que você tem o dobro da idade, fala com muita autoridade e expressa experiência, vou lhe contar.

Justo no momento em que ia iniciar a narração, Rose colocou sua cabecinha por dentro da porta dizendo:

— Posso participar? Gostaria de ouvir o que tem a contar... posso?

— Faz tempo que está aí ouvindo?

— Só um pouco, continua... não quero atrapalhar.

Começou falando sobre o que aconteceu na tarde de 14 de novembro de 1980. Essa data ficou gravada na sua memória como se tivesse sido escrita a ferro em brasa, o dia em que seu pai foi brutalmente assassinado, morto inocentemente, justo quando queria comemorar um novo emprego, depois de tanto tempo desempregado. Entrou no bar para externar sua alegria, demonstrar que tinha dignidade, novamente voltava a ser um honrado operário, pois para ele só era digno e honrado o homem que tivesse um emprego e fosse honesto, trabalhador. Este era o exemplo que queria ser, e tombou pedindo clemência, como alguém que tivesse cometido um pecado mortal, um crime terrível. Cometeu somente a indignidade de ter conseguido um miserável emprego e ele testemunhou tudo, sem nada poder fazer, impotente, vencido, uma lição que foi escrita com sangue no caderno da vida e jamais será esquecida. A esse capítulo da história foi dado o título "Vingança", e, podem ter certeza, vai ser cumprida.

— Se quiser chorar, Magrão, vai em frente, não se acanha, estamos aqui para o que der e vier, pode desabafar.

— Minha sorte é ter amigos como vocês. Desculpem a emoção, tem momentos que não dá pra segurar a barra, mas vamos lá!

Daí pra frente contou a eles toda a aventura passada, voltou inclusive a falar do assalto, as mortes, que infelizmente foram inevitáveis. Falou muito sobre seus bons amigos, o Beto e o Diogo, companheiros com quem sempre poderia contar a qualquer momento para o que fosse preciso, falou sobre as descobertas do Beto com referência aos assassinos de seu pai. Só se deu conta do tanto que falara quando sua tia já chegava do salão de beleza onde trabalhava, naquele dia um pouco mais cedo, o movimento era pequeno no reinício do ano.

— Oi, meninos! Vou fazer um lanche pra vocês, parece que a conversa tá animada. Aceitam um refresco?

— Tá legal, tia. Caramba, pessoal! Falei mais que o homem da cobra, devem estar com o saco cheio, hem?

— Nada disso, Magrão — respondeu o amigo —, agora já conhecemos a sua parte da história. À noite você dá um pulo em casa e continuamos nossa conversa. Vou expor a você meus planos e traçamos nosso futuro. Espero poder contar com você, foi importante ouvir o que nos contou, agora tenho certeza que as coisas vão dar certo. À noite falamos, tá bem?

Naquela noite, logo após o jantar, sentaram-se à mesa ele, a Rose e o Padre, todos muito sérios, compenetrados. Parecia até uma reunião de executivos de empresa multinacional. Ele estava tão curioso que mal se continha, estava muito ansioso por saber o que iria ser tratado de tão sério. Sentia por dentro, como uma premonição, que ali, naquele momento, poderia estar traçando o seu futuro, seria para o bem ou para o mal, portanto deveria levar com muita cautela, pensar duas vezes antes de se comprometer, mas esperava angustiado o início da pequena reunião. Além de muito jovem e completamente inexperiente, nunca havia parado para pensar o que fazer e como planejar seu futuro e como fazer para alcançar seus objetivos ou traçar planos. Estava perdido, andando por uma estrada sem sinalização, sem destino, sem saber aonde poderia chegar. Só sabia que não poderia mais continuar naquela vidinha miserável, tinha sonhos e esperava realizá-los a qualquer custo. Portanto, estava ali a oportunidade de iniciar uma nova empreitada, desenhar com cores vivas as marcas do seu destino, chegara a hora de fazer sua escolha.

— Se liga, Magrão! — falou-lhe o padre — Parece estar tenso, fica calmo, que já vamos começar.

Fez um movimento afirmativo com a cabeça, sem, contudo, diminuir aquela tensão. Até Rose percebeu, pegou sua mão, úmida de suor, aproximou seus lábios em seus ouvidos e sussurrou algumas palavras, que só ele ouviu e o arrepiaram todo, fazendo-o enrubescer.

— Fique tranquilo, garoto — sussurrou ela —, quando acabarmos com esse papo, a conversa vai ser diferente, só eu e você, na minha cama. Estou morrendo de saudades, quero trepar até desmaiar de prazer.

— Tudo bem... — falou pausadamente o Padre. — Quero que prestem muita atenção no que vamos conversar aqui hoje, porque dessa conversa poderemos estar dando os primeiros passos para uma vida de glórias ou um futuro incerto. Vamos arriscar tudo, acredite, se concordar, será um caminho sem volta, uma via de mão única, pelo menos eu não tenho dúvida. E do jeito que está não temos condições de continuar. Temos problemas urgentes e não temos meios de resolvê-los, estou falando por nós todos, às custas de um empreguinho e à base de salário de fome. Estaremos andando pra trás como se fôssemos caranguejos, somos olhados por todos como elementos de segunda classe, dignos de piedade, e nós não necessitamos de piedade, necessitamos de dignidade. Teremos que nos impor, se não conseguirmos pela moral, terá que ser pela força. Se não nos dão a oportunidade de ganhar honestamente, vamos conquistar de forma mais contundente, vamos tomar deles na marra. Só que temos que pensar que a nosso favor só temos a nossa união, uma grande confiança e uma boa organização. Para isso teremos que ser determinados, enquanto contra nós existe um enorme aparato, polícia, segurança, alarmes e milhões de armadilhas, que teremos que aprender a driblar, enganar e desmontar. Enfim, quero dizer que temos que nos profissionalizar, se quisermos nos manter vivos e livres, para aproveitar o resultado de nosso trabalho.

— Estou emocionado, Padre! mas até agora só desconfio dos seus objetivos, mas não tenho certeza e não entendi nada, não sei aonde quer chegar, e qual a minha participação.

— Tudo bem! Meu irmão, estou lhe chamando assim porque daqui para a frente, se você topar a empreitada, deveremos nos portar como tal, vamos ao ponto crucial da questão: vou ser bem claro e muito objetivo, penso que a única forma de conseguirmos melhorar de vida será roubando, mas, como disse antes, vamos ter que nos preparar de forma técnica e psicológica, montar uma equipe, coesa e coerente, de pessoas determinadas e inteligentes, e teremos que começar rápido. Eu não quero deixar meu pai morrer naquela enfermaria, e você não pode deixar sua mãe e seus irmãos passando fome naquela periferia.

— Já vinha pensando nisso há tempo, padre, só não tinha ideia de como começar e, pra ser honesto, nem coragem.

Não sabia se por princípio ou se por covardia, só sabia que este seria o único caminho e que não haveria volta quando entrasse. Teria que vencer as suas fraquezas, se quisesse alcançar tais objetivos. Com certeza pensou consigo mesmo que o padre tinha mais conhecimento, mais estudo do que ele e, logicamente, mais experiência. Diante disso poderia ajudá-lo, orientando-o, e também se comprometer a auxiliá-lo na realização de sua vingança, que era a sua obsessão. Animou-se com a proposta do novo irmão e disse enfaticamente:

— Pode contar comigo, prometo que vai ter um companheiro determinado. E me proponho ainda a trazer para nossa equipe meus dois melhores amigos, o Beto e o Diogo.

— Ótimo, mas o Beto não está preso na Febem?

— Sim, mas deverá sair dentro de mais três ou quatro meses. Disse-me que vai ter o apoio da Pastoral do Menor, vão arrumar advogado para ele e aí vai dar tudo certo.

— Antes disso, Magrão, teremos que fazer um trabalho nós três, eu, você e a Rose. Temos que levantar uma grana para começar.

— Não, Padre!... a Rose não... é muito arriscado — disse ele em defesa da amada.

— Calma, meu amigo, o trabalho vai ser simples e ela não vai pôr a mão na massa. Vai trabalhar nos bastidores, eu explico, vamos roubar o mercadinho em que vocês trabalham.

— Tá doido, cara! Ali todos nos conhecem e se roubarmos o Português, ele quebra, e vamos trabalhar onde?

— Se quiser entrar no crime, Magrão, não poderá ter complacência nem dó de ninguém. Pode ficar sossegado, que o portuga não vai quebrar não, e tampouco vai ficar sabendo que fomos nós que roubamos. A Rose, como trabalha no caixa, vai se encarregar de tirar cópias de todas as chaves do mercado: portas, cofres, enfim, tudo que for necessário para facilitar o roubo. No sábado, após o expediente, nós voltamos ao local e entramos no prédio. Se conseguirmos o segredo do cofre, tudo bem, abrimos numa boa. Se não, vamos ter que arrombar. O que não vai nos faltar é tempo, podemos passar a noite toda do sábado e o domingo, comida tem à vontade. O guarda fica só do lado de fora, não entra. Ele chega às seis da tarde e vai embora às sete da manhã do outro dia. Já andamos conversando sobre isto eu e a Rose, o movimento do sábado é excelente. Na hora da saída todos irão embora, e você vai ficar escondido em algum lugar. Até lá, já teremos as chaves na mão, eu darei um jeito de entrar depois das dez horas, quando já estiver terminado o expediente.

— Até aqui, tudo bem. Mas e quanto ao resto, a questão da profissionalização, como deverá ser feita?

— Boa pergunta, Magrão, nós vamos ter que aprender muitas coisas juntos, vamos fazer curso de eletricista, mecânico, vamos aprender a lidar com eletrônica, fazendo cursos de computador. A informática está tomando conta do mundo e não vamos ficar parados no tempo. Para tudo isso, temos que ter dinheiro, e só teremos esse dinheiro se praticarmos pequenos roubos, até que tenhamos a equipe formada e condições de saltos mais altos.

— Só que, a partir do momento que eu souber tudo isso, não precisarei mais roubar, vou ter condições de arrumar bons empregos — falou sorrindo o Magrão.

— É o risco que teremos que correr, meu amigo, tudo que formos fazer na vida temos que nos preparar e, finalmente preparado, você tem a chance de escolher: a excitante vida do crime ou a monótona batalha do dia a dia. É uma questão de raciocínio e escolha.

E com isso deu uma risada sarcástica, demonstrando ser um sujeito frio e calculista e capaz de levar adiante seus objetivos, a qualquer preço.

Por instantes ficou tentando coordenar aquelas palavras dentro do cérebro, relembrando item por item da conversa: assaltar o homem que lhe deu a primeira oportunidade de trabalho, mas que em compensação lhe pagava um salário de fome e exigia um trabalho além da perfeição. Aquela batalha de consciência, que aos poucos já estava lhe doendo a cabeça, foi interrompida quando Rose aproveitou que seu irmão dera uma saída da mesa para ir ao banheiro. Tocou-lhe no ombro e disse num tom baixinho:

— Magrão, assim que meu irmão sair, vou deixar a janela aberta. Estarei te esperando, tudo bem?

Sinalizou afirmativamente com a cabeça, já na maior ansiedade, levantou-se e se aproximou do banheiro onde estava o padre perguntando:

— E aí, meu irmão, encerramos por hoje?

— Por hoje é só — respondeu-lhe ele —, durante a semana voltamos a conversar e vamos aos poucos amadurecendo nossas ideias. Quando chegar o dia, estaremos afiados.

— Até amanhã, então.

Ia entrando pelo corredor, sua tia gritou de dentro de casa:

— Zé Antônio, não vai sair hoje?

Ao ver que sua tia estava sozinha em casa, contornou e entrou pela sala. Sentiu um perfume suave, inebriante, que saía do quarto. Ela, toda produzida, bem maquiada, vestia uma roupa de dormir bastante sedutora, uma camisola curta transparente, na cor negra, que contrastava com sua pele clara, por cima vestia um robe de seda que não conseguia esconder sua sensualidade, pois, da mesma forma, era bem transparente. Além disso, o mantinha aberto, desabotoado, destacando a parte de dentro da lingerie. A luz da sala, de forma despudorada, deixava transparecer todo o contorno de seu corpo ainda muito sedutor, demonstrando claramente a intenção de sua tia naquela noite. Já conhecendo seus segredos, logo imaginou que esta noite seria para ela como para ele uma longa noite de amor. Procurando deixá-la bem à vontade, contou a ela as suas intenções para aquele final de noite, não sem antes lhe dizer.

— Cléu!... que máquina, hem? Hoje a noite promete, vamos arrasar.

— Que é isso, menino? Não tem respeito? Sou sua tia.

— Pode ser, mas não deixa de estar muito gostosa, um tesão. O cara vai cair matando sobre esse material. Pode ficar tranquila, tia, não vou atrapalhar. Tenho um programa pra hoje que vai me tomar a noite toda, pelo menos é o que espero.

— Acha mesmo que estou bem? Mas antes me conta, o que é que você vai fazer? Onde vai passar a noite?

— Vou pular uma janela, e não quero nem morrer.

— Pode me contar quem é a felizarda? Toma cuidado não vá me aprontar.

— Ora bolas, tia... Cuidado com o quê? Não se faça de boba, você sabe muito bem quem é.

E foi saindo devagar, cantarolando uma velha canção. Seguiu para o seu quarto com a intenção de se preparar para uma noite inesquecível.

Ficou pronto, preparado para sair atrás de mais uma noite de prazer e volúpia, estava tão ansioso que daquela conversa preliminar sobre o assalto já tinha até se esquecido, não aguentava esperar mais, estava ficando inquieto. Não via a hora de pular nos braços daquela garota infernal, que o conseguia enlouquecer, deixava sua cabeça desarvorada. Num simples toque de sua mão já lhe subia aquela chama ardente que o queimava dos pés até os cabelos. Enquanto fechava a porta do seu quartinho nos fundos, ouviu bater a porta da sala de sua tia. Olhou no relógio, passava pouco das 22 horas. Pensou "o Pastor encerrou mais cedo seu culto. E dirigiu-se ao seu encontro marcado", torcendo para que o Padre já estivesse fora de casa.

Depois daquela noite maravilhosa, quase não conseguia levantar pela manhã. Se não fosse pela insistência de sua tia, dormiria até as 12 horas direto. Levantou esfregando os olhos, perguntou:

— Que horas são, tia? Acho que perdi hora.

— Não, ainda dá tempo, apresse-se, o café está pronto. Pelo que parece a noite foi além das expectativas, hem?

— É verdade, nada mal, essa garota ainda me leva à loucura, e a sua?... Não creio que tenha se decepcionado, ainda nem recolheu as peças íntimas esparramadas. O cara não esperou nem chegar no quarto, tia? Parece que foi arrancando tudo na chegada.

Deu uma boa risada e foi andando em direção à porta da saída, deixando sua tia pra trás, recolhendo suas roupas pelo chão da sala toda feliz e satisfeita. Já não havia nenhuma inibição entre eles, mantinham uma convivência harmoniosa, afetiva.

Retornaram ao trabalho, ele estava sempre tenso, preocupado. Procurava disfarçar o mais que podia, mas não tirava da cabeça o ato que iriam cometer, já sentindo um aperto no coração como um remorso antecipado. Mas no mesmo instante lembrava sua família e suas necessidades, buscando com isso justificar o crime que estava prestes a realizar. Sempre à noite se reunia com o Padre e a Rose, discutiam os detalhes que, no decorrer do período de trabalho, ia anotando mentalmente. Procurava, como havia sido falado na primeira reunião, a cada dia amadurecer a ideia e aperfeiçoar o plano. A Rose foi muito eficiente na parte dela: o Padre arrumou alguns pedaços de massa de vidraceiro e ela ia tirando o molde de todas as chaves que achava importantes.

Na quinta-feira, quando foi acertar o seu caixa no período da tarde, teve oportunidade de ver o português abrindo o cofre, que ficava atrás da mesa da contadora. Esta, de cabeça baixa, fazendo suas anotações, não percebeu que Rose permanecia ali, de pé, procurando com toda a atenção memorizar os números do segredo do cofre. O patrão levantou-se e ela disfarçou muito bem, quando a contadora olhou para ela perguntando:

— Que foi, Rose, precisa de mais alguma coisa?

— Gostaria de levar mais alguns trocados, estou com muita nota e poucas moedas.

— Certo. Quanto mais você precisa?

Pegou o que precisava e deixou rapidamente o escritório, sem demonstrar nervosismo, numa frieza de dar inveja a muitos profissionais. Anotou o número que tinha gravado na memória em um papel enquanto caminhava, para não esquecer. Ao passar por ele no corredor do supermercado, onde se encontrava arrumando algumas mercadorias nas gôndolas, deu-lhe um leve toque na costela dizendo:

— Consegui, Magrão, vai ser moleza.

Na sexta-feira à noite se reuniram novamente, para acertar os detalhes finais da operação. O Padre gostava de ler muitas histórias policiais e tentava dar uma conotação de grande operação, colocou até um nome no nosso plano (operação Portugal). Trouxe consigo, já prontas, todas as cópias das chaves que Rose havia moldado na massa, estavam perfeitas. Só não haveria jeito de testá-las, mas uma ou outra iria dar certo, como confiavam plenamente que todo o plano daria certo.

Sábado trabalharam o dia todo normalmente. Ele, desde o momento em que entrou no mercado, sentiu um formigamento no corpo todo, um certo enjoo. A todo momento ia beber água, a boca sempre seca, fazendo um esforço sobrenatural para se mostrar calmo. De quando em quando Rose lhe dirigia um olhar conciliador, o que o tranquilizava um pouco mais. Por diversas vezes ia até o caixa em que trabalhava, para ajudar na embalagem de mercadorias. E ela para descontrair lhe dizia:

— Calma, Magrão! Fica frio, que vai ser mole, está entrando uma grana preta.

Já na hora de fechar o mercado, no fim do expediente, sem ser notado, entrou no quarto de despejo, onde guardavam os materiais de limpeza. Fechou a porta por dentro e ficou em silêncio total; até para respirar ele se continha.

O medo desapareceu, sentia uma frieza que até estranhava, pensou: "como consigo mudar tanto?". Ainda ouviu o gerente perguntando:

— Já saíram todos? Vou fechar, até amanhã pra vocês e bom descanso.

A porta de ferro desceu com força, fazendo um barulho surdo ao bater contra o chão, depois se abateu um silêncio sepulcral. Manteve-se ali naquele local por mais de duas horas, já sentia câimbras nas pernas e adormecimento nos braços. Resolveu sair, encaminhou-se com certa dificuldade até a porta dos fundos, estava ainda se sentindo todo dolorido. Puxou os trincos da parte de dentro, destravando a porta como combinado, ouviu barulho de chave sendo colocada no buraco da fechadura. Sentiu um alívio enorme, pareceu ter perdido uma tonelada de peso, quando a chave virou, movimentando o ferrolho e abrindo a porta.

— Pombas, Magrão! Você demorou pra vir destravar a porta, faz tempo que estou aqui esperando.

— Perdi a noção do tempo, mas tudo bem, vamos ao que interessa. O cofre está na parte de cima. — Subiram pela escada ao lado do açougue.

— Calma! — falou o Padre. — Vou pegar uma lanterna. Trouxe tudo que precisamos?

— Está tudo aqui: chaves, segredo anotado, pega ali junto com a lanterna uma sacola de lona. A Rose disse-me que o cofre está recheado.

Subiram a escada em silêncio, chegaram ao cofre. O Padre colocou uma luva cirúrgica entregou um par delas ao companheiro, puxou uma cadeira, sentou-se de frente e começou a trabalhar no intuito de abri-lo. Aliviou os bolsos para maior comodidade e retirou da cintura um revólver calibre 22, cano curto, colocando também sobre a mesa.

José Antônio teve um pequeno sobressalto ao olhar aquilo, vindo-lhe à lembrança toda a cena do assalto que fizera em São Paulo, ele e o Beto, onde teve que matar um senhor à queima-roupa. Sentiu uma pequena vertigem, balançou a cabeça para espantar aquele pensamento ruim, e perguntou:

— Pra que isso, Padre? Não me falou que iria trazer isso.

— Isto não é meu, tomei emprestado. Mas não esquenta, é só por segurança, não pretendo usar.

Enquanto lhe respondia, ia manipulando o segredo do cofre, devagar, com carinho, como se estivesse acariciando um rosto de mulher. Às vezes parava, assoprava os dedos, não entendia o porquê. Devia estar quente ou estava tão nervoso quanto ele e se esforçava em não demonstrar. Assim foi por vários minutos, suas testas estavam minando suor. Sempre que corriam sobre os olhos, limpava com as costas da mão, dava uma suspirada, olhava para ele, balançava a cabeça e voltava ao trabalho. Foram incontáveis minutos, pareciam séculos. Ele a todo instante se dirigia até a janela, olhava por entre as frestas da veneziana e voltava, até que o Padre lhe olhou firme e disse:

— Porra, Magrão! Senta aí e fica calmo, você me deixa nervoso desse jeito.

Mal acabou de dizer, o cofre deu um pequeno estalo e a porta se abriu. O Padre, num impulso deu um salto em sua direção, abraçou-o, beijou-lhe no rosto numa alegria incontida, como se tivesse ganhado um grande prêmio, ou conseguido realizar uma grande façanha. Sem falar mais nada, pegou a sacola de sua mão, abriu o zíper e começou a colocar o dinheiro dentro. Assim que aliviou toda a bolada que lá havia, começou a procurar mais alguma coisa de valor. Só encontrou uma pistola semiautomática carregada, devia ser do português. Ainda disse a ele:

— Deixa isso aí, Padre... essa arma deve ter registro. Se pegarem com a gente, logo descobrem tudo.

— Pode deixar, chegando em casa eu raspo o número do registro e aí, um abraço. Essa coisa pode ser muito útil pra gente no futuro, colocou dentro da sacola e pegou um monte de cheques. Virou-se pra o colega, perguntou:

— E isso aqui?

— Sem chance! — Respondeu-lhe. — São cheques pré-datados e todos nominais, pra nós não vira.

Encerram aquela parte, fecharam o cofre e deixaram tudo como encontraram e saíram do local devagar, procurando não fazer nenhum ruído, esgueirando-se pelas gôndolas, balcões de mercadorias.

Chegaram rente à porta, parecendo mais aliviado, ou menos tenso, bateu no ombro do Padre, fez sinal com as mãos perguntando as horas. Ele olhou atentamente, usando a luz da fresta da porta, e disse:

— Passa das duas — tão baixinho que mal deu pra ouvir. Girou a maçaneta com o máximo cuidado, puxou a porta e saíram encostados à parede, com a respiração presa, o coração acelerado. Saltaram o muro para o estacionamento ao lado, havia ali alguns carros e dois caminhões de entrega. Agacharam-se atrás deles e foram saindo. Olharam por sobre o muro que dava para a rua lateral, não viram nenhum guarda, estava completamente erma. Saltaram e correram pela calçada do outro lado da rua, e assim foram se esgueirando pelos cantos escuros até chegarem em casa. Seu coração parecia que iria saltar pela boca, batia tão forte e descompassado que dava pra se ouvir de longe. Rose os esperava ansiosa e abriu a porta, assim que passaram o portão da frente. Já foi logo perguntando:

— E aí, como foi?

— Mole, mole — respondeu o padre —, como tirar doce da boca de criança. Se todos forem assim, nunca teremos problemas.

E jogou a sacola sobre a mesa. Imediatamente Rose abriu a foi retirando os pacotes de dinheiro, dando início à divisão por três. Pegou a arma, olhou-os curiosa.

— De quem é isso?

— Estava no cofre, dá aí, vou guardá-la, amanhã raspo os números de série.

Levou a arma, escondeu em seu quarto, voltou. Sentou-se ao lado do companheiro e disse:

— Olha, gente! Não podemos sair por aí gastando esse dinheiro todo, pelo menos não aqui por perto. Não podemos despertar a menor suspeita, só vou usar o suficiente para tirar meu pai do sufoco e guardar o resto. Vocês compreendem, não é mesmo?

— Claro! — respondeu. — Vou dar um jeito de levar um pouco pra minha mãe amanhã mesmo, e o restante vou guardar para uma necessidade urgente. Fica frio, da minha parte não terão surpresas.

— Quando deu aí a divisão, mana? Viu, Magrão, quando fazemos a coisa bem planejada, só tem que dar certo.

— Gente! foi um golpe de mestre realmente, deu sessenta e cinco paus, vinte e cinco pra cada um de vocês, e quinze pra mim. Está bem pra vocês?

— Por mim está ótimo — respondeu. Posso levar a sacola?

— Não... pega um saco plástico, vamos queimar esta sacola.

Colocou a sua parte em um saquinho que o Padre lhe forneceu, e foi dando o fora. Não aguentava mais de sono, a tensão já tinha abaixado, vindo a níveis normais, bateu nele uma moleza que quase não conseguia se aguentar de pé. Entrou no seu quarto se arrastando de cansaço, jogou o pacote no guarda-roupa, trancou a porta e caiu na cama, já desmaiado de sono.

— Zé Antônio?

Levou um susto tão grande quando sua tia bateu na porta, chamando seu nome, levantou em um só salto, não sabia onde estava, tropeçou no sapato, o coração batia descompassado. Estava sonhando que a polícia andava atrás de dele, atirando e gritando, um pesadelo horrível. Aí ela insistiu:

— Zé Antônio... abra essa porta, menino, morreu aí dentro?

— Oi, tia! entra... o que foi?

— Não foi nada, só que fiquei preocupada, já é mais de meio-dia e você não levantava, não te via desde ontem. Vim saber o que está acontecendo.

"Ufa! Que alívio", pensou.

— Tá tudo em ordem, Cléu... Pode ficar tranquila, já vou tomar um banho e vou lá pra conversarmos. Está bem?

— Se quiser continuar dormindo, só vim te acordar mesmo, porque não vi você chegar ontem, não veio nem tomar banho depois do trabalho, pode me contar o que houve?

— Não! não posso, tia, ainda não, talvez outra hora. Só posso dizer que vou dar um pulo em São Paulo, na casa da minha mãe. Vou de ônibus e volto ainda hoje, quer ir comigo?

Tentava com isso ganhar tempo e talvez coragem para contar a ela a aventura do dia anterior. Mais cedo ou mais tarde ela iria acabar descobrindo, a não ser que fosse embora daquela casa. Mesmo assim iria saber, porque ele já sabia perfeitamente, no seu íntimo, que aquele era o caminho que havia escolhido, só não podia imaginar qual seria o final.

— Sou capaz até de ir com você, se me contar o que está acontecendo e o que está aprontando, pode ser?

— É exatamente o que pretendo fazer

Trancaram toda a casa e tomaram o rumo da rodoviária. Por sorte, antes de chegarem ao ponto de ônibus coletivo, notaram que vinha um táxi em sua direção. Deu sinal com a mão, foi atendido e consequentemente levados por ele até a Rodoviária Municipal. Até então não haviam trocado uma só palavra, ele e sua tia permaneciam calados. Sabia muito bem o tamanho da curiosidade e da ansiedade que se acumulava dentro dela, só não sabia como e por onde começar. Chegaram ao terminal rodoviário, comprou duas passagens, dirigiram-se à plataforma de embarque, embarcaram e se acomodaram nos bancos. Não levavam bagagem, só tinha nas mãos uma pequena mochila de lona, que assim que sentou no banco do ônibus colocou sobre as pernas. Pousou suavemente as mãos no braço de sua tia, respirou fundo e perguntou-lhe, indicando a mochila com os olhos:

— Sabe o que tem aqui dentro?

— Ainda não, mas faço ideia. Só queria saber como conseguiu, se realmente for o que penso.

— Você é uma mulher esperta, tia, suficientemente inteligente para ser enganada, eu não quero que pense em mim como um mau caráter, um vagabundo qualquer, nem como uma vítima da sociedade, tenho plena consciência do que estou fazendo, sou pobre, mas não burro. Escolhi este caminho depois de analisar e pensar muito, sei que não vai haver retorno. Estabeleci um objetivo e vou até as últimas consequências. Se me permitir continuar morando com você, terei como recompensá-la, sem envolvê-la. Se achar o contrário, pode crer: continuará como uma pessoa muito importante pra mim. E eu me mando, vou morar em outro lugar. Nós, eu e o Padre, pegamos esse dinheiro no mercado do portuga. Foi um serviço limpo e perfeito, não seremos descobertos de forma nenhuma, mas tudo indica que vou perder o emprego. Só será conhecido o roubo na segunda-feira, após abrirem o cofre, mas com certeza não acharão o menor vestígio. Pegarão alguns bodes expiatórios e mandarão para o olho da rua. Para mim vai ser ótimo, tenho alguns projetos, vou realizar alguns cursos e precisarei de tempo para estudar. Devo entrar na autoescola, quero tirar minha carteira de motorista. E quanto e como me manter, o saldo da operação foi bastante satisfatório, saberei dosar as despesas para que não acabe logo. Alguma objeção?

— Não... nenhuma objeção. A única coisa que me preocupa é o futuro, nem tudo são flores, ninguém consegue enganar a todos o tempo todo. Uma hora a casa cai, e aí como vai ser?

— Tenho plena consciência dos riscos; portanto, a hora que conseguir alcançar meus objetivos, eu paro.

— Você pode continuar morando comigo, e poderá sempre contar com minha ajuda, mas objetivos podem virar obsessão e nunca mais param até o dia do destino final. Não é melhor você reconsiderar, fazer os cursos que pretende e revertê-los em propósitos mais honestos, sem riscos?

Sem nenhuma resposta, chegaram na casa de sua mãe já no meio da tarde, o calor de janeiro era insuportável, aquele clima abafado de São Paulo os sufocava. Encontraram ela sentada na varanda, se abanando com um pedaço de papelão e seus irmãos brincando na calçada. Levantou-se de um salto da cadeira ao vê-los descer do táxi que os deixou bem em frente. Enquanto ele pagava o motorista, que por sinal relutou em os levar até aquele bairro, sua tia aproximou-se de sua mãe, abraçou-a com força. Afastou-a carinhosamente com as mãos apoiadas em seus ombros, limpou algumas lágrimas com as costas da mão, lágrimas de saudades e ao mesmo tempo de alegria ao rever a irmã, abriu um leve sorriso perguntando:

— Como está, minha irmã? Que saudades!

— Que aconteceu, Cléu? Algum problema? — perguntava sua mãe, apreensiva, assustada. Pudera, uma visita tão fora de hora sem aviso.

— Calma, minha mãe! Não aconteceu nenhuma desgraça — disse José Antônio, abraçando-a com um só braço, enlaçado em seu pescoço, enquanto lhe dava um beijo no rosto. Com a outra mão segurava a mochila, que foi motivo de indagação pelos irmãos:

— Que é que você trouxe aí pra nós, Zé?

Sua mãe, pressentindo alguma conversa mais séria, que não deveria chegar aos ouvidos dos menores, pediu às crianças que fossem brincar lá fora, e convidou-os a entrar:

— Vêm, vamos tomar um café, pelo menos isso ainda temos, mas, por favor, digam logo o que está acontecendo!

Colocou a mochila nas mãos de sua mãe.

— Aí tem uma quantia razoável de dinheiro, acredito que poderá tirar a senhora do sufoco, mas não quero que pergunte de onde veio ou como consegui. Só quero saber se pretende continuar morando aqui neste bairro pobre e abandonado, ou se posso comprar uma casinha pra senhora em Campinas, ou onde achar melhor?

Ela ficou olhando aquela mochila por alguns segundos, sem responder absolutamente nada, algumas lágrimas pingaram sobre o tecido escuro. Ergueu a cabeça, olhou-o fixamente com os olhos marejados.

— Meu filho! não vou lhe perguntar nada, não preciso, mas ouve o que vou te dizer: essa vida que escolheu não lhe permitirá um minuto de paz e nenhuma segurança. Você vai viver um constante pesadelo e nós, uma eterna angústia. Estaremos sempre esperando o pior, você não pode contar com a ajuda de Deus porque isto não é certo e tampouco com a piedade dos homens porque é crime. Vai ter que encarar um caminho pedregoso e solitário, cheio de violência, agressividades, forrado de lágrimas, suor e sangue. Portanto, pensa muito, meu filho, ainda há tempo.

— Vai aceitar esse dinheiro, mamãe?

— Não tenho alternativa, sei que fez o que fez para nos socorrer. Você sempre foi um bom menino, preocupado com a família. Eu estava justamente ali fora sentada pensando... como seria o dia de amanhã. Ou aceito esse dinheiro e resolvo meus problemas, ou sigo o caminho de tantos outros: esmolar um pedaço de pão para alimentar meus filhos. Queimam minhas mãos só de tocá-lo, mas aquece o estômago das crianças, não terão que sentir fome, e fica a certeza que será um péssimo incentivo a você. Mas não vou embora daqui não, filho.

— Então, se não houver outro jeito, vou tentar comprar esta casa pra senhora, minha mãe. Quanto ao meu destino... já está traçado.

Na segunda-feira, chegaram ao mercado aparentando a maior calma, espelhando no rosto toda inocência do mundo, como se nada tivesse acontecido. Rose lhe perguntou a certa altura:

— Aonde você foi ontem, Magrão? Saiu às pressas com sua tia.

— Fui ver minha mãe, precisava resolver alguns assuntos com ela.

— Certo, compreendi. Meu irmão também saiu cedo hoje, foi ao hospital resolver algumas pendências.

— É!... e seu pai, como está?

— Agora acredito que vai melhorar.

Já estavam há mais de duas horas trabalhando, estranhou que até aquela hora ninguém dera o alarme, parecia até que nada havia acontecido. Quando chegou um carro da polícia, parou no estacionamento do mercado, desceram vários policiais. Dirigiram-se ao escritório no pavimento superior, logo a seguir um agente policial desceu e começou a conversar com um por um dos funcionários, pedindo informações, cujas respostas eram todas, não sei, não vi nada, ou então respondiam com outra pergunta.

— Mas o que aconteceu?

Anotaram o endereço de todos os funcionários e onde estiveram no sábado à noite e no domingo e naquele momento fecharam o estabelecimento, dispensando a todos para facilitar as investigações. Foi assim que chegou ao conhecimento geral o espetacular assalto, o que deixou a todos muito apreensivos, não havia evidências e todos seriam suspeitos. Foi um amontoado de conversas desencontradas, alguns diziam isto é coisa de profissionais, ou então os caras que roubaram já vêm sondando o mercado há muito tempo. Ele e Rose se colocaram no meio dos outros funcionários, demonstrando a mesma curiosidade e apreensão. Ficaram todos aglomerados do lado de fora, esperando alguma definição, ou quem sabe resolvessem reabrir o mercado. Enfim, cada um especulava à sua maneira, formando um vozerio sem precedentes. Todos falavam ao mesmo tempo, alguns não acreditavam, o pessoal do escritório confirmava, a coisa descambava para uma discussão, quando o gerente se aproximou e pediu a todos que fossem para casa e aparecessem somente no dia seguinte.

Foi aberto um inquérito policial, todos compareceram à delegacia, sem, contudo, chegar a uma definição, eram todos pessoas humildes sem passagem pela polícia, jamais iriam acreditar que tivesse sido algum empregado. Mas, como já era previsto, vários funcionários foram demitidos, inclusive ele. Porém, não teve maiores aborrecimentos, pois não tinha carteira assinada, trabalhava havia um bom tempo sem registro em carteira, o que poderia, se fosse aprofundar, ainda comprometer a empresa junto à fiscalização trabalhista.

Daquele período para a frente procurou o sindicato dos empregados no comércio com o intuito de se preparar em alguns cursos que porventura estivessem promovendo, com a desculpa de estar desempregado e necessitar de uma formação profissional. Isto com a orientação do Padre, que por sinal já havia se antecipado. Começaram com cursos de informática, era uma grande novidade, nem todos conseguiam entrar nesse curso, faziam no período noturno e ele, como estava com os dias vagos, deu início a mais um curso de técnicas em eletricidade, no período da manhã. Dessa maneira formaram novas amizades e com esses novos amigos começaram a conhecer um mundo que até então lhes parecia impossível, inatingível. Descortinou-se diante deles um novo horizonte, de novos conhecimentos. Começaram a sentir os prazeres da vida, a frequentar lugares que só tinham conhecimento da existência por ouvir falar, ou ler em algumas revistas, ou até por assistir pela televisão. todos esses prazeres só estavam agora ao seu alcance porque estavam tendo dinheiro. Levavam a coisa ainda com uma certa moderação, não podiam jamais se deslumbrar e abrir a guarda, não tinham o direito de se expor demasiadamente. Mesmo assim, começavam a frequentar os barzinhos da moda, as boates mais badaladas, alguns restaurantes. Vivia um sonho irreal, sempre conduzido pela Rose ou ao lado do Padre, sentindo o gosto do prazer e as benesses que o dinheiro pode proporcionar. Estava já deslumbrado pelo novo meio, ficando ofuscado pelas luzes da luxúria, quando acordaram para a realidade, ao sentirem que o dinheiro estava acabando e pressentirem que estavam abandonando seus objetivos. Foi sua tia que certa manhã entrou em seu quarto, sentou-se ao lado de sua cama, passou os dedos por entre seus cabelos. Despertou ainda sonolento, ergueu os olhos, num ar de interrogação, e ela perguntou-lhe com uma voz meiga, mas enérgica:

— Será que você não está indo com muita sede ao pote? Acho que está se expondo demais. Não seria o momento de se preparar melhor, usar esse dinheiro com mais moderação?

As coisas aconteceram tão depressa, vivia um momento tão agradável que havia perdido até a noção do tempo. Sentou-se na cama, abraçou sua tia, ficou alguns segundos agarrado a ela sem dizer palavras, ela acariciando seus cabelos. Num repente lhe falou:

— Cléu, vou a São Paulo hoje, pretendo ver minha mãe e saber do Beto. Acho até que já está solto, precisando de mim e eu aqui moscando, como ele mesmo costuma dizer.

Logo após tomar um banho demorado, tranquilizador, tomou um café e foi até a casa da Rose. Iria dizer a ela que tinha se proposto a ir à casa de sua mãe passar uns dias, rever os amigos. Assim que entrou foi recebido pelo Padre, ainda sem camisa e com um calção de dormir. Cumprimentou-o num tom de brincadeira:

— Como é, meu camarada, caiu da cama?

— Não, cara, sou madrugador mesmo. Mas, e aí, cadê a Rose? Cruzar com homem na frente logo de manhã dá azar.

— É verdade, mas, antes de chamá-la, me acompanha até ali no quarto, temos que conversar.

— Tá legal, do que se trata?

— Um outro plano, mais audacioso, e vamos precisar de mais gente. Queria saber se podemos contar com seus amigos, será um projeto bem maior que o primeiro, requer muito estudo e material especializado.

— Está certo, estou indo a São Paulo logo mais, e já vejo com meus amigos se desejam participar. Mas, e aí, não dá pra antecipar?

— Claro, vamos fazer uma limpeza no estoque de uma joalheria no centro de Campinas. Um assalto bem ousado, teremos que nos preparar técnica e psicologicamente.

— Até aí, tudo bem. Mas já tem ideia do que deverá ser feito e como iremos agir?

— O prédio ao lado da joalheria está desocupado e só será alugado novamente após uma boa reforma. Será por lá que faremos a porta de entrada, abriremos um buraco na parede lateral. Teremos que fazer isso no final de semana, e então o que acha?

— Quanto a mim, sabe que pode contar, os outros já saberemos em breve. Para quando pretende marcar?

— Ainda não sei! vou precisar que vá comigo até lá e também da opinião dos companheiros que forem trabalhar com a gente. Quando volta de São Paulo?

— Em três dias, não mais do que isso. Agora posso ver sua irmã?

— Creio que vai ter de acordá-la, nunca vi gostar de cama como essa garota.

— Tudo bem, deixa comigo.

Já tinham a intimidade necessária e o apoio da família. Ele entrava e saía a qualquer hora, sem o menor constrangimento. Entrou em seu quarto, estava deitada de bruços, debaixo de um lençol fino, abraçada ao travesseiro. Dormia só de calcinha, isso dava bem pra se notar, tal a transparência do tecido que a cobria, deixando-a ainda mais sedutora. Sentou ao seu lado enfiou a mão por baixo do lençol, acariciando suas nádegas macias, e beijou seu rostinho rosado. Ela abriu os olhinhos e, num muxoxo, suspirou e disse:

— Logo cedo, Magrão? Tira a mãozinha daí, tira!

— Tá legal, só vim falar pra você que estou indo a São Paulo, devo ficar uns três dias. Quer ir comigo?

— Não, agora não, meu irmão falou com você do novo projeto?

— Já, já falou sim, então já vou indo. Até mais.

Ela só deu uma resmungada, virou-se para o outro lado e voltou a dormir.

Chegou em São Paulo ainda cedo, com tempo de pegar o trem para a casa de sua mãe e estar lá para o almoço. Teria que se apressar, prometeu voltar com três dias.

Bem, a primeira coisa a fazer seria procurar seu amigo Diogo e depois ir atrás do Beto.

Chegando em sua casa, encontrou seu irmão do meio mexendo nas panelas, sua mãe havia saído para trabalhar. Já imaginando isso, trouxe alguma coisa já pronta.

— Pode parar, mano, eu trouxe a comida.

— Zé Antônio! — gritou ele da cozinha e veio correndo abraçá-lo.

— E o Preto? — Era o apelido do irmão mais novo.

— O Preto vai na escola de manhã, tá pra chegar. Que tem de bom aí?

— Só um frango. Vou dar um pulo na cidade, à tarde estarei de volta. Sabe alguma coisa do Beto?

— Sei, ele já saiu da Febem, está ajudando o Seu Biriba na oficina de funilaria. Está morando num quartinho nos fundos da funilaria, ele sempre passa por aqui e pergunta por você.

— Tá legal, vou passar por lá.

— Mas não vai esperar o almoço?

Respondi já no portão da casa:

— Estou sem fome, já andei comendo alguma coisa por aí. Te vejo mais tarde, venho para o jantar.

Seguiu o esquema que já havia programado. Foi desviando do movimento de pessoas no meio das barracas de camelôs, até chegar na barraca do Diogo, que levou um susto quando bateu em suas costas:

— E aí, meu camarada? Tá só que fatura?

— Oi!... Zé Antônio? Pô, cara, que susto!

— Como vai, Diogo? Faz tempo que não nos vemos. Está muito ocupado?

— Não... foi sorte sua ter me encontrado aqui a esta hora. Tenho parado pouco, minha irmã é que está ficando mais. Lembra dela?

— Claro... como vai, Melissa? E aí, vamos almoçar ou já comeu?

— Vamos sim, pelo jeito tem algum assunto interessante?

— É! Muito interessante, você vai gostar.

Enquanto almoçavam, contou a ele o plano do Padre e a necessidade de ter mais gente no negócio.

— Eu queria colocar você e o Beto na jogada.

Aproveitou, já lhe falou sobre o seu projeto de procurar os assassinos de seu pai. O Beto sabia onde encontrá-los e estava a fim de participar com ele naquela empreitada.

— Tá certo... — respondeu-lhe o amigo. — Então vamos fazer o seguinte: primeiro cuidamos do plano do Padre e depois vamos cuidar do seu projeto. Tô a fim de estar com você nos dois casos. Se vocês não tiverem onde colocar a mercadoria que vamos aliviar da joalheria, eu tenho o cara certo para ficar com ela. É um intrujão conhecido nosso, gente boa.

— Que é isso, intrujão?

— Percebe-se que você é bem chucro na gíria da malandragem, hem Magrão! Intrujão é o cara que compra ou vende bagulho roubado.

— Entendi, é uma espécie de receptador?

— É isso, aí! Mas quando vamos sentar e programar o assalto, saber se o trampo é firme, seguro, se vai precisar de ferramentas, apoio externo, enfim, organizar o esquema?

— Fica tranquilo. Assim que voltar a Campinas, marco tudo e te ligo. Agora tenho seu telefone, vai ficar mais fácil. Estou indo, vou voltar pra casa da minha mãe. Antes vou passar na oficina onde o Beto trabalha, e já troco uma ideia com o Negrão.

— Correto. Mas não vamos dar um rolê à noite, pegar umas minas? Agora tenho carro, uma grana pra gastar. E aí?

— Tá legal... vamos nessa, me pega à noite em casa?

— Oito e meia tá bom?

— Vou estar te esperando.

Chegou na porta da oficina de funilaria, já quase na hora de fechar. São Paulo... tudo é muito longe, o trânsito é horrível. Dependendo de ônibus ou do trem, fica ainda mais difícil, mas desta vez chegou a tempo, pegou o proprietário ainda na porta.

— Seu Biriba... cadê o Beto?

— Está debaixo daquela Brasília branca lá no fundo, mexendo no assoalho. Chega lá.

Aproximou-se sem que o Beto o visse, pois estava deitado bem embaixo do carro, pegou suas pernas e foi puxando devagar, fazendo movimentar o carrinho que usavam de apoio, quando mexiam em lugares difíceis dos veículos.

— Ou!... ou!... Que cacete! Ô, Biriba, dá um tempo, cara, estou terminando. Calou-se, assim que olhou pra cima e viu o rosto todo sorridente do velho amigo, com metade do seu corpo entre as suas pernas.

— Puxa vida, é você, meu irmão?! Achei que fosse Seu Biriba, é um gozador inveterado. Quando não tem o que fazer, enche o saco de todo mundo com suas brincadeiras bobas. Mas, e aí, como está, cara?

— Termina aí o que tem que acabar, estarei te esperando lá fora. Aqui tem muita poeira.

— Tá legal, é só um minuto. Tá bonito no pedaço, hem Magrão? Sapato novo, roupa nova, tudo em cima, tá montado na grana, hem, meu irmão?

Assim que terminou o trabalho, veio para perto do amigo e já chegou falando:

— Tudo pronto. Agora podemos trocar uma ideia firme. E aí... me conta as novidades?

— Não, Negrão, vai tomar seu banho, troca essa roupa e vamos lá pra casa. Vê se veste uma roupa boa que vamos dar umas voltas hoje. O Diogo vai passar lá pra nos apanhar. Acredito que pelas 20h30. Dá uma apressada, falou?

— Deixa comigo, mano, é rapidinho.

Esperou por ele. Foram andando até a casa de sua mãe, falando de futilidades, problemas de família, dificuldades financeiras ou então sobre diversas outras coisas. Beto lhe falou a respeito de sua família, a vida no barraco da favela, para onde foram obrigados a se mudar e por que os deixou e se transferiu para os fundos da oficina. Sua mãe tinha arrumado um cara, depois que seu pai morreu, levando-o pra dentro do barraco. Suas irmãs estavam na vida se virando. Viraram prostitutas.

Interrompeu aquele papo triste contando a ele sobre tudo que havia aprendido nos últimos tempos, as noitadas divertidas, sem tocar no plano de assaltar a joalheria. Isso iria falar mais tarde, em particular. Aprendeu que determinados assuntos tinham que ser muito reservados, não deviam ser tratados nas calçadas.

Sua mãe já havia chegado, estava esperando-o, mas já não o tratava com o mesmo entusiasmo de antes, sentiu uma certa distância. Entraram na casa, abraçou-a, ela retribuiu e perguntou:

— Posso preparar a janta, ou vão sair novamente?

Pensou um pouco... e achou melhor que ficariam para o jantar:

— Que temos de bom aí pra comer, mãe? Trouxe o Beto pra jantar com a gente, pode ser?

— Nós vamos trocar umas ideias lá no quarto e a hora que tiver no jeito a senhora nos chama, tudo bem?

Assim tiveram privacidade e possibilidade de se falar. Abordou sobre o plano de assalto à joalheria que o Padre estava arquitetando, o que de imediato foi aceito pelo Beto, coisa que já era esperada. Tinha certeza que ele não descartaria, era um bom companheiro. Aproveitou também a oportunidade para perguntar a ele sobre o assassino de seu pai.

— O safado agora virou crente, acho que por causa da mulher que está vivendo com ele. Durante o dia sai por aí batendo em bêbado, torturando ladrão ou matando pessoas, às vezes extorquindo um ou outro. À noite mete a bíblia debaixo do braço e vai pedir perdão a Deus. Mas os hábitos continuam, e os caras que agem com ele nas chacinas também. Não podemos esquecer que o sujeito é muito perigoso, até os tiras colegas dele o temem, o malandro é sangue ruim.

— Tô sabendo, amigão. Vamos ter que tomar todo cuidado, bolar um plano muito bem feito pra não dar errado. Mas pode crer: nem que leve cem anos, vou pegar esse cara e fazer ele pagar pelos crimes que cometeu, e todos os outros que estavam juntos, vão também. Vou derrubar um por um, amanhã já vou dar uma sondada no ambiente, começar a conhecê-los de perto. Você me dá as dicas e o resto eu procuro.

Nem bem terminaram de jantar, o Diogo buzinou em frente à sua casa. Chamou-o para dentro, sua mãe perguntou a ele sobre sua mãe, seu pai, enfim, as coisas de sempre, o que foi respondido sem muitos detalhes. Estavam com pressa de sair, divertir-se, encontrar alguma garota e, como costumava dizer, dar um rolê.

— O Beto vai com a gente... Pode ser?

Mas antes de obter a resposta do Diogo, Beto se antecipou.

— Não, mano, tenho compromisso mais tarde. Não vai dar dessa vez, vão vocês dois que eu vou me encontrar com uma dona.

— Pô! Negrão, essa você não tinha me contado.

— Fica frio, outra hora te conto. Me deixam lá perto da oficina, que de lá eu me viro.

Foi uma noite e tanto. Diogo deixou-o em casa já bem de madrugada, só foi levantar-se no outro dia já mais de 10 horas da manhã. sua mãe já tinha saído para o trabalho. Tomou um banho, um cafezinho rápido e passou pela oficina. Anotou os endereços com o Beto e foi atrás dos caras que tinham matado seu pai.

Encontrou aquele que chamavam pelo apelido de China lavando a perua Kombi, a mesma do dia da chacina, a que estava estacionada ao lado da praça. Sentiu uma espécie de tremor por todo corpo, um arrepio estranho, seguido de um calor que lhe pareceu queimar todo o rosto. O coração pulsava descompassado de ódio, sentia uma vontade enorme de pular por cima do cara e apertar-lhe o pescoço, até matá-lo. Conseguiu conter-se e foi se acalmando, chegou à conclusão que o cara era muito mais forte do que ele e não tinha um canivete sequer nos bolsos, nenhuma arma, portanto não era este o momento. Ficou por alguns instantes atrás de um outro carro, estacionado na outra calçada, sem que ele percebesse. Foi aí que uma senhora perguntou da porta da casa:

— China, você não vai se aprontar? Daqui a pouco o cabo Bento passa por aí para apanhá-lo e ainda não estará pronto. Deixa isso aí, vem comer e trocar de roupa.

Respirou fundo, fechou os olhos fazendo um esforço enorme pra se conter e se manter calmo, nunca havia sentido aquelas emoções. Aquelas palavras, ao dizer aquele nome, fizeram-no recordar aquela fisionomia horrorosa, e a cena da chacina ocorrida na sua frente no bar do Seu Pinto quase lhe causa uma convulsão.

Voltou a se deparar com o sujeito a poucos passos de distância, mas não seria este o momento. Teria que se acostumar com a ideia de esperar o momento certo, sem se apavorar, acostumar-se com a presença deles, com calma e frieza, como um felino na espreita da caça, nada de desespero e sem, com isso, precipitar as coisas, no momento certo na hora certa.

"Vai devagar, Magrão!", pensou consigo mesmo. "A vingança terá que ser como sopa quente, tem que ser tomada pelas beiradas". Pensando assim, ouviu o sujeito aproximar-se com aquele mesmo carro marrom. O safado nem com tantos crimes e assassinatos, cometidos por dinheiro, conseguiu trocar o carro velho. Ouviu-o quando chamou o China, com aquela voz estranha e estridente que mais parecia uma gralha. Causava-lhe náuseas ouvir aquele som estridente, quantas e quantas noites sonhou com aquela voz e com aquele rosto marcado. O cara estava com os dias contados. Agora ele não tinha como segui-los, estava sem carro. Mas... logo, logo, estaria na cola deles vinte e quatro horas por dia, até o momento de fazê-los pagar por todo o mal que causaram a sua família e a tantas outras. Esperou que deixassem o local, saíram os dois no carro do cabo Bento e foram para a delegacia.

Naquele momento, sentiu um ronco no estômago, foi quando percebeu que estava com fome, só havia tomado um cafezinho. Procurou um bar para comer alguma coisa e foi atrás dos outros dois elementos que participaram daquele ato infame. Andou por várias ruas do bairro, mas sem um carro ficou difícil. Resolveu então dar uma chegada até o bar e bilhar onde costumavam se reunir, conforme lhe havia dito o Beto. Ficava a poucos metros da delegacia onde agora estava trabalhando no bairro da Lapa, perto da igreja de Nossa Senhora da Lapa, um prédio de esquina. Era um antigo sobrado, embaixo o bar com algumas mesas em volta do balcão. Ao lado da parede, rente à porta de entrada lateral, ficava uma escadaria que levava ao pavimento superior, onde antigamente deveriam ser os quartos do sobrado. Fizeram pilares de sustentação e derrubaram as paredes, formando assim um enorme salão, onde colocaram várias mesas de bilhar. No canto, em um balcão pequeno de forma oval, ficava o empregado da casa, encarregado de distribuir as fichas, receber e anotar os pedidos de bebidas dos frequentadores habituais daquele ambiente de jogo. Procurou no rosto de cada um dos participantes alguma semelhança com os dados fornecidos pelo Beto, pois não conhecia os outros dois elementos pessoalmente, havia se esquecido, só sabia os nomes e apelidos. Pensou em tomar algumas informações ao funcionário, refletiu melhor e achou por bem esperar, não tinha pressa, tempo é o que não lhe faltava, pediu uma bebida e ficou apreciando o jogo de algumas pessoas, prestando atenção nos detalhes do ambiente. Permaneceu ali até quase escurecer. Como as pessoas esperadas não apareceram, foi embora.

Passou na oficina, entrou pela lateral, um corredor estreito, gritou o Beto, por trás de um portão que separava o corredor dos cômodos do fundo. Ele respondeu prontamente:

— Já estou indo aí, Magrão, dá um tempo.

Abriu o portão e perguntou ao mesmo tempo:

— E aí, Magrão, como foi lá? Conseguiu achar os caras?

— Tive o tal cabo Bento e o China bem no alcance das mãos, mas não pude fazer nada, não era o momento. Podia ouvir a respiração dos dois bandidos do meu lado, foi um ótimo teste de paciência. Da próxima vez será fatal. Os outros dois não encontrei, não os conheço mais. Estive no bilhar que eles frequentam, aliás estou vindo de lá, é um local complicado, mas poderá ser lá mesmo. Vou pra casa de minha mãe agora e não vou sair hoje, vou dar um tempo lá com a família. Amanhã vou pra Campinas, marco com o Padre a reunião e te ligo aqui na oficina, está bem?

— Não vejo a hora... vai lá.

Ao chegar em casa, o jantar já estava pronto. Sentiu uma certa apreensão no rosto de sua mãe, para fugir do constrangimento procurou descontrair, fazendo algumas brincadeiras com seus irmãos e perguntando a seguir:

— E aí, que temos pra comer? Estou morrendo de fome.

— Pode me contar o que está tramando, meu filho?

— Não, mãe... não estou tramando nada. Fica fria, só vim dar um passeio, ver como estão. Amanhã já vou embora.

Mas sentia que sua mãe já estava desconfiada, era difícil mentir para ela. Parecia que adivinhava ou lia em seus pensamentos, o melhor a fazer era omitir e desviar a conversa.

Quando chegou de volta a Campinas, a primeira coisa a fazer foi procurar o Padre. Como não estava em casa, deixou recado com a mãe dele, pedindo que o procurasse assim que chegasse. Estaria no seu quarto.

Já bem de tarde, entraram no corredor o padre e a Rose, com algumas fotos na mão e um pequeno mapa, traçado à caneta. Disseram um "oi" rapidinho e foram esparramando as fotos sobre a cama e falou:

— Magrão! estivemos no local, entramos na joalheria, levei uma aliança velha de minha mãe e alguns pedaços de ouro que encontrei em casa, pedi a eles que fizessem um par de novas alianças especiais. Será um presente de bodas de ouro dos meus pais, tudo mentira, lógico. Foi só pra poder entrar sem dar bandeira. Anotei tudo na memória: o sistema de alarme, a localização das máquinas filmadoras, as câmaras estão espalhadas pelo salão conforme está no mapa, a caixa de energia, enfim, temos aí, tudo o que pode ser útil para nós na hora do trabalho. Disfarçadamente, fotografei a frente e as laterais da loja.

— Tudo bem, isto é ótimo — retrucou. — Falei com os rapazes em São Paulo, ficou tudo combinado, aceitaram o trampo numa boa. Agora me diz: quando vamos nos juntar e combinar o trabalho?

— O segurança do prédio informou que ainda havia alguns móveis dentro da casa vizinha, deverão desocupá-la por completo até o final desta semana. Na semana seguinte o engenheiro e o construtor devem preparar o orçamento, a planta da reforma e na segunda-feira da outra semana começam a mexer no prédio. Temos que providenciar tudo até na sexta-feira da semana que vem e tentar realizar no sábado e domingo. Portanto, devemos nos reunir o mais breve possível, vamos ter que providenciar uma série de materiais que iremos necessitar.

— Peço pra eles virem no sábado, que acha?

— Tudo bem.

Naquela tarde mesma entrou em contato com os dois camaradas e marcaram para o sábado. Diogo se encarregou de passar na oficina e pegar o Beto, viriam de carro.

No dia seguinte deram outra passada defronte à loja, agora somente ele e o Padre, este com a desculpa de saber se já estava pronta a encomenda que deixara pra ser feita e o Magrão como acompanhante. Enquanto o balconista entrou pra saber se fizeram as peças encomendadas, teve tempo para também examinar todos os detalhes no interior da loja, disfarçadamente andou por todos os lados como que estivesse admirando as belas peças em exposição. Com isso ia gravando na memória todos os pequenos detalhes que porventura fugiram das vistas do Padre e que poderiam ser importantes na hora em que fossem fazer o trabalho. Quando iam deixando o local, deu-lhe um estalo de memória:

— Escuta, Padre. Você falou que o segurança lhe informou a respeito da casa ao lado. O segurança está na fita?

— Se não fosse por ele, como eu iria saber sobre essa joalheria e também que a casa ao lado está vazia e que o negócio vai ser uma moleza. O segurança é que me deu a fita.

— Mas... o cara é de confiança? De onde você conhece o sujeito?

— Ele trabalhou comigo na metalúrgica, foi demitido no ano passado e agora está aí como segurança. Cruzei com ele nas andanças pela cidade e trocamos uma ideia, paguei umas bebidas a ele e o tonto me entregou este trampo de bandeja. Está achando que vai montar numa grana, mas deixa ele pra mim.

— É tudo com você mesmo.

Sua tia bateu na porta do seu quarto, avisando da chegada dos dois amigos de São Paulo. Não eram nove horas ainda, por sorte já estava pronto. Pediu que entrassem para tomarem café juntos. Sua tia, em tom irônico, falou a eles:

— Caramba, Zé Antônio, pra estarem de pé e tão dispostos assim no sábado, deve ser coisa muito boa, não é?

— Ô Cléu, não embaça. Conhece meus amigos? O Diogo e o Beto são colegas de infância.

— Já ouvi falar. Sentem-se meninos, vou pegar o café.

Enquanto os dois tomavam café, deu um pulo até a casa da Rose e avisou o Padre da presença dos dois camaradas. Achou melhor que se reunissem em sua casa, pois sua tia sairia para trabalhar no salão de beleza e eles teriam a privacidade necessária. Acabaram de tomar o café bem a tempo de ouvir os irmãos Rose e o Padre entrarem na sala de visitas.

— Oi, gente! eu sou o Heitor — se apresentou ele —, mas podem me chamar de Padre, da forma que me chama o Magrão. Minha irmã Rose, e podem ficar à vontade, já sabemos quem são. Muito prazer.

Tirou de uma pasta de papelão as fotos, os mapas e algumas anotações, sentou-se e foi expondo o plano de assalto:

— Muito bem, pessoal, o plano é simples e o lucro será compensador. Precisaremos de acertar alguns detalhes. A princípio entraremos na casa ao lado, mostrou a foto. No sábado, assim que fecharem a joalheria, entraremos nesta casa — apontou a foto com o dedo —, disfarçados de operários de construção, com macacão, capacete, botinas e tudo mais. Temos que conseguir uma perua. Kombi ou uma Besta, mas teremos que escrever nas laterais o nome e o emblema da empresa de construção que irá mexer na obra.

Imediatamente apontou outra foto com um veículo estacionado em frente ao sobrado, onde dava pra ver nitidamente o nome impresso: Construbras Eng. e Com. Ltda., e no macacão azul do operário as mesmas inscrições.

— Não despertaremos desconfiança na vizinhança ou nos transeuntes — prosseguiu —, visto que é muito comum empresas construtoras trabalharem em fins de semana. Logo que descarregarmos a perua, minha irmã volta com ela e a esconde num galpão que arrumei aqui perto. No domingo pela manhã ela retorna e nos recolhe com todo o produto roubado. Vamos ter que comprar luvas, ferramentas de precisão pra desarmarmos o sistema de segurança interno e, lógico, ferramentas de pedreiro para furarmos a parede lateral. Que tal dividirmos esta tarefa?

Beto antecipou-se quanto ao veículo de transporte:

— Eu arrumo uma Kombi e mando escrever os dizeres da empresa. Só teremos que comprar a perua do Seu Biriba, não quero que tome conhecimento do negócio. O preço é baixo, e pagamos depois do trabalho realizado.

— Quanto aos uniformes de operários, deixem comigo — adiantou-se o Diogo. — Como trabalho de camelô há muito tempo, conheço bem essa área. Até o final da semana tenho-os prontos e impressos. Só precisarei do manequim de cada um. Se precisarem de armas, também é comigo mesmo.

— Ótimo, arma eu tenho uma, não vamos precisar — respondeu o Padre. — As ferramentas e o material de precisão cuidamos por aqui, eu e o Magrão. Agora seria conveniente que déssemos mais uma corrida até o local para que todos tomassem conhecimento da área.

Deixaram o carro a uma distância considerável do local e se separaram. Chegando cada um por um lado, para não chamar a atenção. Disfarçaram da melhor maneira possível: um comprou uma revista na banca em frente, outro tomou um café no bar ao lado, e assim por diante. Depois de olharem tudo, sem pressa, retornaram ao carro, foram a um restaurante almoçar e voltaram a se reunir em casa, para acertarem os detalhes finais. Enquanto estiveram fora não tocaram no assunto, falaram sobre o plano somente ali, em volta da mesa. Como tudo combinado anteriormente.

E foi assim que tudo ocorreu, tornaram a se reunir no período da tarde, cada um deu seu parecer sobre o local e mais uma vez o Padre falou sobre o fato. Iria conseguir uma mixa, ou seja, uma chave falsa para abrir o portão. Combinaram de se encontrar todos novamente no próximo sábado na casa do Padre, pela manhã, com tudo já arrumado. Não poderia haver falhas. Se qualquer um deles encontrasse alguma dificuldade no que havia se proposto a fazer, deveria imediatamente entrar em contato com os outros e tentar conseguir ajuda. Estariam se comunicando constantemente pelo telefone, informando como estavam indo com suas obrigações no plano. Tudo deveria ser providenciado com os devidos cuidados, qualquer falha poderia ser fatal e pôr tudo a perder.

Combinaram ainda que assim que abandonassem a loja, tendo terminado a tarefa, seguiriam na perua com os produtos do furto, ainda uniformizados como peões de obra até São Paulo. Entregariam ao intrujão, que o Diogo lhes havia indicado. Acertariam suas contas. Aí, sim, se desfariam daquelas roupas. Combinaram também que seria dividido em partes iguais e dariam uma participação para a Rose.

Cada um prestaria conta de suas despesas com o projeto e seria reembolsado com o saldo do trabalho, que por sinal seria também dividido. Nenhum dos participantes poderia sair no prejuízo. Assim que selado o acordo, encerraram a reunião, cada um seguiu seu caminho: os dois paulistanos retornaram a São Paulo, o Padre despediu-se dizendo que tinha um compromisso e ele combinou com a Rose de saírem juntos mais tarde.

Foi uma semana tensa, com muitas expectativas e de muitos preparativos, constantes ligações telefônicas, muitas preocupações, uma ansiedade angustiante. Este era o primeiro trabalho feito em grupo e que merecia uma preparação minuciosa, cheia de detalhes. Pressentiam ali o nascimento de uma nova gangue, os paulistanos, já possuíam laços fortes de uma amizade antiga. Portanto, havia uma confiança maior de cada um, esse pelo menos era um fator positivo. A maior preocupação era se realmente tudo sairia a contento. A sorte havia sido lançada, agora não teria como retornar, ir adiante com o plano sem vacilar, e assim viriam outros e mais outros, até quando? Só Deus sabia.

CAPÍTULO QUARTO

MARCAS IRREVERSÍVEIS

Diogo chegou dirigindo a perua Kombi, devidamente estampadas as marcas da construtora, e tanto ele como o Beto já previamente uniformizados. Rapidamente carregaram as ferramentas e máquinas necessárias ao desenvolvimento do trabalho. Nem houve tempo para acalorados cumprimentos, só um oi rápido e uma pergunta:

— Como é, pessoal, estão preparados?

— Preparados e ansiosos — respondeu o Diogo.

— Okay... então vamos rápido para o barracão. Lá concluímos os preparativos e aguardamos o momento de seguir até a obra, rebateu o padre.

Antes, porém o padre foi até um supermercado, comprou alimentos, água, alguns refrigerantes, colocou tudo em uma caixa de isopor. No horário previsto seguiram até a casa vazia, passava das 14 horas, todo comércio em volta já estava fechado, permanecia aberto somente o bar, a banca de jornais e revistas, uma floricultura, enfim, poucas casas comerciais da redondeza. Mas da maneira como foi planejado, jamais poderiam desconfiar daqueles humildes trabalhadores que iriam sacrificar o final de semana trabalhando. Afinal, já tinham se acostumado a ver outros veículos com aquele emblema estacionarem defronte àquela casa e pessoas entrarem e saírem. Tornou-se tão corriqueiro que nem deram atenção.

O Padre abriu o portão de latão, descarregaram as caixas de ferramentas, as caçambas com alguns materiais de construção, e Rose seguiu com a Kombi, deixando-os ali com a promessa de que, quando fosse voltar para os apanhar ou por qualquer motivo, tocasse no bip que o Padre havia conseguido.

Carregaram todo aquele material para os fundos da casa pelo corredor, ao lado da joalheria. Quando chegaram perto do final da parede, o Padre lhes indicou o local:

— É aqui que devemos começar a furar a parede. Pelos meus cálculos — disse ele — temos aqui dois metros e meio de espaço que o sistema de alarme não alcança. Neste local fica exatamente a oficina de reparos da loja, preparem as ferramentas e vamos começar.

Deram início ao trabalho, no maior silêncio, todos muito compenetrados. Os únicos ruídos eram as talhadeiras raspando o reboco da parede da loja, formando sulcos entre os tijolos, quebrando a massa que unia as peças que formavam as paredes.

— É!... companheiros, não vai ser mole não! — disse-lhes o Beto, enquanto secava o suor da testa. — Esta parede é antiga, os tijolos são daqueles largos e muito resistentes. Talvez tenhamos que dar algumas pancadas, com esse carinho que estamos tendo demoraremos um ano ou mais.

— Tudo bem, concordo — respondeu o Padre. Dão umas boas porradas, mas tentam abafar o barulho com um pano ou qualquer coisa.

Já anoitecia quando conseguiram arrancar os primeiros tijolos da parede.

— Agora vai! — sussurrou o Diogo, com um enorme sorriso nos lábios. — Mais alguns minutos e abrimos um túnel nesta maldita parede, que dará pra passar um cavalo com carroça e tudo.

— Okay — respondeu o Padre — vou pegar as luvas de borracha e as ferramentas. Todo cuidado daqui pra frente é pouco, tem que parecer trabalho de profissionais, nada de vacilo.

Os minutos do Diogo acabaram virando horas, surgiu entre os tijolos uma barra de ferro, que servia de amarração das paredes. Foi necessário serrá-la com todo o cuidado. Apesar de que o Padre afirmasse categoricamente que naquele espaço o alarme não alcançava, ficaram bastante apreensivos e redobraram as atenções. Com muito jeito cortaram o ferro e deixaram livre aquela nova passagem, para um crime que pintava ser perfeito e só aumentaria a confiança deles para novos delitos. Virou-se para o Padre e perguntou:

— Como é, vamos?

— Calma! Magrão... Vamos comer, colocar os nervos no lugar, dar uma descansada aqui do lado de fora, respirar um pouco. Depois entramos, primeiramente eu e você desligamos o alarme, o sistema de segurança. Depois entram os companheiros, já com os sacos pretos vazios. Enquanto enchem com o que de valor estiver em exposição, nós iremos abrir o cofre.

Sentaram-se no chão, deram uma relaxada, encostados na parede, como verdadeiros peões de obra. O Padre trouxe a caixa de isopor, comeram com toda a calma do mundo, como se estivessem em um barzinho, descontraídos, conversaram sobre outras coisas, riram de algumas passagens engraçadas. Quando já estavam todos satisfeitos, resolveram entrar na loja.

— Agora é a hora da onça beber água — resmungou o Padre.

De vez em quando aparecia com aqueles ditados do tempo em que morava na roça. Olhou para o Magrão, atirou-lhe um par de luvas de borracha, bateu em suas costas:

— Vamos lá, Magrão... bota essas luvas nas mãos, que não podemos deixar as digitais e nenhuma pista. Tem que ser tudo muito perfeito. Vamos deixar essa gente louca, os homens não vão saber por onde começar.

Deu uma risadinha sarcástica, bem maldosa, e foi entrando leve, devagar. Parecia que flutuava em câmara lenta, um verdadeiro felino, quem não o conhecia poderia pensar que se tratava de um perito em roubos, tal a sua frieza. Ligou o farolete e ia jogando o facho de luz para todos os pontos que havia memorizado, seguia desviando dos locais de alcance do alarme, sem colocar as mãos em nada que pudesse acionar o sistema. Magrão o seguia com os mesmos cuidados, até se aproximarem da caixa de energia:

— Até aqui tudo bem, agora é com você, Magrão! Mostra as suas habilidades, vamos ver o que aprendeu.

— Tá legal. Deixa comigo — respondeu num sussurro. — Ilumina a porta da caixa. Isso! agora fica mais fácil.

Abriu com um alicate e, usando todos os conhecimentos adquiridos nos cursos que fizera de técnico em eletrônica, foi desmontando o sistema de segurança interno, desligando as câmeras de TV e o alarme, deixando bem mais fácil e tranquilo para o desenvolvimento do trabalho.

Voltou até a frente do buraco da parede, andando normalmente, como se tivesse passeando na rua de sua casa e disse aos colegas que poderiam entrar e limpar o estoque. Foi até a parte de fora, deu uma respirada profunda, estava tão suado que dava para torcer a roupa. Aí que notou o quanto estava nervoso. Encostou-se na parede, deu um suspiro aliviado, abaixou-se, pegou na caixa de ferramentas o maçarico e o pequeno compressor e retornou ao interior da loja, perguntando ao Padre:

— Este é o cofre? Que horas são?

— Sei lá! Devem ser umas três ou quatro horas. Por quê? Tem algum compromisso pra hoje?

— É só abrir esse danado e ver o que tem dentro. Só perguntei pra saber se você continua com esse seu mau humor de sempre.

Ligou o maçarico e começou a derreter o ferrolho da porta, com muito jeito o aço que circundava a maçaneta e a fechadura do enorme cofre a sua frente. A cada instante parecia que aquele cofre crescia mais. e seus olhos ficavam menores, tanto em função do calor das chamas do maçarico como pelo sono, que já estava se abatendo sobre todos eles.

— E aí, moçada? — falou baixinho o Diogo a certa hora. — Já limpamos tudo o que deu pra pegar. Tá tudo lá fora. E esse cofre sai, ou não sai?

— Calma, irmão! calma, que o mundo é grande e o tempo é longo. Só mais alguns minutinhos e esta teteia não resiste e se abre toda para nós. Daqui a pouco saberemos quais os segredos que ele guarda dentro do coração.

Ia dizendo isso em tom de brincadeira e vez ou outra erguia os óculos de proteção, limpava os olhos com as costas da mão, assoprava os detritos deixados pelo fogo no aço e continuava com o trabalho, paciente e devagar, como se cuidasse de uma criança frágil e delicada.

O sol já estava bem alto, os olhos do Padre brilharam como dois faróis quando ele torceu a maçaneta e disse todo eufórico, como alguém que houvesse descoberto a origem do universo:

— Pronto, garotos! É todo de vocês — disse, puxando a porta devagar, como se fosse a cortina de um teatro.

— Aí está!

Ele, o Padre, deu uma assobiada fina, de admiração, fazendo com que todos, olhassem ao mesmo tempo para dentro daquela caixa de aço, aguçando a sua curiosidade. Olhou no rosto de um por um com ares de grande entendedor e comentou:

— O proprietário deve ser um tremendo sonegador de impostos ou tem outras atividades menos lícitas — falou aos comparsas balançando a cabeça afirmativamente.

Ali estava boa quantidade de dólares, ouro em barra, ações e dinheiro nacional em abundância. Diogo repetiu o gesto do Padre, deu uma assobiada de admiração e resmungou algumas palavras ininteligíveis:

— Que grande safado! Será bom que nunca descubra quem o assaltou! O cara, pelo que vejo, pelo que tem aqui dentro, deve ser perigoso e não tem escrúpulos, pois dá para ver que é um sonegador emérito. Deve ser partícipe de algum grande esquema de lavagem de dinheiro ou qualquer outra coisa ilegal muito pesada, que grande sacana!

E assim foi enchendo os sacos e passando aos amigos para que levassem para fora.

Terminado o trabalho dentro da loja, já no corredor da casa desocupada, limpara o suor da testa, todos se sentiam um pouco mais aliviados. O Padre virou-se e disse:

— Até aqui tudo bem. Agora vou pôr meu capacete, dou uma saidinha rápida, vocês me aguardem alguns minutos, ligo para a Rose vir nos apanhar.

Enquanto lhes falava, como por coincidência tocou o bip: era justamente a garota:

— É ela! Estou indo, vocês, aguenta a mão aí que volto num instante.

A grande surpresa de todos foi vê-lo entrar acompanhado do segurança, tiveram até um sobressalto.

— Está tudo pela ordem, pessoal, tranquilizou-os o Padre. O cara é meu amigo e está com a gente na fita. Só que combinei com ele que vamos amarrá-lo e amordaçá-lo, e o deixaremos preso aqui dentro. Isso tudo para limpar a barra dele, com isso desorientar a polícia e fazê-la pensar que rendemos o segurança particular e ele não tem nada a ver com o negócio. Não estou certo?

— Por mim, tudo bem — respondeu o Diogo. — Só não sei se os homens vão engolir essa jogada. E deixar o cara aí amarrado até amanhã, não é mole não!

Enquanto imobilizava o sujeito, usando fitas adesivas em torno dos punhos e das pernas, colou uma tira sobre os lábios para que não gritasse, virou-se para o Diogo e esclareceu dizendo:

— Não se preocupe, assim que estivermos longe o suficiente, ligo pra polícia e mando soltar nosso amigo.

Ficaram ali, os três, um tanto bestificados, olhando o Padre terminar de imobilizar o pobre diabo, todos com a cabeça cheia de dúvidas, se perguntando: "Será que esse bicho enlouqueceu? Prepara um plano que pode se dizer perfeito, depois dá uma vacilada destas: trazer o segurança para dentro do local do crime e mostrar nossa cara. Lógico que os tiras não vão engolir isso, vão dar o maior aperto nesse indivíduo."

O Padre acabou seu paciente trabalho com a imobilização do segurança, levantou-se, virou para o lado dos companheiros e perguntou ironicamente:

— Magrão, que acha? Gostou da embalagem? — perguntou, dando uma risadinha sarcástica, como se fosse fazer alguma molecagem. Parecia uma criança fazendo arte.

— Pô, meu? Precisa de tudo isso?

— Claro, meu irmão, tudo tem que parecer o mais verdadeiro possível — enquanto dizia isso devolveu-lhe o que sobrou do rolo de fita adesiva e disse sorrindo na maior frieza:

— Vocês devem estar pensando que sou otário, maluco ou imbecil. Não estão?

— E não é para menos, meu amigo — respondeu a ele. — Você traz o cara aqui, expõe todos nós. Você acha que a polícia engole essa farsa? — voltou a questioná-lo, nem bem terminou o seu breve questionamento.

Ele sinalizou com as mãos abertas e colocou o dedo nos lábios para que ele se calasse e aguardasse. Procurou uma pequena marreta entre as ferramentas, dentro da caixa. Ouviram um barulho de motor, a porta da Kombi bateu do lado de fora, todos olharam ao mesmo tempo. Ele disse:

— É a Rose, vamos dar o fora.

Voltaram os rostos na direção do Padre, ainda com ares de interrogação, sem nunca imaginar o porquê de estar pegando uma marreta àquela hora, justo na hora que chegou a Kombi.

Já iam embora para a saída, mas qual não foi a grande surpresa, ficaram todos estarrecidos, petrificados, vendo o Padre soltar a ferramenta com toda força na cabeça do segurança, fazendo um som oco. Viram saltar pedaços de miolo e grudar contra a parede. Levou a mão frente ao rosto, como num gesto de defesa, ou de pavor talvez. O coitado não teve nem como gritar de dor, estava amordaçado. Beto abriu a boca como que abobalhado, pálido como uma cera, o Negrão ficou até meio branco. Sentiu ânsia, uma vontade de vomitar, ele se controlou respirando bem fundo:

— Pra que isso, Padre? Tinha que matar o coitado? — Não obteve resposta.

Diogo, o único que parecia lúcido e insensível ao fato, falou em tom de gozação:

— Imagina se o cara não fosse Padre, hem? Ainda bem que estamos do mesmo lado.

Sem mais conversa, num silêncio cadavérico, juntaram os sacos de lixo preto, todos lotados de joias, relógios, ouro, objetos de valor, dinheiro e foram acomodando na Kombi, de maneira que o produto do roubo não ficasse exposto e sobrasse espaço para acomodar a todos. Terminado o carregamento, o Diogo fechou a porta por fora, entrou na cabine e ordenou a Rose que tocasse direto para São Paulo. Foi indicando o caminho, pois só ele conhecia o intrujão que iria ficar com toda aquela mercadoria.

Já estavam a boa distância de Campinas, seguindo pela Anhanguera, quando o Padre resolveu falar, quebrando o silêncio que havia se instalado logo após aquele fatídico assassinato.

— Vocês estão me achando meio maluco. Não é mesmo? Mas eu tinha que apagar o cara. Lógico que não ia colar aquela baboseira com o segurança, os tiras iriam dar o maior aperto no sujeito e o cara é um tremendo vacilão. Amanhã cedo já estaríamos curtindo uma cana velhaca.

Foi o Magrão que interrompeu o assunto de imediato, achou melhor mudar o rumo da conversa, pensando em poupar a Rose, que não testemunhou o ato. Virou-se para o Beto, perguntando:

— E aí, Negrão, que pretende fazer com sua parte?

— Vou ver quanto vai me sobrar disso tudo, depois faço meu castelo de sonhos. Mas a ideia é comprar um barraco e trazer minha mãe pra morar comigo, tirar a coroa da favela.

Enquanto o Beto falava, o Padre abriu a sacola de dinheiro que retiraram do cofre da joalheria, contou quanto tinha e dividiu em quatro, tirou a participação da irmã. Atirou um pacote para o amigo Magrão, outro para o Beto, pegou mais outro entregou ao Magrão dizendo:

— Este é do Diogo, segura para ele. — Nessa hora Diogo havia assumido a direção da Kombi.

Enfiou o seu pacote por dentro da camisa. O Beto pegou seu pacote e ficou admirando por alguns segundos, como se fosse um objeto raro, algo que nunca tinha visto antes. Olhou para todos com um olhar maroto, um sorriso largo, ergueu aquilo até os lábios, beijou como se beijasse um ente querido ou o rosto de uma mulher muito amada:

— Quanto tem aqui, Padre?

— Vinte e três mil pra cada um.

— Vinte e três mil?!

O Padre balançou afirmativamente a cabeça sorrindo, sem responder, guardou sua parte também dentro da camisa, dizendo:

— Ainda falta dividir os dólares que encontramos, mas esse vamos ter que trocar para ver quanto nos vai render.

E seguiram a viagem, sem mais conversa. Entraram em São Paulo e foram direto para a casa do intrujão.

Diogo desceu da perua, apertou o interfone da casa. Ninguém mais sabia onde se encontravam, só ouviram quando ele disse:

— Salim?... sou eu, o Diogo.

A grande porta de madeira a sua frente começou a se erguer. Diogo fez sinal com a mão para que Rose pegasse no volante e entrasse com a Kombi na garagem. Assim que entraram, a porta abaixou às suas costas, surgindo um sujeito tacanho, gordo, com o rosto vermelho, um bigodinho ridículo fino para o tamanho do rosto, um cabelo ralo no centro da cabeça, uma figura desagradável no sentir de cada um dos amigos. Surgiu todo sorridente.

— E aí, pessoal, como foi o trabalho?

Diogo o apresentou:

— Esse é o Salim, e esses são meus camaradas.

Responderam todos em conjunto, parece que haviam ensaiado, com um olá seco, nada efusivo, como se não quisessem muita intimidade, ainda meio desconfiados. E achou que todos tiveram a mesma impressão desagradável do sujeito.

Ele os olhou um a um, sorriu e chamou a todos,

— Entrem, a casa é nossa.

— Não seria melhor descarregarmos a perua? — perguntou.

— Não preferem comer alguma coisa? Devem estar com fome ou não?

— Não! — respondeu o Padre, com uma voz segura sem emoção. — Vamos direto aos negócios, a hora que terminarmos a gente come, bebe, descansa, faz o que precisa. Agora só negócios.

Entraram no escritório do indivíduo, uma sala ampla com algumas cadeiras, um sofá para quatro pessoas, vários cartazes de propaganda política nas paredes com o retrato dele estampado, com palavras de ordem, frases de impacto, brindes de propaganda, para a mesma finalidade. Diogo quebrou a tensão, dizendo:

— O Salim é candidato a vereador aqui da Zona Leste.

— É! ele está na dele — respondeu o Padre. — Só espero que não queira fazer política com a gente. Aí o bicho pega!

— Fica frio — respondeu ele. — Negócio é negócio, política é à parte, vamos trazer o bagulho pra dentro e vamos aos fatos, certo?

Trouxeram tudo para dentro do escritório, separaram por lotes de mercadorias, ouro em barra, joias, relógios, pratarias e uma série de outras coisas de valor. Feita a avaliação, com tabelas de preços, lista de quantidades, com tudo bem organizado, que tinham trazido, ele fez o cálculo e a proposta.

Como satisfez a ambas as partes, ali mesmo dividiram o dinheiro, Magrão entregou o pacote do Diogo que ele havia guardado. Pediram licença ao Salim, trocaram de roupa em uma sala ao lado, tirando aqueles macacões já fedendo suor, colocando roupas limpas que haviam deixado na Kombi. Foi quando o Padre falou sobre os dólares, que estavam ainda na Kombi separados.

— Sabe o valor que tem em dólares? — perguntou o receptador.

— Não! Não contamos, interessa?

— Claro, só não estava esperando por isso, não sei se o dinheiro que tenho cobre o que pretendem. Se confiarem em mim, tenho um amigo doleiro, faço a troca e pago vocês. Na próxima semana o Diogo passa e leva a mala de dinheiro.

Contaram todos os dólares, tudo em notas de cem dólares. Despediram-se do intrujão, deixaram a garagem, o Beto assumiu o volante da perua perguntando:

— E aí, como vamos fazer agora?

— Acho que devíamos comer alguma coisa. Depois você nos deixa na rodoviária e leva a perua com você. Lá na oficina joga estes uniformes num tambor, queima tudo, guarda as ferramentas no seu quarto e dá um jeito nesta Kombi. Se for ficar com ela, nós te ajudamos a pagar, e quando formos precisar novamente, tá na mão. O que você me diz?

Estavam todos sentados em volta da mesa no restaurante, o Beto virou-se para o Magrão e perguntou:

— Por que não fica aí na sua mãe?

— Vou pra Campinas, e na semana que vem volto e vou passar uns tempos aqui em São Paulo. Tenho uma série de compromissos pendentes, até no final do ano quero deixar resolvidos. Vou precisar de você, Negrão. Mas quero informar a todos que peguei algumas joias daquelas e vou dar um conjunto para minha tia e outro separei pra você, Rose. Entregou a ela a caixa de veludo preto, com um conjunto de colar, brincos e anel em ouro branco com pedras azuis incrustadas. Seus olhos brilharam como duas estrelas.

— Você não se esqueceu? — Beijou-lhe suavemente, enquanto sussurrava:

— Depois te recompenso.

Todos riram gostosamente, já bem descontraídos, com a barriga cheia. Beto deu uma olhada geral e disse:

— Eu também guardei umas coisas pra mim, exibiu um relógio todo incrementado, e um anel de ouro muito bonito:

— Que acham, fiquei bem? Meu sonho sempre foi ter um deste relógio e um anel de ouro.

— Sabe que anel é esse, Negrão?

— Não!... sei nada... Do que é?

— Anel de formatura, de advogado, vão olhar no seu dedo e te chamar de doutor. Esfregou a mão em sua cabeça rindo:

— Doutor Beto Negrão! Você não conseguiu concluir o ginásio, vai botar banca de doutor!

Terminaram de comer, seguiram para a rodoviária e o Beto levou a perua para a oficina, dizendo que iria começar a limpar a Kombi naquele dia mesmo. Segunda-feira, quando abrissem a oficina, já estaria pronta. Diogo foi com ele, iria pegar seu carro que ficara guardado na oficina e seguiria para São Bernardo.

Assim que chegaram em Campinas, rumaram de táxi para casa. Ao se despedirem, em frente ao portão, disse a Rose:

— Hoje vou deitar-me e vou dormir até não aguentar mais. Estou um bagaço. Se quiser trocar uma ideia, bater um papo, aproveita agora, que depois que tomar banho, vou desmaiar.

— Vai descansar, Magrão. Amanhã conversamos.

Entrou em casa todo sorridente, assobiando. sua tia colocou o rosto na porta do banheiro, com uma toalha enrolada no corpo, outra na cabeça, perguntando:

— É você, Zé Antônio?

— Sou eu, tia! Quem achou que era? O negrão tarado? Sai logo daí que tenho uma surpresa pra você.

— O que é? Quero ver.

E saiu do jeito que estava mesmo, a curiosidade não permitia esperar mais. Saiu tropeçando, enfiando a calcinha por baixo da toalha, expondo despudoradamente suas partes mais íntimas. Tudo por força da curiosidade natural feminina. Teve ele que disfarçar que não havia visto. Aproximou-se perguntando:

— Onde está? O que é?

Abriu a caixa de veludo azul-escuro, fazendo seus olhos quase saltar do rosto. Pegou a caixa com uma das mãos, enquanto a outra ainda segurava a toalha:

— Isso é pra mim? Espera um pouco, Zé! Volto já, entrou no quarto, fechou a porta.

Sentou-se no sofá da sala e ficou esperando. Depois de alguns minutos, abriu a porta do quarto, com um vestido solto, um floral claro, decote generoso, realçando o colar de pérolas com um pingente de pedra vermelha, brincos e anel iguais, formando um conjunto harmonioso.

— Que tal fiquei?

— Está linda, tia, muito bonita mesmo! Eu sabia que iria gostar, combina com você.

— Muito obrigada! — agradeceu, beijou-lhe demoradamente no rosto, afastou-o suavemente, dizendo:

— Vai tomar um banho, cara, que está fedendo cachorro molhado. Está azedo.

Acordou na segunda-feira, já bem tarde, o estômago parecia estar nas costas de tanta fome, sua tia teve o cuidado de deixar tudo pronto. Fez seu prato, sentou-se defronte à televisão, já era quase hora do noticiário, foi comendo e aguardando. Ouviu baterem na porta, atendeu: era o Padre e a Rose.

— Podem entrar — chamou-os.

— Viemos assistir o noticiário com você, pode ser?

Neste instante fizeram a chamada do assalto à joalheria. Ficaram olhando em silêncio enquanto mostravam as cenas, a fisionomia abatida do dono da loja, os policiais mexendo aqui e ali, procurando alguma evidência. Filmaram o corpo estendido do segurança morto, e o Delegado dizendo que foi um trabalho profissional, mas que a polícia tinha alguns suspeitos, só não poderiam divulgar para não atrapalhar as investigações.

O Padre soltou uma gargalhada zombeteira:

— Velhaco, mentiroso! diz ter suspeitos, mas está tão perdido como cachorro que cai do caminhão de mudança. Magrão!... vou aplicar minha grana e vou dar uma viajada, descansar um pouco, levar minha família pra rever os parentes no interior.

— E você, Rose, vai também?

— Vou sim, você vai pra São Paulo, não vai? Quando voltarmos nós te procuramos. Só que hoje gostaria que passássemos juntos, quer?

— E como quero. — E foi empurrando o Padre para fora, dizendo:

— Boa viagem, meu chapa, e divirta-se.

Fechou a porta, passou a chave e disse:

— Agora nem o bispo atendo mais.

Quando sua tia chegou à tarde, a Rose já havia ido embora e ele estava tomando um banho demorado, procurando se refazer do desgaste daquela tarde maravilhosa.

— Zé Antônio, está sozinho? Já cheguei, sai logo deste banheiro, está gastando muito.

— Já estou saindo, mas queria trocar uma ideia longa com você, tia, não demora muito no banho. E se encaminhou para o seu quarto, foi trocar de roupa enquanto ela tomava seu banho. Passados alguns minutos, ela entrou ainda enxugando os cabelos.

— E aí, Zé, o que quer falar comigo?

— É o seguinte, tia! Amanhã iremos ao banco e vamos abrir uma conta conjunta. Quero comprar uma casa aqui por perto e trazer minha mãe e os irmãos pra cá. Quero que você monte um negócio que possa ser dirigido por você e minha mãe, vou tirá-la daquele lugar imundo.

— Que coisa boa, meu querido, a casa! Tem uma ótima logo na quadra de cima, ela tem um barracão nos fundos que poderemos fazer o que sempre sonhei: uma pequena fábrica de confecções. Basta para isso comprar algumas máquinas e adaptar a instalação elétrica. Amanhã não vou trabalhar para vermos isso, e assim que estiver tudo resolvido, vou buscar sua mãe.

Mas, pensando bem, não sei o que andou aprontando, parece que o negócio do fim de semana deve ter sido bem lucrativo. Pode me contar?

— Não, tia, deixa isso pra lá. — E pensou: "foi bom que ela não assistiu ao noticiário, senão poderia ligar o presente que lhe dei ao assalto à joalheria".

Não foi nada fácil convencer sua mãe a mudar-se para Campinas, deixar aquela casa onde conservava inúmeras recordações. Se não fosse a presença de sua tia, e a promessa de uma educação mais adequada aos irmãos, talvez não tivesse conseguido. Ela ainda não aceitava a ideia de ter um filho ladrão, justo aquele em quem depositava tanta esperança e para quem sonhara um futuro honrado e promissor. Tudo isso estava acabado, ela sabia muito bem que as marcas do destino são irreversíveis. Só Deus poderia mudar, por isso rezava todos os dias pedindo um milagre.

Não permitiu a ela que trouxesse todos os móveis velhos que possuía, comprou quase tudo que precisava, peças novas, mais modernas. Enfim, montou uma casa digna, mas não esperava nenhum agradecimento e nenhuma demonstração de alegria, pois fazê-la aceitar aquilo já estava sendo muito difícil. Só seus irmãos explodiram de felicidade com a casa nova, mais espaço, e com a mãe por perto teriam mais tempo pra se divertirem. Ajudou a descarregar o pouco que ela trouxe da velha casa, sempre cuidando para ver se notava em algum momento algum lance de alegria, mas só deu para sentir um suspiro de alívio, quando ela sentou-se um pouco para descansar daquele movimento todo. Só abriu a boca para responder a uma pergunta de sua tia.

— E aí, mana, gostou? Não está bem melhor do que a casinha onde moravam?

— Não resta dúvida, minha irmã, só que me sentiria muito mais feliz se fosse conseguido de forma diferente.

Levantou-se e caminhou para o quintal, onde deu pra notar que enxugava algumas lágrimas amargas, que relutavam em cair pelo rosto.

Chegando a São Paulo, na semana seguinte, foi direto à oficina do Biriba. Procurou o Beto e lhe disseram que estava no quartinho dele nos fundos. Bateu na porta, estava encostada.

— Entra! está aberta, é só empurrar.

Abriu a porta lentamente.

— E aí, Negrão, só na boa vida? Vim com receio de não te encontrar mais aqui!

— E quase que não me pega mesmo, cara, comprei uma bela casa no Bairro Casa Verde. Tá certo que é bem lá no final da vila, mas é excelente. Levei todo mundo pra lá, só que resolvi dar um tempo por aqui mesmo, sozinho me viro melhor. E aí, que é que você conta de novo?

— Da mesma forma que você agiu com sua família, eu também levei a minha para Campinas, acomodei todo mundo da maneira que sempre imaginei. Agora estou tranquilo. Mas mudando de assunto: que camisa mais extravagante é essa Negrão, toda estampada de flores, parece um jardim? Vai trabalhar no Chacrinha? Onde você vai para se encher de borboletas?

— Não gostou? A mina que sai comigo é quem escolheu. Disse que fico um nego charmoso. Espera até eu te mostrar o resto, comprei trinta camisas desta.

— Trinta?...

— É... trinta, e mais esse sobretudo joia, que ela me disse que fico parecendo um negrão americano do Harlem, de Nova York. Que acha? — E deu uma rodada como se fosse um manequim.

— Cara! só falta você colocar na cabeça um chapeuzinho daqueles bem ridículos que os gringos usam.

— É... então não falta mais nada, Magrão. E pegou um de aba estreita com uma pena amarela encaixada na fita azul, que contornava o chapéu, um cinturão de caubói, com um Taurus 38, cabo de madrepérola no coldre, colocou na cintura e fixou com uma tira de couro na coxa.

Não se conteve e começou a rir, quando fez aquele trejeito de duelista, tipo quando o mocinho olha para o bandido e diz "Saca você primeiro", após soltar os botões do paletó e jogar a parte que cobre o revólver para trás, e fica acariciando o cabo da arma roçando de leve.

— Me diz agora: falta alguma coisa?

— Não, Negrão! está ridículo por completo, não falta absolutamente nada. É só dar dois passos na rua e ser preso, colocado numa camisa de força e ser mandado para o manicômio judiciário. Você pensa em sair comigo assim pela rua?

— Claro que não, Magrão, o revólver e o cinturão vão numa pasta que comprei só para isso mesmo. Para andar na rua comprei um outro de esconder debaixo das axilas, igual aos gângsteres da máfia.

— Beto! você é uma figura cara! mas deixa isso pra lá. Preciso comprar um carro e começar a procurar os assassinos do meu pai. Eu queria que você me mostrasse os dois que ainda não conheço e depois disso você pode deixar a coisa comigo. Afinal das contas este problema é só meu e eu vou ter de resolvê-lo sozinho. Não quero arriscar a vida de ninguém, cumprindo uma vingança que é minha. Tá certo, Negrão?

— Não! meu irmão, estou nessa com você até o fim, pode contar comigo.

— É muito arriscado, Beto, alguém pode se machucar. Você mesmo disse que os caras são perigosos.

— Eu não tenho escolha, Magrão — respondeu de imediato. — Nosso destino está selado, o que tiver que ser, será. Além do que te devo minha vida, lembra? Portanto, vamos nessa que você não vai se livrar de mim, de jeito nenhum. Você é meu único amigo, considero-o como um irmão, assim os seus problemas são meus. Se tiver que morrer... tudo bem! Ninguém é eterno. Se for preso, não vai ser a primeira vez e cadeia foi feita pra homem. Então, não me enche o saco.

Depois daquela manifestação de solidariedade e do firme propósito do seu amigo, não soube dizer não, e foram atrás das coisas que precisava. Instalaram-se na casa que era de sua mãe, ali na Vila Rosa, ainda não tinha devolvido as chaves ao proprietário, no dia seguinte se conduziram até uma revendedora de veículos. Por sugestão do companheiro comprou um belíssimo Opala tipo diplomata preto, todo incrementado.

O Beto providenciou um mocó, como ele costumava chamar os locais para esconder ou camuflar alguma coisa, onde cabiam perfeitamente três a quatro armas, dependendo do tamanho.

Foram até a favela onde morava anteriormente a família do Beto. Ele entrou no local, Magrão ficou esperando no carro na rua de acesso à favela, quando apareceu um sujeito bem branco, parecia albino, a pele do rosto toda cheia de manchas marrons, era muito forte, cabelo já todo grisalho, despenteado, com uma camisa igual a do Beto, toda estampada de flores, num tom azul claro. Pensou com seus botões: devem ser moda essas camisas ridículas abotoadas só até o umbigo, o peito todo à mostra e um cordão de ouro com um enorme crucifixo pendurado no pescoço. Aproximou-se ao lado do seu amigo, vinha mascando um palito ou coisa parecida, um típico bandido assumido, do tipo debochado, daqueles que não têm nada a perder.

— É você que está precisando de ferramentas?

— Sou eu mesmo, o que tem aí de bom?

— O que precisar, basta ter dinheiro, dinheiro vivo.

— Bem, meu amigo, conversa fiada não resolve. Vamos ver essas armas ou vamos ficar só no papo?

O sujeito deu uma risada daquelas bem escandalosas, como se estivesse em sua casa e tivesse ouvido uma piada muito engraçada, e disse:

— Tá legal, encosta essa coisa aí, tranca bem as portas porque tem muito ladrão solto por estas bandas, e venha comigo.

Acompanharam o sujeito por entre barracos, desviando de poças de água, barrancos e vias de esgoto, tudo a céu aberto num cheiro forte, ácido, de coisas se decompondo, restos de comida e tantas outras que não dava pra definir. Andaram até chegar a um barraco maior, no final da favela, até parece que o sujeito adivinhou seus pensamentos ao dizer.

— Não se apavore não, meu chapa. Aqui a polícia não aparece nem por cortesia.

Abriu a porta do barraco, era uma bagunça generalizada, uma espécie de sala onde havia cama desarrumada, mesa, fogão, panelas sujas de mais de dois ou três dias, roupas sujas por todo lado. Puxou uma caixa de madeira que estava debaixo da cama, abriu e expôs vários tipos de armas de fogo: pistolas automáticas, revólveres de vários calibres e duas submetralhadoras de uso exclusivo do exército, de fabricação russa, tudo novo em folha e todo tipo de munição.

Ficou olhando aquilo extasiado, não sabia o que escolher ou pegar. Só pensava: "onde um pé rapado destes consegue tanta coisa boa assim?".

O cara o olhava com aqueles olhos enormes, meio azuis, meio cinza, que se destacavam no rosto branco, com um sorrisinho maroto, só apreciando seu espanto diante daquilo. Até que resolveu falar:

— É, muito bonito, parecem estar todas em ordem. Mas quanto sai uma pistola automática destas e uma submetralhadora?

— Sabe mexer com essas joias, garoto?

— Sinceramente não, vamos ter que arrumar um local pra aprender. Conhece algum?

— Conheço — respondeu —, uma pedreira abandonada na Via Dutra, mais ou menos 12 quilômetros em direção ao Rio. Cobro cinco mil das duas armas, a munição e as aulas.

— Pode ser hoje? Tinha muita pressa em aprender.

— Pode ser agora, se quiser.

Passaram o resto do dia naquela pedreira, gastaram uma caixa de munição de cada arma. Compraram comida na estrada, só deixaram o local quando estava perto de escurecer. A dez ou quinze metros não errava um tiro, se sentia o próprio Billy the Kid, dos filmes americanos. Parecia uma criança que tinha ganhado seu primeiro brinquedo com aquela pistola na mão, estava se dedicando tanto que foi alvo de comentários pelo traficante de armas:

— O garoto magro leva jeito, aprende rápido. Tem gana de assassino, não gostaria de estar na mira desse moço.

Estava explodindo de felicidades. Já ia se preparar para mais uma sessão de tiros, quando o Beto lhe bateu nas costas e disse:

— Chega dessa alegria toda, meu irmão. Já se divertiu bastante, agora vamos embora.

— Pombas, Negrão! Você é um autêntico desmancha-prazeres — disse isso já travando a arma e colocando na cinta, no maior sentimento de orgulho e satisfação.

Já se sentia superseguro e o homem mais valente da Terra com aquela ferramenta de destruição ao lado. Acomodaram a metralhadora na tampa interna da porta do Opala e voltaram a São Paulo, prontos pra iniciarem sua missão, uma vingança que curtia desde menino, quando aqueles caras assassinaram seu pai.

O cabo Bento, o homem da voz estridente, e o China ele já conhecia muito bem, já havia chegado bem perto dos bandidos, vagabundos, como costumava tratar quando falava deles. Os outros dois que estiveram juntos na chacina iria conhecer agora, não conseguia lembrar-se de suas fisionomias. As suas vozes sim, ficaram gravadas e bem gravadas na memória, poderia reconhecê-las à distância, mas seus rostos só tinham visto de relance naquela pracinha onde se reuniram e depois nunca mais os viu. Só agora que estavam no bar a poucos metros da casa de um deles, estava muito ansioso, esperava identificá-lo. Aquele que morava vizinho do bar cujo endereço o Beto havia descoberto, era o único preto da equipe, chamavam-no pelo apelido de Jacaré ou Nego Jacaré, trabalhava de segurança em lojas, salões de baile ou para algum artista quando o chamavam. Mas seu negócio realmente era o grupo de extermínio. Junto com os outros três, formavam um pequeno esquadrão da morte, executando menores delinquentes, pequenos assaltantes ou viciados que não conseguiam pagar os boqueiros e traficantes e ficavam devendo as drogas que compravam. Juntos iam, matavam quem estivesse perto, pessoas inocentes, mulheres, crianças, quem quer que fosse, sem dó nem piedade.

Os dois amigos ali, esperando, disseram ao dono do bar que tinham deixado a Kombi do seu amigo na oficina ali perto e estavam esperando ficar pronta. Chegaram naquele local antes do almoço e já estava ficando tarde. O desgraçado do Jacaré não aparecia, a paciência já se esgotava, quando o Beto lhe cutucou com o cotovelo de leve nas costelas e sinalizou com a cabeça.

Vinha atravessando a rua um negrão forte, não muito alto, seus cabelos já demonstravam uma certa idade pelo tom grisalho nas têmporas. Difícil definir qual seria, estava bem vestido, camisa de manga longa, numa cor creme suave e um colar de contas vermelhas no pescoço, com um pequeno emblema de devoto de alguma entidade do candomblé ou algum Exu. Estava claro que era um praticante da Umbanda. Entrou no bar rodando um chaveiro nos dedos. Todo sorridente, dirigiu-se ao dono do bar:

— E aí, palmeirense, só alegria? Pega um cigarro aí pra mim.

Magrão reconheceu de imediato, sentiu o corpo estremecer, um desejo enorme de pegar a pistola e encher o cara de chumbo. Beto, percebendo sua ansiedade, segurou seu braço, olhou-lhe firme e disse:

— Calma, irmão, não é a hora.

Conseguiu se conter, esperaram o cara sair, pagou a conta do que gastaram e saíram atrás dele. Viram quando entrou em sua casa, voltou com uma pasta na mão, entrou no carro, um Gol preto e foi embora. Olhou para o Beto e perguntou:

— Tudo bem, e agora?

— Vamos atrás dele, ver aonde vai, onde costuma passar o dia. Amanhã iremos atrás do outro.

Seguiram o sujeito a uma certa distância sem ser notados, e qual não foi a surpresa, quando ele pegou a Marginal Tietê, fez o contorno e entrou na Dutra. Andou por mais alguns quilômetros e entrou em um posto de abastecimento de combustíveis, estacionou em frente a uma borracharia. Deixaram o carro escondido e se aproximaram, podendo com isso ouvir claramente quando ele chamou o amigo:

— Ô Pernambuco, onde você está, cacete?

— Aqui em cima.

Abriu a janela do quarto que ficava em cima da borracharia, mostrando seu rosto na janela. O Beto quase teve uma síncope nervosa:

— É ele, Magrão, é o outro elemento. O desgraçado é dono da borracharia.

— É! é ele mesmo. Não tenho dúvida. Essas vozes permanecem vivas no meu cérebro, como fantasmas que me assombram constantemente. Que acha de pegarmos os dois agora?

— Vamos esperar mais um pouquinho. Quem sabe não aparece o cabo Bento e o China. Aí fazemos o trabalho completo.

Não foi preciso esperar muito tempo, os dois desceram as escadas que davam acesso ao quarto onde se encontrava o tal Pernambuco. Vieram conversando animadamente, foram ao bar e lanchonete do posto, puxaram uma cadeira, cada um pediu uma cerveja e continuaram a conversa, entremeando risos e tapas nas costas, como se comemorassem alguma coisa, felizes e alheios ao que os esperava. Falou ao Beto:

— Vamos nos aproximar e ouvir o que dizem?

— E se o negrão reconhecer a gente?

— Sem problema, não creio que tenha notado a gente lá no bar, mas será uma enorme coincidência se isso acontecer, vai ficar com a pulga atrás da orelha. Mas acho que este é o momento. Devemos aproveitar a oportunidade e já apagar estes dois. Depois vamos atrás dos outros, acredito até que esses dois não vão causar grande impacto, são pés de chinelo. Vão dizer que é briga de gangues. Os outros já vão dar mais problema, são tiras, e os companheiros vão cair em cima da gente que nem doença contagiosa.

— Certo, se você diz, eu acredito. Vamos pegar as armas e nos aproximarmos. Quero olhar bem dentro dos olhos dos miseráveis. Vamos ver até aonde vai a valentia dos homens — disse o Beto.

Pegaram as armas dentro do carro, cada um a sua. Verificou se a dele estava devidamente municiada, destravou e colocou na cintura, enquanto o Beto se preparou, colocando o cinturão, o chapeuzinho ridículo com a pena espetada sobre a aba, pegou o casaco no banco traseiro, jogou por cima dos ombros, mirou-se no espelho do retrovisor, para ver se estava bonito.

Olhou aquilo sorrindo, se divertia com a inocência do crioulo, quase perdeu a concentração, abaixou-se, pegou a submetralhadora dentro do carro, colocou sobre o capô, abriu e fechou a câmara de munição numa verificação rápida e se dirigiram ao bar. Os dois haviam deixado a mesa em que estavam e vieram pegar uma outra do lado de fora bem em frente, o que lhes facilitou a ação. Foram se aproximando lentamente, suas pernas estavam meio bambas mal conseguiam andar tal a tensão. O coração batia com tanta força que ficou até com receio de ser ouvido de longe, mas disfarçava muito bem aquela ansiedade e demonstrava segurança total. Estavam tão perto que foi possível ouvir o Jacaré dizer ao amigo que marcara com o Bento quinta-feira da próxima semana lá no bilhar, às 19 horas. Colocou a pasta executiva que continha a arma dentro sobre a mesa bem ao lado, abriu-a com a tampa virada para eles, no intuito de esconder as suas intenções. O Beto foi se colocar do outro lado, quase em frente ao Pernambuco, desabotoou a jaqueta, empurrou com o braço a parte lateral por sobre o coldre, pondo à mostra todo seu arsenal, um revólver 38 no coldre e uma pistola enfiada na cinta. Disse num tom zombeteiro:

— Muito bem, seus putos, chegou a hora de prestarem contas ao Diabo. Quero ver se são homens mesmo.

Os dois olharam em sua direção, com uma expressão curiosa, totalmente incrédulos, sem ter a mínima ideia do que se passava ou o que estava para acontecer. Foi o Jacaré que perguntou, tentando disfarçar o nervosismo ou talvez achasse que se tratava de uma brincadeira:

— Que foi, negrinho? Vai a alguma festa de fantasia?

— Não! Negrão... vou ao seu funeral.

Bati com força a tampa da pasta, apontando a metralhadora em direção aos dois, e perguntou:

— Lembram-se da chacina que cometeram no Bar do Pinto, no dia 14 de novembro de 1980, na Vila Rosa?

Eles lhe olharam com aquele olhar assustado sem compreender nada, foram empalidecendo à medida que iam se lembrando.

— Pois é, caras, meu pai estava lá, e eu também! Sobrevivi porque me escondi debaixo do balcão de doces, meu pai não teve a mesma sorte.

Nessa altura já estavam completamente apavorados. O Negrão ergueu os braços, tentou dizer alguma coisa:

— Eu... eu!...

Apertou o gatilho, saiu uma rajada de balas, indo todas alojar-se no peito, na barriga, no rosto e na cabeça. Impossível determinar quantas e onde. O sangue jorrava em abundância, formando uma massa disforme e vermelha. O corpo com o impacto foi jogado longe, batendo no chão como um saco de batatas.

No mesmo instante o Beto sacou sua arma e atirou, mas o Pernambuco, diante do perigo e do medo, parece que criou asas de tão rápido, deu um salto e correu em direção ao carro do Jacaré. Mesmo tendo levado dois tiros certeiros, conseguiu correr, entrou no carro.

Magrão, imediatamente vendo aquilo, deu mais uma rachada de metralhadora, em sua direção, acertando a lataria do pequeno veículo, fazendo explodir o tanque de combustível. As labaredas esparramaram por todo lado e no interior do veículo, incendiando inclusive a roupa do Pernambuco, que, mesmo ferido, saiu desesperado, cambaleando, gritando:

— Socorro! Pelo amor de Deus, eles vão me matar!

E caiu no chão, pegando fogo. As pessoas, ao lado, todos procuraram se abrigar dos tiros, fugindo do local, deixaram o corpo e o carro pegando fogo, saíram rapidamente do local, com as armas na mão em posição de defesa, sem se descuidarem das costas. Abriu a porta do carro jogou a arma no banco traseiro, ainda com a respiração ofegante, o coração acelerado. Não conseguia acertar o buraco da chave de contato para dar partida, o Beto bateu nas suas costas:

— Calma, Magrão! Foi tudo bem, vamos com jeito. Agora já está tudo acabado para aqueles dois, já estão diante do homem lá em cima prestando contas.

O carro deu partida e saíram tão rápido que os pneus chegaram a cantar no asfalto.

— Magrão! você fez um estrago tão grande naquele negrão, que vai ser difícil contar os buracos. Se o cara não tiver documentos nos bolsos, vão demorar pra descobrir quem é. Acho que nem a mãe dele vai reconhecê-lo.

— Em compensação, o Pernambuco deve estar torrando até agora, virou churrasco de presunto. Agora, Beto, vamos pra casa, tomamos um banho, trocamos de roupa. Vamos ver qual a repercussão do caso na televisão e depois vou levá-lo a uma boate no centro da cidade, daquelas que tem de tudo até shows de sexo explícito no palco. Já viu?

— Não!..., nunca entrei numa boate.

— Já prepara algumas roupas leves e calção de banho, que amanhã bem cedo iremos descer o morro. Vamos para Santos, o Diogo tem um apartamento alugado lá, e estará nos esperando.

— Caramba, Magrão! Até que enfim vou conhecer o mar, nunca fui antes. Vai ser muito legal!

Chegaram em casa, entrou e já ligou a televisão, esperando alguma notícia referente ao ato por eles praticado. Beto ficou na sala, enquanto foi tomar banho e trocar de roupa. Estava terminando de se arrumar quando ele gritou:

— Magrão, vão falar da nossa façanha, corre aqui.

O repórter mostrava os dois corpos, cobertos com lona preta, o carro do Jacaré todo queimado, dizia ser um ato de vingança de traficantes, pois foram encontrados papelotes de cocaína no quarto do Pernambuco, que ficava na parte de cima da borracharia de sua propriedade e algumas gramas de cocaína e maconha no bolso do Jacaré. Acreditam que poderia haver muito mais dentro do veículo, porém como ficou quase todo incendiado, a polícia não pode precisar, principalmente porque o local onde mais queimou é justamente onde costumam esconder as drogas. Foi o que informou o repórter.

A polícia estava ainda interrogando as possíveis testemunhas, mas como sempre ninguém viu nada, imperando aí a lei do silêncio. No intuito de preservar a vida é preferível não dizer nada, só sabiam que foi um elemento branco magro, alto, e um negro, que vestia um sobretudo preto e um chapéu de aba estreita. Dizem que a operação foi tão rápida que seria impossível fazer qualquer outra descrição.

Ficaram em silêncio, ouvindo a reportagem até o final, quando o apresentador do programa faz seu sensacionalismo sobre o fato ocorrido. Nesse momento o Beto virou a cabeça em sua direção, olhou-o fixamente e disse:

— Pois é, Magrão! Parece que ficou tudo limpo, não vamos ter problema, por sorte encontraram aqueles bagulhos de posse dos infelizes. Portanto, podemos rodar tranquilos.

— Nem tanto, Negrão, nem tanto, todo cuidado é pouco. Nós não sabemos o que a polícia conseguiu apurar, eles não falam tudo à imprensa, e vão atrás de detalhes. Se o tira for experiente e gostar da profissão, pequeninos detalhes servem de grandes evidências, mas a minha preocupação maior é que a notícia chegue nos ouvidos do cabo Bento, exatamente como saiu na televisão, ou seja, briga de traficantes. Agora já está feito, vá se aprontar pra gente sair, Beto. Vai conhecer a noite paulistana.

Entraram na boate, Beto parou extasiado, com a boca aberta de admiração: aquela chuva de luzes coloridas que inundava todo o ambiente, mudando de cor os móveis e as pessoas a cada facho de luz que girava por todo lado, e se cruzavam no centro do salão; o som alto da música; as mulheres dançando sobre o palco, seminuas, mulheres lindas ainda bem jovens; os garçons fazendo malabarismo para passar entre as mesas e pessoas; casais dançando, balançando o corpo, alucinados pelo embalo do som estridente, que se misturava por todo lado; música, gritos, vidros batendo. Tudo isso deixou o Negrão no alto da escada petrificado, admirando aquilo tudo sem conseguir se mover.

— Vamos, Negrão? Acorda, meu! Daqui a pouco alguém te atropela nesta escada, parece bobo, cara.

— Pô! Magrão, isso é demais, nunca tinha entrado num lugar assim, meu! Só tinha visto no cinema e na televisão.

— Tá legal, vamos procurar uma mesa ou uma cadeira pra sentarmos e tomar alguma coisa. Vamos aproveitar a noite.

Queria chegar cedo em Santos, mas não foi possível, a noite anterior estendeu-se até a madrugada. Parecia que o Beto estava debutando para a vida, aproveitou todos os minutos da noite. Quando caiu na cama no hotel em que ficaram, desmaiou de sono. Acordaram já quase meio-dia, acertou as contas e dali mesmo desceram a serra com todo cuidado. O álcool ingerido ainda pesava na cabeça, cada solavanco do carro era como uma bomba explodindo dentro dos miolos.

Estacionou em frente ao prédio que o Diogo lhe havia passado o endereço, perguntou ao porteiro e ele lhes disse que o inquilino do 43 estava na praia.

Convidou-os a entrar e esperá-lo. O Beto não resistiu, tirou os sapatos e começou a andar em direção ao mar, olhando a tudo e a todos, principalmente as garotas em seus minúsculos biquínis, com seus corpos lindos, torneados e bronzeados, passeando sobre a areia da praia. Foi quando gritou:

— Ô Negrão! onde vai?

— Fica frio, Magrão, volto já, não se preocupe, não vou me perder, nem vou me afogar.

Foi caminhando, olhando pra trás distraidamente, enquanto respondia. Levou um tremendo susto ao dar uma topada de frente com uma pessoa, virou rápido para se desculpar:

— Ei, cara! quer me matar de susto?

Era o Diogo, que já voltava, reconheceu-o e quis fazer uma brincadeira com o Beto. Abraçou-o, rindo, às gargalhadas:

— Negrão tonto, caipira da cidade grande. Vai ficar com torcicolo de tanto mexer esse pescoço preto pra todo lado. Vamos lá pra casa tirar essa roupa ridícula e comer algo, depois voltamos.

Enquanto riam do susto que o Beto levou, foram se aproximando. Diogo, quando já estava bem perto, estendeu-lhe a mão em cumprimento e perguntou:

— Como foi lá, mano?

— Tudo bem, respondeu, fizemos dois peixes pequenos, mas quarta-feira subo a serra novamente e quinta-feira fecho a fatura. Quero pegar os dois peixes maiores juntos.

— Tem algum plano? — perguntou-lhe o Diogo.

— Tenho! não sei se é o melhor plano, mas julgo ser bom. Lá em cima te exponho o que bolei.

Subiram o elevador com as poucas coisas que trouxeram, Beto ainda estava alucinado com as coisas que vira na chegada. Não conseguia se conter de alegria, estava deslumbrado:

— Cara! enquanto eu estiver aqui não quero pensar em nada, só quero me divertir neste mundo de água, olhar todas as meninas que passarem, tomar todas as caipirinhas que conseguir beber e quero que vocês me levem pra todo canto, quero conhecer tudo.

— Calma, negrão... A gente chega lá, eu também não conheço nada, para mim o que acontece agora é como está sendo pra você, a primeira vez. — Passou o braço sobre seu ombro, rindo, e saíram do elevador em direção ao apartamento.

Entraram e acomodaram suas bagagens na sala, virou-se para o Diogo:

— E aí, mano, alugou este apartamento por uma temporada ou vai ficar por aqui mais tempo?

— Vou dar um tempo por aqui. Estou com um esquema aí no porto com alguns camaradas, vou ver no que dá. Mas, se tiver qualquer novidade lá pra cima e vocês precisarem de mim, estarei pronto para participar, mas me conta como foi o trabalho de vocês ontem?

— Não foi nada difícil, seguimos um dos camaradas, o negrão de apelido Jacaré, e por sorte nos levou exatamente ao outro comparsa. Pegamos os dois juntos e desprevenidos, sentados em frente ao posto de combustível. Aproveitamos a oportunidade e enchemos os dois de balas. O tal de Pernambuco virou churrasquinho, mesmo já estando pesado de chumbo, conseguiu correr até o carro do Jacaré. Eu dei uma rajada de balas na direção dele, explodiu o tanque de gasolina, foi fogo pra todo lado inclusive sobre ele, que se queimou por inteiro. Agora pretendo subir na quarta-feira e na quinta-feira espero encontrar o cabo Bento e o China em um bar de bilhar na Penha, em São Paulo. Eles costumam se reunir naquele local. Ao chegarmos perto dos dois elementos que matamos ontem, deu pra ouvir nitidamente o Jacaré dizer que encontraria o cabo Bento, no bilhar, quinta-feira à tarde. Deve ser para acertarem algum trabalho, certamente vão aguardar ali o mandante ou coisa parecida e eu pretendo estar lá esperando por eles.

— Eu estarei com você, Magrão. Só que depois do serviço pronto quero que me leve a outra boate, como aquela de ontem, e que façamos outra viagem. Gostaria de conhecer uma montanha. Passear pelo interior. Esta semana quero me esbaldar no mar.

— Eu também vou estar com você nesta, Magrão. Não perco por nada no mundo — disse-lhe o Diogo.

— Não acho certo — ponderou ele — vocês se arriscarem por um problema que é só meu. Se acontecer algum coisa ruim com qualquer um de vocês, vou me sentir péssimo. Poderá haver represálias, não sei como seremos recebidos naquele bar. Depois do ocorrido com os companheiros, podem estar melhor prevenidos. Gostaria que pensassem melhor. Se não forem, não vou achar ruim.

— Sem essa, Magrão. Conta o plano, enquanto comemos — falou o Diogo.

— Certo, vamos ao plano... Entraremos no bar um de cada vez: o Beto sobe primeiro para o salão de bilhar e se coloca nos fundos; eu entro depois, me coloco na entrada; você entra e se coloca no pé da escada. Se tentarem subir mais alguns, você barra. Terminado o tiroteio, cada um corre por um lado. Eu e o Beto vamos em direção à igreja, meu carro vai estar estacionado na parte de trás. Você estaciona na rua lateral. Temos que tomar cuidado para que ninguém anote os números de nossas placas. Você, Diogo, desce para Santos, eu e o Beto vamos para Campinas. Durante os próximos dias e horas que vamos estar juntos, burilaremos a tática e conversaremos mais sobre o assunto... Tudo bem?

— Acho que vai dar certo, só espero que os bandidos apareçam por lá na quinta-feira, senão teremos que refazer todo esquema — disse-lhe o Diogo.

Foi uma semana inesquecível, conheceram quase todo o litoral norte, atravessaram para o Guarujá de balsa, foram até Parati, no estado do Rio, passando por Ubatuba, Caraguatatuba. Iam acampando por todas as praias, divertiram-se para valer.

Na quarta-feira de manhã, retornaram a São Paulo. Chegaram e ficaram por perto da delegacia onde trabalhava o cabo Bento e o China. Durante todo o dia ficaram na marcação, sem que fossem percebidos. Viram seus alvos chegar e sair por diversas vezes, em determinados momentos estiveram bem perto deles, no restaurante próximo onde comeram ou no bar da esquina em que pararam para tomar café. Pareciam sombras, não descolavam daqueles elementos, quando não era um, era o outro, se alternavam para não chamar a atenção. No dia seguinte a mesma coisa, estiveram por perto, desde a hora em que saíram de suas casas, até a hora em que encerraram o expediente na quinta-feira. Até que entardeceu, o sol baixou indolente no horizonte e os três amigos se dirigiram para as imediações do Bar Bilhar, para esperá--los. Foram dois dias intermináveis, sentia-se naquele momento com um cansaço estranho, um pouco dolorido, em várias partes do corpo, mas ficou ali, aguardando, torcendo para que viessem e que nada desse errado. Senão, como havia dito o Diogo, teriam que mudar todos os seus planos, recomeçar tudo de novo. Já havia dois dias que estávamos na cola dos miseráveis, como serpente pronta para dar o bote, alimentava sua vingança a cada minuto que passava, a cada momento em que ouvia aquela voz, amaldiçoada, inesquecí-vel, que fazia sete longos anos que ecoava em suas lembranças, marcava seus pesadelos. Não aguentava mais esperar o momento em que iria apagar aquele som desagradável para sempre de sua memória, vingando a morte de seu pai.

De repente, seu coração começou a pulsar mais acelerado, desceram algumas gotas de suor pela testa, a boca ficou meio ressecada. O Beto puxou seu braço pela manga da camisa:

— Magrão! os homens entraram no bar, vai ser agora. Vou entrar e, daqui a cinco minutos, você entra, vou nessa.

— Tá legal... vai indo, que vou em seguida. Cuidado, amigão, e boa sorte.

Entrou no bar, silenciosamente, parecia um felino. Já não sentia mais nada, nem medo, nem dó ou compaixão, nem remorso, só a vontade de acabar com aquilo o mais rápido que pudesse e ir embora. Como um anjo vingador, aproximou-se. Toda aquela sensação de desconforto desapareceu como por encanto, como se houvesse tomado um remédio milagroso, estava concentrado somente naquele objetivo. Chegou bem perto do infeliz, poderia acabar com ele naquele momento, estava bem à sua frente, de costas, meio abaixado sobre a mesa de bilhar, pronto para dar uma tacada. Mas preferiu contornar, ficar mais em sua frente, olhar em seus olhos e dizer a ele porque o estava matando. Queria saborear seu sofrimento, sentir seu desespero diante da morte iminente. Deu a volta e ficou ao lado da mesa, justo no momento em que dava a tacada. Interrompeu a trajetória da bola, com a mão espalmada tapando a boca da caçapa.

— Que está fazendo, cara? Está procurando encrenca?

— É! estou sim, quero ver até onde chega sua coragem, quando está em frente de alguém que veio para matá-lo.

— Você é pirado, garoto? Sabe com quem está falando? Está a fim de levar umas porradas?

— Sei, sim! É por isso que estou lhe falando que vou matá-lo.

Enquanto dizia estas palavras, já segurava firmemente a pistola semiautomática por baixo da camisa, pronto para puxá-la a qualquer movimento e confiante na atenção do Beto, caso o China tomasse a iniciativa de se defender. Mas o que notou foi somente uma expressão de espanto e curiosidade, nunca tinha visto nenhum homem se dirigir daquela forma ao seu companheiro, ficou estático em pé se apoiando em um taco de bilhar, com a boca aberta, completamente abobalhado, surpreso. Aparentou estar sem forças para reagir.

— Quem é você, garoto? — perguntou-lhe já meio trêmulo, não saberia dizer, se de medo ou ódio, com a voz ainda mais estridente, gaguejando.

— Sou aquele menino que ficou escondido debaixo do balcão de doces, no Bar do Pinto, na Vila Rosa, em Guaianazes, no dia 14 de novembro de

1980, quando cometeram aquela chacina e você disse ao meu pai que ele estava no lugar errado, na hora errada, com as pessoas erradas e você atirou nele, a sangue frio, enquanto pedia piedade. Lembra-se?... esperei até hoje para me vingar, sou o seu juízo final.

— Espera, garoto... eu mudei de vida, agora sou evangélico. Aprendi que devemos perdoar, minha espada é a Bíblia, tem que perdoar!

— Só... se Deus te perdoar, miserável! porque eu não perdoo. Quero que vá cozinhar no inferno, junto com seus comparsas que matei a semana passada. Já com a arma na mão, mirou em sua cabeça, mas ele num movimento rápido jogou o corpo para trás.

A bala atravessou seu pescoço bem abaixo do pomo de Adão, fazendo-o levar as mãos imediatamente no local, tentando estancar o sangue que jorrava em abundância. Caiu para a frente com os dois cotovelos apoiados na mesa de bilhar, segurando o pescoço. Tentou falar alguma coisa, mas em vez daquela voz medonha, saiu um coágulo de sangue de sua boca enorme, manchando o tecido verde que forrava a mesa.

Olhou no rosto do seu algoz, com dois olhos arregalados, via claramente as veias dos olhos, vermelhas, parecia que iam explodir. Ergueu novamente a arma e deu mais um tiro no meio da testa, fazendo sua cabeça explodir como um coco maduro, arremessando-o para trás, indo bater com as costas no pilar de sustentação do prédio.

Olhou para o China, ainda se mantinha naquela mesma posição. Foi tão grande a surpresa, que o coitado não conseguia se mover, estava paralisado, trêmulo, apavorado, sem conseguir acreditar no que via. Olhou em sua direção, diretamente nos olhos e foi empalidecendo ainda mais, ficou branco como uma cera. Arregalou aqueles olhos puxados como dos orientais, olhou para o peito, ainda apoiado no taco de bilhar, um risco de sangue descia sobre a camisa branca. Seu corpo foi tombando devagar, ainda apoiado naquele taco de madeira, quebrando-o ao meio, indo bater o peito sobre a mesa.

Imediatamente olhou para o Beto, estava com o revolver na mão, assoprou o cano debochadamente, rodou a arma nos dedos fazendo um pequeno malabarismo e colocou novamente no coldre. Olhei novamente para os dois corpos, deu uma erguida na cabeça do China sobre a mesa, constatou que estava realmente morto e foi saindo apressado:

— Vamos, Negrão?... A festa acabou. Missão cumprida.

Minutos antes, dois elementos tentaram subir as escadas, pareciam policiais, disse-lhe o Diogo posteriormente, mas foram imediatamente barrados. Diogo disse a eles em tom solene:

— Está fechado o bilhar.

— Você é dono do estabelecimento?

— Não... sou do departamento sanitário, estamos numa operação de limpeza. Disse isso, erguendo a metralhadora, até então escondida debaixo de um casaco. Tenho dois amigos lá em cima exterminando alguns insetos, voltem outra hora, com o estabelecimento mais limpo.

Nesse momento já vinha descendo as escadas. Bateu nas costas do Diogo e disse:

— Vamos, já acabou.

— E o Negrão, tá esperando o quê?

— Vem vindo aí atrás, disse sem olhar para lado nenhum, já saindo correndo em direção à praça. Diogo saiu logo atrás dele em direção ao seu carro.

Beto se entusiasmou e foi saindo devagar com o revólver na mão, como que protegendo sua retirada, cheio de moral. Repleto de confiança.

Mas não fora isso que combinaram: era pra saírem todos juntos e correndo. Quando já se aproximava da praça da igreja, ouviu alguns tiros. Olhou para trás dizendo para si mesmo:

— Negrão burro! Corre desgraçado.

Os dois elementos que haviam sido barrados por Diogo, ao verem o Beto sozinho, atiraram nele, acertaram-no de raspão, ele revidou imediatamente, acertando um dos elementos, e saiu correndo, desviando das balas do outro, vindo em sua direção. Apareceram mais alguns soldados, talvez alertados pelo tiroteio ou informados do que estava acontecendo no bar.

Entrou na igreja com o intuito de se esconder. O pessoal que estava rezando se alvoroçou com o barulho de tiros vindos de fora, levantaram-se todos, alguns correram para a porta. Naquele tumulto, despercebidamente, entrou na sacristia, escondeu-se entre algumas roupas do padre titular da igreja, ali penduradas. Houve um novo burburinho, gente se jogando no chão, outros correndo para trás dos pilares. Beto entrou arrastando uma perna, havia levado um tiro e estava sangrando, conseguiu chegar até em frente do altar. Ia sair para ajudá-lo, mas não houve tempo. Ele conseguiu se firmar em pé, virou-se de frente para a porta da entrada, postou-se na posição de duelo, parecia um pistoleiro do velho oeste, esperando a batalha final. De onde ele estava dava para vê-lo, suando copiosamente, jogou o casaco por sobre o coldre, expondo o revólver de cabo madrepérola. O padre, ao lado, tentou esboçar alguma reação, dizer algumas palavras, só balbuciou:

— Meus filhos! por favor, na Igreja não. É a casa de Deus.

Os soldados foram se aproximando, devagar, com cuidado. Invadiram a igreja, em cinco ou seis, não era possível saber. Só viu quando Beto levou a mão rapidamente em direção ao revólver, sacou, ergueu a arma e foi cambaleando para trás, a cada impacto de bala que penetrava em seu peito, encostando-se na mureta que os fiéis ajoelhavam para receber a comunhão. Os tiros pararam, ele foi caindo primeiro bateu com os joelhos, depois com o rosto no mármore frio, que foi se tingindo de vermelho. O velho padre correu em sua direção, ergueu seu tronco, seu peito coberto de uma pasta de sangue já coagulando e ele, num último esforço, virou seu rosto em direção ao padre, cruzou as mãos como se fosse fazer uma prece, ou pedir perdão, pelo crime hediondo de nascer pobre e tentar sair da miséria pela única maneira que conhecera e fora criado: a violência.

Entrou num armário enorme, naquela sacristia, e ficou esperando que algum policial abrisse aquela porta e o prendesse, ou lhe desse um tiro. Jogou algumas peças de roupas sobre seu corpo e ficou parado, quieto, chorando silenciosamente, as lágrimas quentes banhavam seu rosto, soluçou sozinho, o coração apertado, vez ou outra sentia uma pontada doída no peito. Passavam tantas coisas pelo seu pensamento que não conseguia coordená-los. Ouviu o barulho da ambulância do resgate dos bombeiros, o movimento intenso de gente que entrava e saía, os pedidos para isolar o local, o atendimento aos feridos. E ele foi ficando ali, sem ser importunado. Entrou sem ser percebido, estava tão cansado, que dormiu ali sentado, dentro do armário.

Acordou sobressaltado, o silêncio era total, saiu sorrateiramente daquele armário quente, respirou fundo, ainda estava tudo escuro, só uma réstia de luz entrava pela janela:

— E agora, pensou, o que vou fazer? — Olhou no relógio já passava das cinco horas da manhã da sexta-feira. Pensou: "daqui a pouco entram os fiéis para o missa das seis horas, preciso sair daqui".

Olhou para o armário aberto, havia uma batina, antiga, preta, bem conservada, e uma espécie de colete que cobria somente a parte da frente do peito, com um colarinho alto, dos que usam os padres quando estão de roupa comum. Colocou aquele paramento, prendeu o colarinho atrás do pescoço, jogou a batina por cima. Estava um pouco folgada, mas dava para tapear. Dobrou a calça até a altura da canela para disfarçar melhor, a batina era larga, mas um pouco curta, o padre devia ser mais baixo. Forçou a porta dos fundos da Igreja e saiu: o dia já clareava, respirou profundamente aquele ar fresco da madrugada.

Estava morto de fome, chegava a doer o estômago. Passou a mão por sobre a barriga, como que consolando e pedindo para esperar, que logo entraria em algum posto de serviço na beira da estrada e comeria alguma coisa. Perdido nesses pensamentos, ia seguindo em direção ao carro, ainda estacionado onde o deixou. As pessoas passavam por ele e o cumprimentavam:

— Bom dia, seu Padre. — Ele simplesmente abanava a cabeça numa resposta silenciosa. Entrou no carro e assim seguiu em direção à Marginal Tietê, onde pegaria a rota de Campinas. Parou no primeiro posto, entrou no banheiro, tirou toda aquela roupa, embolou como uma trouxa e atirou no porta-malas. Foi à lanchonete, comeu um bom lanche e seguiu para casa, bastante triste, pensando no ocorrido ainda há pouco, aquela cena não lhe saía da cabeça: o pároco acolhendo o Beto em seus braços, o sangue correndo de seu peito, seu rosto expressando um sorriso ou talvez um pavor inconsolável. Tentava a todo instante limpar aquilo da memória, mas não conseguia. Sentia grande remorso, muito maior do que das pessoas que matou. Sentia-se culpado de tê-lo levado ao encontro da morte e ser o responsável de selar o seu destino.

Só um consolo lhe restava: ele morreu como homem, e no lugar onde todos deviam morrer, dentro de uma igreja.

Encostou o carro no acostamento da estrada e chorou copiosamente.

CAPÍTULO QUINTO

UNIVERSIDADE DA VIDA

Entrou na casa de sua tia, ainda tudo muito quieto. Olhou no relógio, marcava pouco mais de sete horas, deviam estar dormindo. Entrou no seu quarto, deitou-se pesadamente sobre a cama. Estava tão cansado, sentia-se extremamente abatido, fraco, sentiu, mais uma vez, algumas lágrimas deslizarem pelo meu rosto. Não conseguia dormir, virava-se de um lado para outro, pensando no que fizera de sua vida. Fixou seu olhar em um ponto de luz solar que atravessou a fresta da janela e se projetou na parede do outro lado do quarto. Como em uma tela de cinema que passava pelo seu cérebro, relembrou todo o seu passado, os dias difíceis da infância, naquele bairro de periferia. Tentava achar um culpado, alguma coisa responsável por o ter levado até aquela situação, de ter se tornado um ladrão e depois um frio assassino.

Mas o certo é que poderia ter evitado tudo isso, se não fosse o ódio que permitiu tomar conta dos seus sentimentos, como se o demônio houvesse se apossado de sua alma. Agora não teria como voltar atrás, apesar da pouca idade já trazia no peito cicatrizes profundas, marcas irreversíveis. Agora nada poderia removê-las, dali para a frente teria um futuro insólito, sem opção de levar uma vida normal, um trabalho honesto, uma família. A única escola que poderia frequentar seria a escola da vida, uma vida pregressa, já havia feito o vestibular na universidade do crime, de agora em diante só lhe restava buscar o seu diploma.

Ouviu um barulho de pessoas entrando no corredor. Imediatamente, num salto, empunhou a pistola sobre o criado-mudo e se protegeu atrás da cama, assustado, ofegante, pronto para se defender.

— Zé Antônio? Já acordou?

"Ufa! O que está acontecendo comigo? Preciso me controlar, isto acaba virando uma obsessão, se continuar com essa paranoia, vou acabar vendo inimigos em todo lugar. Assustar-me com qualquer coisa que se mova", pensou.

— Já, tia, pode entrar.

Respondeu por impulso, não tinha conseguido dormir; aliás nem a roupa tinha tirado. Escondeu a arma e abriu a porta, procurou disfarçar a tensão, respirou fundo, acalmou-se. Já dava pra sentir o coração bater compassado novamente.

— Estava trabalhando, saí bem cedo — disse-lhe ela. — Alguém me falou lá na fábrica que havia aqui um carro estranho estacionado em frente de casa. Vim ver.

— Não se preocupa, o carro é meu, comprei há pouco.

— Precisa de alguma coisa, vou preparar o almoço. Sabe que horas são?

— Estou vendo, já são onze e meia. Vou tomar um banho, cheguei tão cansado que deitei do jeito que entrei.

— Não! Antes disso, coloque seu carro em outro lugar — aconselhou ela.

— Tem razão... vou colocá-lo na garagem de minha mãe.

— Melhor não!... Ela prefere que você não apareça por lá, não está disposta a vê-lo, pelo menos por enquanto. Ela está traumatizada, nós assistimos pela televisão a reportagem sobre o assassinato dos dois policiais naquele bar e a morte do Beto na igreja. Imediatamente sua mãe ligou os fatos e de antemão sabia que você era o responsável por aquilo.

Aqueles dois elementos são os supostos responsáveis pela chacina que abateu seu pai, e você cumpriu a promessa de vingança. Sua mãe está certa, não é mesmo? Ela quer que você fique longe, não quer que influencie seus irmãos, não pretende ver todos os seus filhos viverem fugindo ou serem mortos ou presos, já está sofrendo o suficiente com você. Se quiser vê-la novamente, terá que deixar esta vida de roubos e crimes, reconciliar-se com Deus.

— Agora é tarde, minha tia, muito tarde, é um caminho sem volta. Vou guardar meu carro no posto de gasolina e já volto.

Ao retornar do posto de gasolina, pegou o telefone, ligou para o Diogo, sentiu um certo alívio quando ele atendeu o telefone:

— Como vai, meu camarada?

— Tudo bem, Magrão, e com você? Estava muito preocupado, ficamos de nos comunicar logo em seguida. Cheguei em casa, levei um tremendo susto ao ligar a televisão e ficar sabendo o que aconteceu com o Beto.

— Aquele cabeça de vento, quis dar uma de valente, resolveu enfrentar o batalhão da polícia sozinho. Tenho a impressão que fez isso pra me dar tempo de fugir ou sei lá o que passou pela cabeça do Negrão. Estou preocupado também, é bem provável que através dele cheguem até a mim. Queria, mas não posso nem pensar em procurar a mãe dele, tentar prestar alguma ajuda. Neste momento a casa dele já deve estar cercada de tiras.

— Vou tentar descobrir alguma coisa, tenho pessoas na polícia que podem me informar. Não quer descer aqui para Santos, esperar dar uma esfriada?

— Tem razão, me espera à noite. Até mais.

Já terminava de almoçar quando entrou o Padre e a Rose, os dois muito sorridentes, trazendo a pele queimada do sol de verão quente do interior, já entraram dizendo em tom de brincadeira, insensíveis e alheios aos seus sentimentos:

— O espirito vingador levou seus fantasmas do passado à presença do Senhor para o julgamento final.

— Agora estou eu a esperar o dia do meu juízo final — respondeu —, porém espero não chegar muito cedo. Mas metáforas à parte, e deixando as tristezas de lado, como foram de férias interioranas? — perguntou a eles, abraçado à Rose, beijando-a com saudades, mas não com aquela paixão doentia que sentia nos primeiros dias em que chegou em Campinas. Estava diferente e acreditou que foi percebido por ela também, muita coisa havia mudado entre eles e principalmente na sua vida.

— Parece distante, Magrão? — perguntou-lhe ela.

— Não... talvez cansado. Foram momentos difíceis, dias fatídicos, acontecimentos que levam a gente a raciocinar se tudo valeu a pena. Perdi um grande amigo, minha mãe já não deseja mais me ver e agora serei um sujeito procurado por crime de homicídio, independentemente de quem eram os elementos que matei. Vou dar uma descida a Santos, passarei alguns dias com o Diogo, vou esperar a poeira abaixar. Que acham?

— É uma boa, mas podíamos voltar às nossas atividades assim que você se sentir em condições. Tenho algumas ideias.

— Por que não descem comigo? Lá em Santos espraiamos as ideias e trataremos de negócios. Dá pra adiantar alguma coisa do que tem em mente?

— Bancos!....

— Você disse bancos?...

— É isso aí. Estou querendo me especializar, entrar no ramo de investimentos financeiros. Só que ao contrário: ao invés de aplicar, nós tiramos.

— Só você mesmo pra me restaurar o bom humor. Tudo bem, vamos entrar neste empreendimento, eu topo.

Riram gostosamente da piada, fazia tempo que não riam assim de forma tão espontânea. Aquela conversa quebrou toda a tensão, parecia que tudo que havia ocorrido na noite anterior já ia tão distante.

Olhou para sua tia, ela estava ainda cabisbaixa, parece não ter se animado com o papo. Aproximou-se, beijou seu rosto e afastou-se sem dizer nada. Colocou a mão sobre os ombros da Rose, voltou-se na direção da tia e disse:

— Vou viajar, tia!... dê um abraço em minha mãe. Cuide dela e de meus irmãos, por mim. Entrarei em contato, e vocês dois sabem onde me achar.

— Amanhã estarei em Santos com você pra conversarmos — disse-lhe o Padre.

— Tá legal, te espero, não quer descer comigo, Rose?

— Não... talvez desça com meu irmão. Não é uma promessa.

— Gostaria que fosse, não vai se arrepender, pode crer.

— Vou pensar — respondeu-lhe ela, enquanto ele saía em direção ao posto onde guardara seu carro.

Naquela tarde chegou em Santos, colocou um calção de banho, não encontrou Diogo em casa. Desceu para a praia, sentou-se na areia branca à beira do mar e ficou ali horas seguidas, com o olhar perdido no horizonte. As ondas do mar chegavam mansas até onde ele estava molhando meus pés. O sol já dava sinal de despedida, como que cumprido sua missão, ia longe, dourando o céu a sua volta. De vez em quando passava ao largo um navio ou um barco de pesca. E ele ali, numa paz que o transportava para outro mundo. Nem percebia as pessoas que passavam ou as crianças que brincavam perto dele, aproveitando aqueles últimos raios de sol de um dia bastante quente. Agora a brisa suave do mar abrandava o calor, fazendo um fim de tarde muito mais agradável. Estava tão compenetrado na natureza que não percebeu a chegada do seu amigo Diogo, com uma latinha de cerveja nas mãos. Encostou aquela coisa gelada nas suas costas, fazendo-lhe contrair os músculos quentes ao contato da lata gelada.

— Está perdido, irmão? — perguntou-lhe, enquanto lhe passava a lata de cerveja.

— Estava precisando dessa tranquilidade. Pena que não é para sempre.

Sentaram novamente somente os dois ali naquela areia branca e ficaram olhando o sol se pondo, em silêncio, só ouviam o som da água que invadia a praia e retornava às pressas, lavando os detritos. Tomaram suas bebidas, sorvendo lentamente até a noite cair sobre suas cabeças, olharam para os lados e não viram mais ninguém, a não ser alguns retardatários ou casais de namorados que já iam se recolhendo.

Diogo amassou a lata de cerveja com as mãos, olhou o amigo com aquele olhar curioso, relutou um pouco mas perguntou-lhe:

— Como foi que se saiu daquela situação? Quando já estava fugindo do local, vi que entrava na igreja e logo depois olhei pelo retrovisor, o Beto seguia na mesma direção correndo. Aí virei a esquina e não pude ver mais nada.

— A igreja estava cheia de fiéis. Quando já estava nos fundos, perto do altar, ouvi tiros, houve um tumulto. Eu entrei na sacristia sem ser notado. O Beto já estava baleado, conseguiu chegar em frente ao altar. Ao invés de se entregar, resolveu enfrentar os policiais. Colocou-se na posição de duelo como um pistoleiro dos filmes que costumávamos assistir quando crianças, mas mal teve tempo de sacar o revólver: tombou lentamente, e eu não pude fazer nada. Fiquei escondido em um armário de roupas até o dia seguinte e saí da igreja vestido de padre. Aliás a batina ainda está no porta-malas do meu carro. Assim que voltarmos para o apartamento, vou pegá-la e pôr fogo.

— Não!... vamos guardar em casa, a batina pode ser útil em outra ocasião. E vamos esquecer este capítulo, vamos recomeçar. Afinal a vida continua.

— Realmente. Por falar nisso, o Padre esteve comigo hoje pela manhã, está com novas ideias. O projeto é entrar no ramo de investimentos bancários. Só que, ao contrário, como ele mesmo disse: ao invés de aplicar ele pretende que tomemos o dinheiro.

— É!... tô nessa. Sempre quis roubar bancos. Quando vai ser?

— Amanhã ele estará aqui para conversarmos e expor seus planos.

— Legal... Vamos lá para o apartamento, estou ficando com fome. Lá falamos mais sobre o assunto.

O amigo Padre chegou, já bem de tarde, estavam sentados na Avenida Atlântica, debaixo de um quiosque tomando uma água de coco. Veio com uma notícia desagradável, mal os cumprimentou e disse:

— Notei uma viatura da polícia rondando sua casa, deu várias voltas no quarteirão, fizeram algumas perguntas na vizinhança. Se não for por sua causa, é muita coincidência. O melhor é que você não apareça por lá tão cedo.

— Tem razão, não vou me arriscar. Vou me precaver e arrumar outro lugar para morar. A Rose não quis vir com você?

— Não estava a fim.

— Legal... — disse Diogo —, mas vamos ao que nos interessa. Como é este negócio de investimentos financeiros. Estou curioso para saber o que tem em mente e por onde começar.

— Bem! É muito simples. Primeiro... por que banco? Todos sabem que a mercadoria que o banco trabalha é o dinheiro, e esta mercadoria não precisamos de terceiros para nos ajudar a vender, ou que tenham lucro nas nossas costas. Nós, simplesmente, roubamos e dividimos. E o único lugar onde podemos achar dinheiro à vontade é nos bancos. Portanto, se toparem, a partir de agora seremos ladrões de bancos.

— Já topamos a parada — responderam prontamente. Mas qual é o plano? E qual vai ser o primeiro?

— Calma, a ideia é... nunca assaltar em uma única região, pegamos várias cidades do estado. Começaremos por São Paulo e posteriormente partimos para o interior. Escolhemos uma agência bancária, estudamos minuciosamente seu cotidiano fazemos o assalto e fugimos de volta pra casa.

— Até aí tudo bem. Mas como vamos andar de cidade em cidade, carregando armas e munições dentro dos carros, correndo o risco de uma batida policial nas estradas ou mesmo nas cidades? — perguntou o Magrão.

— Já pensei nisso também — respondeu-lhe o Padre. Um de nós vai até a cidade-alvo, aluga uma casa ou um quarto de pensão ou mesmo de hotel, se instala como vendedor ou comerciante de qualquer coisa e a Rose se encarregará de levar as armas e munições. Por exemplo, enche a camioneta de frutas no Ceasa e vai fazer a entrega com as armas camufladas no fundo das caixas ou outras mercadorias que sejam, mas sempre será ela a levar as armas. Se for parada nas estradas apresentará as notas fiscais das mercadorias e passará sem problemas. Que acham do plano?

— Gostei da ideia — manifestou-se Diogo —, mas iniciamos quando? Se vamos começar por São Paulo, poderemos estudar a agência bancária juntos.

— Muito bem... Magrão? Como você está sem residência fixa, arrume um apartamento ou casa no bairro do Pari ou no Brás, muda para lá. O banco escolhido será o Bradesco da Av. Carlos de Campos, esquina com a Rio Bonito. Assim que estiver instalado nos comunique e daremos início aos nossos planos.

Não foi difícil conseguir um quarto, pagando o mês adiantado, bem perto do alvo escolhido. Passou a ideia de estudante vindo do interior e precisava ficar sozinho no quarto nem que para isso devesse pagar mais. Depois de algumas recomendações da velha senhoria, tomou posse e se instalou de forma até confortável. Devia ser um antigo quarto de empregada em tempos idos, mas com banheiro privativo e tudo funcionando adequadamente. Comunicou os companheiros e no dia seguinte começaram a estudar detalhadamente o objetivo.

Os encontros para troca de informações realizavam cada dia em um lugar diferente, em restaurantes, lanchonetes ou mesmo na praça de alimentação de algum shopping center. Na última reunião da semana, na sexta-feira, se reuniram em seu quarto, visto que tinham mapas da agência, fotos do local e já iriam discutir como seria a abordagem.

Ficou acertado que o trabalho seria feito na quarta-feira à tarde. A Rose entraria com uma sacola de lona pela porta do estacionamento, sentar-se-ia ao lado das mesas da gerência. O Magrão deveria entrar no mesmo instante e se colocaria ao seu lado, esperaria que ela fosse ao caixa carimbar o cartão de estacionamento. Quando estivesse saindo em direção ao carro, o Padre entraria com a batina que o Magrão usou no dia da vingança, que havia guardado, renderia o segurança. Ele tomaria o gerente de refém e o Diogo apanharia a metralhadora na sacola e obrigaria os clientes e os caixas a se trancarem no banheiro. Imediatamente forçaria o contador ou o tesoureiro a entregar o dinheiro disponível no cofre. Tudo seria cronometrado e no horário certo em que o cofre estivesse aberto, pois certamente era automático e só abria na hora determinada. Ele limparia os caixas.

Entraram no banco exatamente às 15h15 da quarta-feira, dia 10 de dezembro de 1990. Não poderia nunca esquecer a data, pois era justamente o dia do seu aniversário, que, aliás, havia muito tempo não comemorava. Geralmente passava despercebido, mas naquele dia a coincidência foi muito grande, estava completando 23 anos. Quando se sentou ao lado da Rose, foi ela a única naquele dia que se lembrou, olhou-o com o canto dos olhos e disse quase sussurrando:

— Feliz aniversário, Magrão, parabéns e boa sorte.

Levantou-se, deixando a sacola com as armas. Diogo sentou-se quase que imediatamente, ao seu lado, disfarçadamente pediu sua caneta emprestada, ficou rabiscando um impresso do banco enquanto aguardavam o momento de agir. Foi quando o Padre encostou o revólver na cabeça do segurança e disse em voz alta, ameaçador:

— Isso é um assalto.

Foi o sinal, agiram instantaneamente. Diogo empunhou a metralhadora e foi para o centro da agência, ele imobilizou o gerente segurando-o pelo pescoço com o braço esquerdo e imediatamente arrastou-o com violência para trás do balcão, com uma pistola encostada em sua cabeça. Obrigou o tesoureiro a os acompanhar até o cofre, abri-lo e colocar todo o dinheiro dentro da sacola. Feito isso, obrigou todos que estavam na agência a deitar no chão e saíram correndo, cada qual por uma porta, tudo dentro do previsto, um sucesso. Encontraram-se na rua de trás do banco, entraram em uma Van ali estacionada que os aguardava. Rose deu partida e fugiram em direção à Marginal Tietê, com toda a calma, sem demonstrar nervosismo ou desespero, como se nada houvera acontecido.

— Foi tudo bem? — perguntou-lhes a Rose. Só para quebrar o silêncio.

— Maravilhosamente bem — respondeu o Padre.

Sem mais conversa, cada um foi sendo deixado em um posto ou local onde havia deixado seu carro. E, como combinaram, se encontrariam novamente em seu quarto para dividirem a grana e discutirem a atuação.

Quando retornava para casa, algumas horas depois, o movimento na agência era enorme: várias viaturas da polícia, grande contingente de policiais, um alvoroço tremendo. Deu uma volta grande para contornar o local e chegar em sua casa sem ser percebido.

— A Rose não veio com você? — perguntou ao Padre assim que ele chegou com uma sacola nas mãos. Já deveriam ser umas vinte horas.

— Não!... mas mandou um presente de aniversário pra você. Por sinal, meus parabéns, não sabia que aniversariava hoje!

— Trouxe um litro de uísque para comemorarmos — falou logo atrás o Diogo —, ouvi quando a Rose te cumprimentou no banco. Parabéns, foi uma tarefa digna de comemoração, hem, cara! Vamos comemorar as duas coisas juntas.

— Vamos entrar. Agradeço os cumprimentos, mas deixa-me ver o que a Rose me mandou neste pacote. Uma camisa de seda, legal! Vou usá-la hoje. Quem sabe, se eu ligar para ela, poderíamos comemorar juntos.

— Não acho uma boa não. Creio que o melhor seria você procurar outra garota, a Rose não parece estar mais a fim de você não, cara.

— E aí!... quanto rendeu nosso trabalho? — Perguntou para mudar o assunto e esconder sua mágoa, mas já havia notado que ela procurava um distanciamento.

— Não contei ainda, mas deve dar mais de 100 mil.

— Tem mais um pouco aqui, que arrecadamos nos caixas. Jogou o calhamaço de notas sobre a cama.

— Certo, vamos contar e dividir em quatro.

Foram mais de trinta e dois mil para cada um, o Padre pegou a sua parte e a da Rose, enrolou em um jornal. Bateu com as mãos no seu ombro e disse:

— Viram como foi simples, exatamente como disse a você, perfeito, o próximo será mais fácil ainda. Com o tempo vamos nos especializando cada vez mais. Não vou ficar pra comemorar com você, Magrão, seu dia de aniversário, porque tenho que ir para Campinas. Na semana que vem nos encontramos novamente.

— Tá legal, Padre, a gente se vê. Agradece por mim o presente, a sua irmã, gostei bastante, e deseja a ela sorte com o novo namorado. Deve ter arrumado outro cara, mas tudo bem, eu me conformo. Vou sobreviver.

— Magrão... tenho um encontro com uma garota. Se você quiser ir comigo, arrumamos mais uma. Mas antes vou levar essa grana para casa em São Bernardo, e amanhã vou pra Santos. Que me diz?

— Vai nessa, meu amigo. Vou ficar por aqui, estou a fim de curtir sozinho. Mas me conta uma coisa, lembra que me disse que iria ver o que deu naquele caso da minha vingança? Seu camarada ficou de dar uma olhada, tem alguma notícia?

— Tem sim. Ele me disse que ligaram os dois assassinatos do cabo Bento e do China com os do Jacaré e o Pernambuco. Nos dois casos foi reconhecido o Beto por causa daquela roupa extravagante e aquele chapéu ridículo que estava usando, e a você por ter dito na frente de todos a data da chacina no Bar do Pinto nas duas vezes. Lembra?

— Realmente eu disse, alguém deve ter ouvido e falado para a polícia. Mas e daí, chegaram a alguma conclusão?

— Parece que não, você ainda era uma criança, ainda permanecem meio perdidos. Mas não vai ser difícil chegar a uma conclusão depois de darem uma prensa na mãe e nas irmãs do Beto, não acha?

— É... tem razão, pode demorar um pouco até que as encontrem, neste caso a mãe dele pode falar ou não: quem sabe! O que você faria no meu caso?

— Arrumaria novos documentos, talvez mudasse de estado. É difícil um conselho, mas eu faria exatamente isso.

— Vou pensar nisso. Obrigado, meu irmão.

— Te cuida, até outro dia, se quiser descer a serra, vai ser um prazer recebê-lo. Pode passar algum tempo comigo.

— Não... vou sair, vou lá na Moema, tomar um chope, dar uma paquerada. Vou comemorar meu aniversário.

Diogo saiu, ficou pensando sozinho no que o Padre lhe falou em relação a Rose. Se fosse em outros tempos, teria caído em desespero, estaria sofrendo amargamente, mas aquelas palavras lhe soaram frias e vazias, como se nunca tivera sentido nada pela garota. Acho que seu amor por ela não passou de uma paixão de adolescente. Só o orgulho ficou um pouco abalado, ferido, enfim, deu de ombros e foi se preparar para sair, procurar novas conquistas, com o firme propósito de nunca mais se apaixonar por nenhuma mulher.

Estava morrendo de fome, também já passava de 23 horas. O dia foi tão movimentado que nem percebeu que não havia comido nada desde a hora do almoço, quando mal fizera um lanche perto de casa.

O restaurante alemão estava bem animado, muita gente bebendo, comendo suas porções, conversando descontraidamente, parecia até final de semana. O garçom aproximou-se e educadamente chamou-lhe a atenção:

— Quer uma mesa, senhor?

— Quero sim, perto daquelas garotas lá na beira da calçada.

— Tem bom gosto — falou o garçom, querendo ser agradável. —São belas garotas.

— Conhece as meninas, elas vêm sempre aqui?

— Só aquela morena de cabelos lisos, que vez ou outra aparece acompanhada de algum executivo. Hoje não deve ter arrumado companhia masculina, veio com as amigas.

— Vou jantar, logo depois. Se quiser me apresentá-la ou mesmo se quiser convidá-la a jantar comigo, seria uma boa.

Disse aquilo tudo ao garçom, sem muita convicção de que seria aceito o convite, mas qual não foi sua surpresa quando aquele monumento se levantou e veio em sua direção. Devia medir em torno de 1,68 de altura, os cabelos negros lisos desciam até o pescoço, os olhos castanhos debaixo das sobrancelhas finas e bem feitas davam uma aparência exótica, uma boca pequena, mas os lábios eram bem acentuados e carnudos, vestia um tubinho em linho vermelho com detalhes brancos que exaltavam sobremaneira suas formas exuberantes. Levantou-se para esperá-la, fez mesuras com a cabeça, indicando a cadeira ao seu lado:

— Sente-se, por favor.

— Sim, obrigada — agradeceu-lhe ela, com sua voz doce parecia que estava cantando.

— Quanta honra, não sabe como é bom para um rapaz que faz aniversário e comemora sozinho receber um presente como estou recebendo agora.

— Meus parabéns, mas quem lhe falou que sou seu presente?

— Não disse você, mas a sua presença já é um presente. Meu nome é José Antônio, meus amigos me chamam de Magrão, dá pra perceber o motivo, não é mesmo? E o seu?

— Aline.

— Aline da música?

— Não! Aquela a que se refere era francesa, eu sou mato-grossense do sul.

— Agora está morando aqui em São Paulo?

— Ainda moro em Campo Grande, só venho aqui a trabalho.

— Pode me dizer no que trabalha?

— Vim tentar a sorte como bailarina, às vezes consigo alguma coisa na televisão, mas muito pouco. Então, para ganhar a vida mesmo, faço o trabalho de acompanhante.

— Garota de programa.

— Não! Só costumo sair com quem me agrada e paga bem pela minha companhia, e você faz o quê?

— Sou ladrão...

— Ladrão?!

— É! Ladrão de bancos.

— Verdade mesmo?

— Por que iria mentir, você não me falou a verdade? Também estou lhe falando a verdade.

Ficou olhando para seu rosto lindo, esperando qual seria a reação. Seus olhos brilharam de forma intensa, esboçou um sorriso maroto, e disse:

— Nunca havia saído com um ladrão antes.

— Então não se incomoda com isso? Não tem receios?

— Não! estou adorando, acho isso uma aventura. Se não fosse tão covarde, até arriscaria ir com você em um assalto.

O garçom lhe trouxe o jantar. Se arrependeu de ter dito a ela o que ele fazia, lhe encheu de perguntas como uma colegial que pretende chamar a atenção do professor. Estava toda entusiasmada, mal tocou na comida. Por fim, convidou-a para que fossem a um motel, passaram uma noite maravilhosa, inesquecível, só voltou ao seu quartinho no Brás, no dia seguinte, para pegar o dinheiro que havia escondido e depositar um pouco na conta de sua tia. Com o restante abriu uma conta com outro nome no banco, o Salim, aquele que havia comprado as joias roubadas, se encarregou de lhe arrumar documentação falsa em nome de Augusto Batista Neto.

Depois que conheceu aquela garota, todos os outros dias da semana que se seguiram passaram juntos ele e ela. No final da semana desceram a Santos, para manterem a privacidade, dispensaram a oferta do seu amigo Diogo de ficar em seu apartamento e ficaram em um hotel, perto do seu apartamento. Estiveram juntos algumas vezes, apresentou-lhe a garota e ele apresentou a dele, por sinal uma belíssima mulata, que não devia ter mais que 18 anos.

O casal de namorados estava se divertindo a valer quando o Diogo veio com a notícia de que o Padre telefonara para novo trabalho.

— Outro trabalho onde?

— Creio que seja em Sorocaba, interior de São Paulo, pelo menos foi o que entendi.

— Gostaria de saber por que Sorocaba. Será porque foi lá que frequentou o seminário, que acha, Diogo?

— Acho que, neste final de ano, não vou fazer mais nada, vou dizer a ele que faremos o trabalho só em janeiro.

— Concordo com você, meu irmão. Combinei com a Aline de ir conhecer a terra dela. Vamos passar o Natal e o Ano Novo em Campo Grande, em janeiro retorno e faremos o trabalho.

— Certo, ligo para ele mais tarde e passo o recado.

Viajaram para o Mato Grosso do Sul, passaram o Natal e final de ano, em um lugar de nome Bonito. A região fazia jus ao nome, tudo era maravilhoso: o rio, as matas, as cavernas seculares. Dali ela o levou para conhecer todo o Pantanal. Andaram de barco, aprendeu a pescar, estava tão bom o passeio, a companhia, que esqueceu de tudo: família, passado, sua condição de bandido. Conheceu muita gente, as conversas giravam em torno da viagem aos lugares. Sentia-se outra pessoa, não tinha a menor vontade de voltar.

Ela percebeu seu desconsolo, quando falou que já era hora de ir embora, e prontamente tentou o induzir a ficar, arrumar algum trabalho, ou até montar algum comércio. Acreditou até que a garota estava apaixonada, ou seduzida pela sua condição de ladrão, devia ler muitas histórias do gênero ou assistir a muitos filmes de bandidos, às vezes são românticos.

— Você gostou daqui, Magrão! Por que não fica? Nós mudaríamos de vida; não lhe contei, mas minha família é bem de vida, meu pai é fazendeiro, ajudaria a gente a começar.

Estavam sentados à beira do rio Bonito, ficou olhando por longo tempo aquelas águas transparentes, enormes cardumes de peixes de diversos tamanhos e cores, passeavam tranquilos por entre as plantas que balançavam no fundo do rio, transformando o leito em um enorme jardim aquático. Encolheu as pernas, cruzou os braços por sobre os joelhos, ficou sentindo o silêncio da mata, a paz contida naquele lugar paradisíaco. Só às vezes se ouvia o cantar de um pássaro ou o grito de algum macaco que saltava pelos galhos, chamando sua companheira. Aquilo parecia um sonho, um sonho distante, mas impossível.

Instintivamente, dentro do seu cérebro, abriu-se o livro das memórias e, página por página, foi passando e ressurgindo, como um castigo, as lembranças amargas de seus dias passados, de uma infância difícil, crianças brincando com os pés descalços, nas ruas sujas da periferia onde ele morava. Parecia sentir naquele momento o cheiro de coisas podres ou estrumes descendo pelas valetas nas beiras das calçadas, erosão causada pelo esgoto a céu aberto e ele correndo descalço pela rua poeirenta e suja; os dias de fome e de frio; a cena trágica do policial tirando o jornal tinto de sangue de cima do rosto de seu pai, a expressão de horror estampada em sua face; sua mãe chegando do trabalho, abatida, cansada, envelhecida pelos dissabores e pela preocupação de proteger os filhos das contingências da vida; a diretora do colégio ameaçando a sua mãe, dizendo com um tom ríspido de voz que iria cancelar minha matrícula porque eu não aparecia na escola, estava sempre faltando às aulas, minha mãe só abaixava a cabeça sem argumentos; o dinheiro que eu ganhava vendendo doces no trem às vezes ajudava muito no sustento da casa; ao lembrar os olhos esbugalhados de pavor daquele senhor de meia idade ao sentir o impacto das balas do revólver entrando em seu peito abatido pelas minhas mãos; o Pernambuco saindo do carro com seu corpo em chamas como uma tocha humana, gritando de dor; e o negro alinhado caído por terra, aquela maneira arrogante transformada em humilhante pedido de piedade; o pano verde da mesa de bilhar se tingindo de vermelho com o sangue que corria do pescoço do cabo Bento que quando tentou dizer mais algumas palavras só emitiu um urro de desespero, tentando agarrar-se em alguma coisa que lhe protegesse a vida e seu comparsa em tantos crimes e chacinas se encolhendo apavorado em presença da morte iminente; seu amigo Beto, altivo e sorridente, que quando tombou lutando, sem pedir clemência, parecia feliz morrendo em frente ao altar na igreja da Penha, nos braços do padre; o pavor estampado nos rostos das pessoas dentro do banco no dia do assalto, o desespero do gerente ao sentir o cano da pistola pressionando sua cabeça, mais parecia um pequeno animal acuado, desaparecendo toda aquela arrogância e prepotência natural de um executivo diante do cliente humilde e necessitado. Assim, folha por folha ia virando, quando Aline chacoalhou seus ombros.

— Acorda, cara, até quando vai ficar aí sonhando?

— Estava sonhando mesmo — respondeu a ela.

Abriu os olhos, os raios de luz do sol atravessavam as folhas das árvores dando mostras de despedida daquele dia quente e calmo. Ficaram de pé, passou os braços em volta de seu pescoço, carinhosamente, e disse a ela:

— Caramba, como o tempo voa!

— É verdade, mas você ficou aí sonhando não sei com o que e não me respondeu o que lhe perguntei.

Pareceu-lhe muito mais um pesadelo, pois estes sonhos só lhe mostraram a realidade e lhe conscientizaram de que nunca poderá ser ninguém além do que passou a ser. É um bandido e certamente vai morrer como bandido. Até sua mãe passou a repudiá-lo e a sociedade jamais o aceitará. Ele escolheu este caminho e, como a vida é feita de escolhas, deverá trilhá-lo até o fim. Nunca fará parte de uma história feliz: jamais vai poder sonhar como sonham todos os outros mortais. Nunca aprendeu uma profissão que não fosse para usá-la com o objetivo de aplicá-la no crime ou frequentou uma faculdade, tudo que aprendeu foi na rua e jamais será um bom exemplo e agora não dá pra mudar. Virou-se para ela e enfatizou:

— Sou uma péssima companhia. Se quiser me deixar ainda é tempo, eu compreenderei.

— Um dia ouvi alguém dizer que ninguém é totalmente ruim e pode mudar se quiser. Acho que você tem muito de bom, só está com a alma ferida e tenho certeza que acharemos um remédio para curar essas feridas — falou-lhe com doçura na voz, sua companheira.

— As cicatrizes me marcaram muito profundamente — respondeu. — Já nem sei mais se gostaria de mudar. Acho que aprendi a gostar desta vida; para ser sincero, meu coração bate mais forte, chega a acelerar, quando passo em frente de alguma agência bancária. Minha resposta a sua pergunta é: agradeço seu esforço, sua oferta é tentadora, mas não me fascina. Amanhã cedo deixo você em Campo Grande e volto para São Paulo. Muda você de vida e não se iluda comigo.

Chegaram a Campo Grande pouco mais de meio-dia, com o firme propósito de almoçarem, iria deixá-la em sua casa e voltar o mais rápido possível para São Paulo. Os companheiros deveriam estar pensando que ele não voltaria mais. Já finalizavam o almoço quando ela o convenceu a ficar mais um dia ao seu lado.

"Mulher é um bicho danado, acaba virando a cabeça da gente", pensou com seus botões. À noite foram curtir um som em um barzinho com música ao vivo, tomar uns drinques. Entraram no bar Seresta, o cara que estava cantando desceu do palco, veio cumprimentá-los. Deu para notar que realmente era uma garota bem popular, apresentou-o a várias pessoas. Procuraram uma mesa com maior privacidade, seria seu último dia em companhia dela, o ideal seria estar a sós. Porém, nem bem se sentaram, o cantor terminou sua apresentação, novamente se aproximou de sua mesa, Aline os apresentou. De imediato ficou sabendo que o cara cantava muito bem, mas nunca conseguira nada com a música. Para se manter às vezes buscava meios ilícitos, estava metido em extorsões, e outros delitos, era um falador. Logo após as apresentações disse seu nome:

— Sou o Reinaldo, mas pode me chamar de Rei.

Já em um só lance contou a história de sua vida todinha. Lógico que acrescentou uma série de vantagens, mostrava-se um sujeito simpático, moreno, alto, magro muito bem vestido. Ouviu aquela conversa toda, com atenção, pensando que talvez pudesse lhe ser útil futuramente. Deixaram o bar não muito tarde, após aquela conversa enfadonha, teria que enfrentar uma longa estrada no dia seguinte.

A cidade de São Paulo já estava toda iluminada quando deixou a Rodovia dos Bandeirantes e entrou na Marginal Tietê. Achou por bem não entrar em Campinas, foi direto para o seu quarto no Brás. Por sorte não o havia dispensado, procurou deixar pagas as mensalidades.

Mesmo antes de tomar um banho e comer alguma coisa, ligou para o Diogo em Santos, acreditando que poderia encontrá-lo em seu apartamento.

Ele atendeu o telefone e no primeiro "alô" reconheceu sua voz e já foi dizendo em tom de brincadeira:

— Pô! meu camarada, achei que já havia casado e não me convidou. Como foi essa lua de mel, e onde você está?

— Calma, meu irmão, sou muito jovem para me casar e também não vou te contar minha vida amorosa. Estou em São Paulo e aí, alguma novidade?

— Estávamos ansiosos te esperando pra concluir aquele negócio. Amanhã subo a serra e vou te encontrar. Me espera no pátio do Carrefour da Vila Maria, dez horas estarei lá, tenho várias novidades.

— Tá legal, vou ligar para o Padre e marco com ele no mesmo lugar. Até amanhã.

O telefone chamou por alguns segundos, já ia desligar quando uma voz feminina atendeu, era a Rose:

— Oi, Magrão! andou sumido, hem? Como foi de férias?

— Nada mal. E com você, tudo bem?

— Tá! tudo em ordem. Quer falar com meu irmão?

Imediatamente o Padre atendeu:

— Caramba! Achei que não fosse mais voltar, a coisa estava boa lá pelas bandas do Mato Grosso do Sul, a garota deve ser uma máquina de prazer — disse isso, dando uma gargalhada sonora.

Interrompi aquela alegria toda:

— Acabei de ligar para o Diogo, marcamos para nos encontrar amanhã às dez no Carrefour da Vila Maria. Você tem algum compromisso?

— Não! estarei lá. Dez horas está bom pra mim, nos vemos lá então.

— Tem visto meu pessoal aí na Vila? Sabe como estão?

— Tenho, estão todos bem, pelo que pude notar. Sua tia criou coragem e botou o seu tio pra correr, o cara era um vagabundo, tremendo canalha, só queria viver às custas dela. Agora tenho visto mais frequentemente aquele negrão que é pastor fazendo visitas mais frequentes e à vontade, numa boa — disse, rindo novamente. — A notícia melhor é sobre a fábrica de confecção que elas montaram, está indo de vento em popa. Cresce a cada dia. Seu irmão do meio é que toca a fábrica e seu irmão mais novo está estudando firme, acho que vai ser alguém na vida, o moleque é esforçado, estudioso.

— Tá legal, fico feliz. Amanhã ligo para minha tia, te espero às dez então.

Chegou bem antes do combinado, morava bem perto. Sentou em uma mesa na praça de alimentação, pediu um suco de laranja e ficou sorvendo devagar, olhando distraidamente os carros que entravam e estacionavam, as pessoas passando com seus carrinhos de compras lotados de mercadorias, enchendo os porta-malas, alguns calmos, devagar, outros apressados. Diogo chegou por trás dele, tocou em suas costas:

— Sempre sonhando, hem Magrão?

— Estava tão distraído que nem te vi chegar. Como vai, tudo bem?

— Nem tudo, mas vamos empurrando.

— Nem tudo por quê?

— Fizeram nosso retrato falado naquele assalto ao banco, o meu ficou bem mais parecido comigo. Saiu impresso nos jornais, apareceu na televisão, e dois engraçadinhos me reconheceram. Procuraram meu pai e estão tentando tomar uma grana do velho pra não me entregarem à polícia.

— Conhece os caras?

— Conheço, são dois vagabundos, metidos a malandros que trabalham na coordenadoria da Administração Regional. Dizem que são fiscais, mas a função deles mesmo é tomar a grana dos camelôs e passar para o chefe dos corruptos. Mas fica frio, eu acerto com eles.

— Não tenho nenhum prazer em matar, meu amigo, mas não sinto o menor remorso quando mato, e este tipo de gente não merece perdão. A hora que quiser estou pronto.

— Se vocês estão prontos, eu também estou — foi dizendo e sentando ao mesmo tempo o companheiro Padre. — Qual é o problema?

— Estou contando ao Magrão que foram feitos nossos retratos falados e tem dois infelizes querendo tirar proveito disso em cima da minha cabeça, e vão dançar por isso.

— Tá certo, mas terá que ser depois do nosso próximo assalto. Já tenho tudo planejado, já levei as armas lá pra Sorocaba, já podemos fazer na semana que vem e logo em seguida damos um jeito nestes dois imbecis. Que acham?

— Por mim tudo bem, qual é o plano? — perguntou o Diogo.

— Bem, vamos fazer a agência do Banco do Estado de São Paulo em Sorocaba, o serviço será feito na quarta-feira. Neste dia, além de ser um dia de sorte, a agência abre mais cedo, é o dia do pagamento dos aposentados, vai estar abarrotada de grana. O plano é o seguinte: vocês dois vão me esperar na porta do banco, eu descobri onde o gerente mora, aguardo sua saída de casa para o trabalho. Acompanho o sujeito até que ele chegue no banco, rendo-o na saída do carro e caminhamos juntos até a agência. Lá chegando, obrigo-o a abrir a porta, aí entramos todos juntos. Os velhinhos da fila nem vão perceber.

O Padre os deixou na praça central de Sorocaba, exatamente como combinaram, a agência ficava na praça bem defronte à igreja, foi cuidar do gerente.

Enquanto estavam ali esperando, a fila ia se formando e aumentando a cada minuto. Virou-se para o Diogo e lhe disse:

— Parece que esse pessoal vai ficar sem receber hoje.

— Não se preocupe, não vão ter prejuízo, terão só que enfrentar uma nova fila outro dia. Bom para nós, azar o deles.

Neste momento, encostou o carro-forte bem diante da porta de entrada da agência, os guardas desceram rápido, carregando os malotes de dinheiro para dentro do banco, dinheiro que certamente seria o pagamento dos aposentados. Esperaram que partissem e se aproximaram, estavam junto a porta. O agente de segurança abordou-os, perguntando:

— Vocês não têm cara de aposentados. Precisam de alguma coisa?

— Estamos esperando o gerente — respondeu a ele, olhando-o dentro dos olhos com uma calma que nem ele imaginava que possuía. — Temos um assunto a tratar com ele.

— Querem cobrir a conta estourada, antes da compensação? — Falou marotamente, como fazendo uma piada engraçada.

— Não! vamos sacar.

— Duvido — respondeu ele com um sorriso debochado no canto da boca —, a essa hora? — e foi se afastando devagar.

Enquanto isso o companheiro Padre chegava ao lado de um senhor de meia-idade, tendo os cabelos já bem grisalhos, demonstrando um peso bem acima do normal. O sujeito era claro e ainda apresentava uma palidez tão acentuada no rosto que parecia prestes a sofrer um infarto. Assim que se encostou na porta de vidro, o segurança do lado de dentro da agência abriu, e entraram os quatro juntos. Instantaneamente sacou uma pistola, virou-se para o vigia, encostou-a em suas costas e disse-lhe:

— Isto é um assalto, não faz nenhuma gracinha, se pretende continuar vivo.

Diogo chegou bem diante do balcão, já com seu revólver na mão direita e uma granada na mão esquerda, gritou a todos:

— Muito bem, pessoal, isto é um assalto. Nos só queremos o dinheiro, se houver colaboração ninguém se machuca. Saiam de trás dos caixas e encostem todos na parede. Não olhem para nossas caras, posso ficar nervoso.

Houve uma comoção geral, o pavor se instalou, uma senhora de descendência oriental desmaiou. As outras erguiam as mãos, uma jovem negra tentou ajudar a que desmaiou, mas o Diogo gritou prontamente:

— Deixa ela aí e vai lá pro canto, sem escândalos, sem querer bancar o herói nem gritarias, nada de histerismo. Assim que pegarmos nosso dinheiro, daremos o fora.

O Padre obrigou o gerente a chamar o tesoureiro e trazer todo o dinheiro dos malotes. Teve vontade de rir ao ver aquele sujeito que deveria se sentir todo poderoso, todos os dias, quando sentava atrás daquela mesa, arrogante, autoritário, e agora estava todo molhado, mijara nas calças de medo e mal conseguia falar. Foi com muito esforço que mandou seu tesoureiro lhes entregar o dinheiro, enquanto isso o Diogo rapidamente recolheu o dinheiro dos caixas que já haviam sido distribuídos, juntaram os funcionários todos e prenderam no banheiro. Foi novamente um trabalho rápido e objetivo.

O agente de segurança que estava do lado de fora era o encarregado de organizar a fila, demorou, mas notou o movimento estranho dentro da agência e comunicou a polícia, vindo correndo para a porta do banco, tentando os deter. Talvez quisesse bancar o herói do dia, o Padre puxou a porta, adivinhou as intenções do segurança e ato contínuo atirou nele, que não teve tempo de esboçar qualquer defesa. O imbecil não tinha experiência, pagou o preço. Recebendo o impacto da bala, rolou as escadas que davam acesso à agência, caindo de forma patética no chão da calçada, tremendo de susto ou talvez com medo de morrer.

Houve um rebuliço tremendo, os velhos aposentados corriam pra todo lado, correndo inclusive risco de ser atropelados. Magrão chegou bem perto do segurança, apanhou seu revólver, o ferimento não tinha sido grave, mas ele pressionava com as mãos tentando aliviar a dor e segurar o sangue que corria abundante. Disse a ele com o maior cinismo:

— Não te falei que iríamos fazer um saque.

Já era possível ouvir o barulho das sirenes dos carros da polícia que se aproximavam. Aproveitaram aquele corre-corre, e rapidamente se dirigiram aos seus carros deixados estrategicamente estacionados, esperando pela fuga. O Padre assumiu o volante, ele conhecia bem a cidade e a região, se encaminharam para um bairro afastado. Em um terreno baldio, abandonaram aquele carro e tomaram outro. Saindo em direção a São Paulo, deixaram a Rodovia Raposo Tavares e seguiram pela Rodovia Castelo Branco. No primeiro posto de serviços antes do pedágio, pararam e desceram Magrão e o Diogo. Haviam deixado seus carros ali estacionados. Cada qual pegou o seu, seguindo separados, após terem combinado de se encontrar em sua casa, no Brás.

Estacionou o carro e entrou calmamente em sua casa assobiando, como se nada houvesse acontecido, alheio a tudo e a todos. Os dois companheiros deixaram seus carros estacionados um pouco mais a distância, chegando cada qual por um lado. O Padre, já no corredor da casa, viu que não havia ninguém. Foi dizendo:

— Trabalho perfeito, hem Magrão? Serviço de profissionais. Nós estamos cada vez melhor, não acha?

— Estamos tendo muita sorte também — respondeu o Diogo, que vinha logo atrás. — É bom nos mantermos com os pés no chão e não acharmos que somos o máximo. Desta vez a divisão será por três, sua irmã não participou. Estou certo?

— Está sim, ela não vai mais trabalhar com a gente.

— Que houve? Amarelou?

— Montou uma empresa com o noivo, e vai casar.

— Fez muito bem — falou Magrão, cortando o assunto, sentindo uma ponta de ciúmes. — Vamos dividir a grana.

Sentou-se na cama, colocou o travesseiro junto à parede, se acomodou o mais confortável que pôde, respirou fundo. Os dois companheiros se viraram em sua direção, e falou enfaticamente, de forma professoral:

— É! o Diogo tem razão, estamos tendo muita sorte. Até quando isto ocorrerá? Não sabemos! Precisamos estar preparados para algumas situações adversas e não sermos pegos de surpresa.

O Padre deu três toques com os nós dos dedos na madeira da mesa, supersticiosamente:

— Para com isso, Magrão. Vamos curtir a vitória, deixa de se preocupar com a derrota. Se deu certo até agora, vai dar certo sempre, vamos aproveitar a nossa sorte.

Diogo ficou por alguns segundos olhando para o Padre, como que buscando argumentos, e sem desviar o olhar profetizou:

— A verdade é que daqui a alguns dias estaremos tão conhecidos que não teremos como sair de casa. A fama alcança todo mundo, gente boa e gente ruim. Estou entendendo o que o Magrão quer dizer e no nosso caso não é nada bom ser famoso. É preferível viver no anonimato.

— Tudo bem. Mas, e aí, o que sugerem?

— Nada!... só estou falando para que não haja muito entusiasmo — respondeu o Diogo.

— Estou morrendo de fome — disse ele.

— Pensando bem, também estou — rebateu o Padre. — Vamos comer e parar com essa conversa. Tem algum lugar pra se comer aqui por perto? Vamos, Diogo, parece que ficou abatido?

— Tem um self-service aqui perto, é legal, vamos lá.

— Famoso cantor, famoso pintor, famoso médico ou famoso advogado — foi repetindo aleatoriamente o padre. — E nós vamos ser famosos ladrões de banco. Você queria ser famoso o que, Magrão? E você, Diogo?

— Quanta bobagem, meu irmão — respondeu prontamente. — Deixei de sonhar há muito tempo. Só me resta esperar que meus familiares fiquem numa boa, minha mãe não passe mais necessidades, meus irmãos tenham um futuro melhor, consigam estudar, ser alguém na vida, não faço questão de ser famoso coisa nenhuma. Meu sonho acabou cedo. Não tenho mais ilusões.

— Meu pai sempre nos diz que somos meros sobreviventes — comentou Diogo. Com muita luta fugiu da seca e consequentemente da fome no Nordeste. — Aprendeu uma profissão, veio pra São Paulo em busca de uma vida melhor, enfrentou o desemprego, o preconceito. Só não passou sede, mas fome e humilhação nunca faltaram, o respeito e a honra desceram com a enxurrada que corre pro rio lavando a sarjeta. É! meu camarada, todos sonham, só que o meu sonho já acordou. Só espero não virar pesadelo. E você, Padre, já que tocou no assunto, o que tem para nos contar dos seus sonhos para o futuro?

— Acho que nossas histórias se confundem, cada qual tem seu motivo. Eu creio no destino, nunca vou ser submisso, seja o que Deus quiser, escolhi este caminho e vou nele até acabar, para o que der e vier. Já esqueci o que passou e não penso no que virá. Vou deixar me conduzir pelo destino sem nunca olhar pra trás. O que tiver que ser... será!

No dia seguinte à tarde, tinha acabado de tomar banho, abriu a janela do quarto. Diogo vinha entrando pelo corredor.

— Leu os jornais de hoje, Magrão?

— Pra te dizer francamente, nem saí de casa, dormi o dia todo. Entra, que notícias você traz? Boas ou más?

— Eu diria... preocupantes.

— Diz então, preocupantes em que sentido?

— Comprei este jornal, *Diário Popular*, que traz estampadas as notícias do assalto que realizamos ontem. Aqui diz que um dos assaltantes foi reconhecido. Só pode ser o Padre, ele morou por aquelas bandas, não seria bom ligar pra ele?

O telefone, na residência do Padre, chamou insistentemente e ninguém atendeu. Já ficaram preocupados, muito mais do que já estavam. Então ligou para o telefone de sua tia, talvez pudesse lhes dar algumas informações.

Logo no primeiro toque, ela atendeu:

— Tia? É o Zé Antônio, está tudo bem aí?

— Que bom que você ligou, estava angustiada, não sabia onde encontrá-lo. Está um transtorno aqui ao lado, prenderam o Heitor.

— Prenderam o Padre! Como foi?

— Não tenho bem certeza, mas assim que cheguei do trabalho percebi um movimento estranho. O Heitor não estava em casa, e assim que ele estacionou o carro defronte sua garagem, atacaram-no por todos os lados, surgiu um monte de policiais. Foi tão de repente que nem vi de onde surgiram. Houve uma gritaria, o pai dele passou mal e levaram-no para o hospital. A Rose foi atrás de um advogado, estou com medo de que venham procurar por você.

— Fica tranquila, tia, eu me cuido. E lá com minha mãe e meus irmãos, como vão as coisas?

— Com eles tudo está indo bem, só com sua mãe me preocupo, ela vive tensa, nunca comenta nada, mas a gente percebe. Qualquer movimento se sobressalta.

— Tudo bem, tia. Leva um abraço e dê um beijo nela por mim, tenta tranquilizá-la, diz que está tudo em ordem comigo, um beijo pra você, fiz um depósito na sua conta bancária, toma conta disso para mim. Agora vou me mandar.

— Pode deixar. Quer que diga alguma coisa à Rose?

— Sim, diga a ela que quero ficar informado sobre o ocorrido, e tomar conhecimento de todas as providências daqui para frente, faremos tudo para livrá-lo. Mas diga também que eu entro em contato. Vou mudar de casa, agora mesmo, cuida da minha família.

Diogo, ao lado do telefone, roía as unhas angustiado, querendo saber os detalhes:

— E aí... me conta os detalhes, como foi que prenderam o Padre?

— Pelo que pude entender: armaram uma emboscada em frente à sua casa, ainda não tenho maiores informações, minha tia só me disse o que viu. Mas o ideal é mudarmos de endereço imediatamente. A hora que começarem a sessão de torturas, o cara vai confessar até que enforcou o Tiradentes, e crucificou Jesus Cristo.

— Ele conhece somente meu endereço de Santos, não o do meu pai. Vou lá pra São Bernardo. Quer ir comigo? Ficamos alguns dias até decidirmos o que fazer.

— Não... vou procurar um outro local, um hotel talvez, vamos manter contato, como te localizo?

— Liga no meu pai, estarei por perto.

— Certo... vamos nessa então.

Naquele dia juntou suas coisas e à noite foi dormir em um motel no Ipiranga, perto do Museu. No dia seguinte foi atrás de alugar um pequeno apartamento no centro de São Paulo. Conseguiu um do jeito que queria, no Bairro Santa Cecília, já mobiliado. Ficava no quarto andar, fazendo frente para o Metrô.

Depois de instalado, voltou a tocar na casa do Padre. Rose atendeu imediatamente, parece que já esperava sua ligação:

— Sou eu, dá um pulo em casa, volto a ligar em cinco minutos.

O telefone dela poderia estar grampeado falariam mais à vontade no telefone da casa de sua tia:

— E aí, quais as novidades?

— Mandei o advogado acompanhar meu irmão em Sorocaba. Só permitiram que conversassem hoje pela manhã. Pelo que ele me informou, meu irmão está todo quebrado de pancadas, deram choque nele até nos testículos, quase mataram o coitado.

— É, infelizmente essa é uma prática comum e já esperávamos por isso. Mas como chegaram até aí na sua casa, quem dedurou?

— Por muito azar, um dos padres professores, que davam aulas de Teologia no Seminário onde meu irmão estudou, encontrava-se na porta do banco e o reconheceu. Logo depois de ajudar a socorrer o segurança que foi baleado, foi à delegacia local e denunciou meu irmão. Como no seminário constava o nosso endereço, vieram direto pra cá. Parte do dinheiro do roubo ainda estava com meu irmão, não teve como fugir do flagrante.

— O que podemos fazer por ele?

— No momento nada, agora teremos que esperar o advogado tomar as providências jurídicas de praxe e ver o que acontece. E vocês já se precaveram?

— Estou esperto, fica fria, o Diogo também. Aliás foi ele quem veio me alertar, saiu no jornal. Tentamos falar com vocês, mas a polícia foi mais rápida desta vez. Vou estar sempre te ligando, se puder ajudar!

— Tá legal, te cuida.

Em seguida ligou para a casa do Diogo, quem atendeu foi seu pai:

— Tudo bem, Seu Nené? Sou eu Zé Antônio. Posso falar com o Diogo?

— Ele não está, Zé. Por sinal, estou preocupado com o Diogo. Disse-me que iria dar um pulo na sede da Administração Regional Sé, foi se encontrar com dois pilantras que estão a fim de me extorquir. Ele deve ter comentado com você sobre esse caso?

— Comentou sim, estou mais ou menos perto da sede da administração. Vou dar um pulo lá, vou tentar descobrir o que está acontecendo, ligo depois.

— Se você puder ir, eu agradeço. Não deixe que ele faça alguma besteira.

Conseguiu uma vaga para estacionar a mais ou menos três quarteirões do prédio onde estava instalada a Regional. Por via das dúvidas colocou a pistola na cinta e foi caminhando, contornou o antigo prédio da regional, era um daqueles velhos casarões do século passado, meio desgastado pelo tempo e pelo abandono na conservação, ficava na direção da baixada do Glicério. Naquele horário estava calmo, pouco movimento, de longe avistou a figura do Diogo, parecia estar conversando com dois elementos. Ao chegar mais perto percebeu uma discussão acalorada, apressou os passos tentando chegar o mais breve possível. Quando estava a alguns metros, viu Diogo empurrar com violência um dos sujeitos, o que parecia ser mais novo e mais alto indo bater com as costas na traseira de um veículo estacionado,

O outro mais baixo tentou revidar. Diogo levou a mão na cintura, num ato impulsivo, sacou o revólver e atirou contra os dois, descarregando a arma, atingindo-os em várias partes do corpo, os tiros foram mortais, foram basicamente à queima-roupa. Imediatamente gritou, chamando-o:

— Ei, meu irmão, vem comigo, rápido.

Ele seguiu-o instintivamente, ainda com a arma na mão. Os transeuntes todos pararam, e foram se afastando devagar. Uma das duas vítimas por incrível que pareça, ainda tentou erguer-se, levantou o braço, segurou no para-choque do carro num último e extremo esforço, mas em vão, deixou-se cair pesadamente. As pessoas que por ali passavam pareciam tão acostumadas com aquilo que nem se preocuparam em socorrê-los.

Entraram no seu carro, deu partida e saíram rapidamente, com uma única manobra:

— Vamos pra minha casa. Que loucura, meu amigo, você precisa aprender a se controlar.

— Vindo de você, parece uma piada. Como me descobriu aqui?

— Liguei para seu pai, ele me disse onde poderia encontrá-lo.

— Preciso apanhar meu carro no estacionamento.

— Agora é perigoso.

— Não! não é não. Está longe do local, deixei estacionado perto do mercado no Parque Dom Pedro.

— Correto, te deixo lá, e depois?

— Vou descer a Santos, juntar meus bagulhos e mudar de casa, vou ver se arrumo um apartamento ou uma casa na Praia Grande, gosto de lá.

— Estou morando na Santa Cecília, bem em frente o Metrô, vamos até lá, a polícia vai bater por toda essa região, daremos um tempo em minha nova casa. Quando escurecer ou amanhã você desce.

— Tem razão, sigo você. E aí, teve notícias do Padre?

— Tive, falei com a Rose. Me disse que um padre que foi professor dele no Seminário por azar estava por perto e o reconheceu. Caguetou o endereço e os homens vieram direto na cola dele. Ela me disse que mandou um advogado cuidar do caso. Quando ele conseguiu entrar na delegacia, quase que só encontra a carcaça do Padre, arrebentaram o coitado de porradas, deram-lhe choques até nos colhões.

— É... acidentes de trabalho. Parece que estávamos adivinhando quando falamos da sorte que estamos tendo.

— Mudando de assunto. Você se arriscou muito hoje, meu irmão. Por que não planejou melhor? Tinha que matar os dois pilantras bem na frente do emprego dos caras? Um monte de gente deve ter visto e ouvido a conversa, corto o saco se já não estão sabendo que foi você que matou os filhos da puta.

— Não teve jeito, fui conversar com os caras, tentando resolver numa boa. Se a gente entrasse num acordo, nem tinha intenção de matá-los. Mas os caras, ao invés de entrarem na minha, quiseram apelar fazendo ameaças, pensaram que eu estava com medo deles, partiram pra cima de mim, babando, querendo minha grana. Não me deram alternativas, fuzilei eles ali mesmo.

Naquela tarde se despediram. Diogo não quis esperar, fizeram um acordo no firme propósito de não se meterem em nenhuma confusão. Tinham dinheiro suficiente para passar um bom tempo sem preocupações, sem precisar correr atrás de encrenca.

Passados três meses, a situação do Padre era a mesma, uma constante ida e vinda do advogado, impetrava "habeas corpus", requerimentos, pedidos, defesa prévia, enfim, uma batalha judicial onde o único beneficiado era o advogado que a cada dia arrumava uma maneira nova de arrancar mais dinheiro da família. Procurava acompanhar os acontecimentos a uma certa distância, sugeriu tirá-lo de lá à força, mas a Rose pediu que esperassem os resultados das medidas jurídicas que já haviam tomado. Ela o visitava regularmente no presídio, sempre mantendo contato entre eles.

Quanto ao Diogo, estava sem notícias havia bastante tempo. De vez em quando se comunicava com seu pai e tudo parecia estar normal.

Já estava na clandestinidade havia mais de um ano, não podia fazer nada: trabalhar, estudar. Seu retrato com aviso de procura-se estava por todas as delegacias, seus atos todos já tinham vindo à tona, tudo que descobriam do Padre ligavam com a sua pessoa, suas histórias no crime eram bem parecidas afinal, começaram praticamente juntos. A polícia sabia tudo a seu respeito. Por isso, deu uma disfarçada na aparência, deixou o cabelo crescer. Só não deixou barba e bigode porque iria ficar muito ridículo, tinha um pelinho em cada canto do rosto. Muito raramente conseguia ver sua tia de tanto ela insistir, sua mãe permitiu que ele a visse novamente mais uma vez às escondidas. Estava sendo um verdadeiro tormento sua vida, sentia falta de atividades, estava ficando depressivo, irritado.

Quando completou um ano e dois meses após a prisão do Padre, foi anunciado o resultado do julgamento: pegou 35 anos de cadeia por diversos assaltos, lesões corporais graves, homicídio. Enfim, um rosário de crimes.

    Seu pai não suportou tamanha adversidade, sua saúde já vinha há muito tempo abalada, faleceu de insuficiência cardíaca. Heitor não pode ver o enterro, tampouco ele esteve lá, ficava sabendo tudo por telefone.

    Em agosto de 1992, tomou uma atitude e marcou um encontro com a Rose em São Paulo. Passou-lhe seu endereço e ela veio até seu apartamento. Iriam combinar uma maneira de tirá-lo do presídio, ela era fundamental, só ela poderia os ajudar fazendo a ligação entre eles e coordenar os planos que pretendiam realizar. Na última visita que fizera ao seu irmão, o mesmo informou a ela que poderia haver acertos com os agentes e a polícia que faziam a guarda do presídio. Iria procurar se informar melhor sobre qual seria o plantão ideal e de que meios poderia usar para sair. E, lógico, de quanto iria ter que dispor para pagar a fuga. Naquela semana mesmo recebeu um telefonema, agiram com rapidez, era ela lhe informando o valor, o dia e como seria feito. A brincadeira iria custar em torno de 30.000 reais, seria no plantão da terça-feira. Arrumaram junto à enfermaria um encaminhamento médico, para exames fora do presídio. Nas primeiras horas da manhã ele sairia escoltado até o ambulatório da Santa Casa, onde ficaria acompanhado de um único guarda. Estariam lá esperando, renderiam o policial e fugiriam imediatamente, os guardas só dariam o grito da fuga à tarde, quando já estivessem bem longe.

    Telefonou para o Diogo e na segunda-feira ele subiu a serra, vindo dormir em sua casa. Já tinha tudo preparado: comprou um carro da Fiat marca Tempra, roubado e transformado em Duble; Diogo arrumou uniformes de enfermeiros; mandou bordar o nome da Santa Casa de Sorocaba. Deixaram São Paulo na madrugada e chegaram aos seus destinos bem antes do horário previsto. Ficaram estacionados bem na frente do Ambulatório, aguardando o camburão da PM, que traria os presos para serem atendidos. Diogo já estava impaciente, a todo momento olhava o relógio.

— Calma, meu irmão, ele vem. — Para descontrair, perguntei: — Me conta como está sendo sua vida naquela praia maravilhosa, aquele monte de mulheres lindas de biquíni passando pela sua frente o tempo todo.

— Não vai dar tempo, Magrão, o camburão do presídio está chegando. Outro dia te conto.

— Certo! Vou estacionar atrás do hospital, entramos logo que eles deixarem o Padre no ambulatório.

Entraram no prédio do hospital sem que ninguém lhes notasse a presença. Naquele horário era um sufoco: troca de plantão dos empregados, pacientes chegando, macas passando, desviando de cadeiras de rodas, mulheres pedindo informações. Com isso, foram se aproximando do policial que acompanhava o Padre na consulta, ele estava algemado com as mãos para trás na porta do consultório. Encostou no guarda, pressionou o revólver nas costas dele. Enquanto isso, o Diogo abria a porta do consultório dizendo:

— Entra aí...

Empurrou o guarda forçando a arma contra seus rins e disse-lhe:

— Viemos buscar o paciente, entra junto e tira as algemas.

— Fica frio, cara! Estou no esquema, vira esta merda pra lá que tenho alergia, e a grana?

— Já está com a pessoa que arrumou o encaminhamento médico. A irmã dele está entregando o dinheiro neste momento. Quer ligar pra ele? Tenho o número.

— Não... tá tudo pela ordem, segue com o plano. Me algema no lugar do preso e se mandam.

— Tá legal. Trouxemos roupas novas pra você, meu irmão, se troca rápido e vamos sair daqui. — Diogo sentou o guarda na cadeira, passou uma fita nas pernas dele e amarrou um pano na boca, achou que ficaria mais original.

— Vamos repetir o que fez o Padre no assalto à joalheria?

— Tá louco, cara. Nem brinca com uma coisa dessa. — Pegou a arma do policial que estava em sua cintura, colocou na sua e disse-lhe na gozação:

— Inclui isto no valor da propina.

Trancaram a porta do consultório por fora e levaram a chave. Saíram calmamente, da mesma forma que entraram, sem ninguém os abordar. Iriam demorar para se darem conta da fuga. Chegaram na calçada, bateu no ombro do Padre, indicando o local:

— É por ali, vamos.

— E minha irmã?

— Foi acertar com o cara que preparou a fuga e vai nos encontrar em São Paulo no meu apartamento, fica frio, está tudo no esquema.

Entraram no seu apartamento. Até então, ninguém havia dito nada, o Padre virou-se para ele, abraçou-o, abraçou o Diogo. Aproximou-se da Rose, que já os esperava, ficou um tempo abraçado com ela, virou-se para eles e disse:

— Foi mole. Obrigado, gente.

— Mole?! Levaram uma grana nossa sem o menor esforço, deixaram vocês na pior, sem dinheiro. Acha isso mole?

— Cara! sair daquele inferno vale qualquer coisa, pago qualquer preço. Viver ali no meio de psicopatas, assassinos, viciados, qualquer dia te conto a experiência. Nunca mais quero voltar para lá ou para outra cadeia qualquer, prefiro morrer.

Estavam todos eufóricos, a operação foi um sucesso. Foi na geladeira pegar umas cervejas para comemorarem, a Rose interrompeu-os com uma pergunta:

— E aí, mano? Mais tranquilo agora? Gostaria de saber o que vão fazer daqui pra frente, este estado ficou pequeno pra vocês. O que vão fazer?

— Hoje nada – respondeu a ela, falando pelo Padre —, mas você tem toda a razão. Poderíamos nos mudar para Campo Grande, que tal? Lá ninguém conhece a gente e existe muito trabalho. Podemos limpar aqueles bancos todos e, se a coisa apertar para o nosso lado, estaremos na divisa do Paraguai.

— Estou com você, meu irmão, por sinal, você já tem um ponto de referência por aquelas bandas, e que referência! — respondeu o Padre, rindo debochadamente.

— Tenho alguns probleminhas pra resolver lá na Baixada, mas posso pensar neste assunto com muito carinho. Afinal, tô tão enrolado com a justiça como vocês. Ando superassustado, sobressaltado, vejo fantasmas a cada esquina, perdi o sossego. Façamos o seguinte: vocês vão, se instalam e eu os acompanho mais pra frente.

— Rose! — disse-lhe o Padre — me faz um favor, você volta para Campinas, e hoje à noite ou amanhã traz a mãe pra me ver. Mas, por segurança, vem de ônibus, pega o metrô até a Sé. Em seguida apanha o outro aqui para Santa Cecília. Daqui para frente, teremos quer andar com todo o cuidado, certamente vai ter algum tira na sua cola, vão tentar me recapturar de qualquer jeito. Traz minhas coisas, roupas, documentos, meus outros pertences ficaram todos na cadeia e não há como recuperar de momento. Procure andar sempre com todo o cuidado para não ser seguida. No decorrer desta semana combinamos eu e o Magrão nossa mudança para o Mato Grosso do Sul.

Enquanto o Padre conversava com sua irmã, Diogo bateu em suas costas:

— Já vou indo, Magrão, me liga lá de onde estiverem. Se precisarem de mais alguma coisa, conta comigo.

O Padre o ouviu se despedindo, virou-se e abraçou-o, agradeceu:

— Vai com Deus, meu irmão, te devo esta, qualquer dia eu pago.

— Valeu!... espero não precisar. — Bateu a porta atrás de si, rindo e dizendo:

— Magrão, estou indo nessa, vou levar o Tempra.

— Tudo bem, sem crise. Vai lá.

A mãe do Padre só pode vir no dia seguinte, estava muito nervosa e com medo. Notaram movimentos estranhos nas imediações e assim que Rose chegou em casa, ficou sabendo que a polícia já estivera lá. Sua mãe a abraçou desconsolada, chorando:

— Que vergonha, minha filha! A polícia veio, entrou empurrando, gritando, procurando pelo seu irmão. Os vizinhos mais uma vez assistiram toda essa desgraça.

— Fica calma, mãe, isto não vai mais acontecer. Vou levá-la pra ver o Heitor, arruma as coisas dele, coloca em uma sacola.

Esperaram até a madrugada, não viram nenhum guarda de campana, caminharam pelas ruas vazias, até encontrarem um táxi e foram em direção à rodoviária.

Foi bastante comovente o encontro: lágrimas, palavras de carinho, abraços, a velha mãe se agarrou ao filho de tal forma que achou que iria afogá-lo. Ela não o via desde o dia em que fora preso, não teve coragem de ir visitá-lo na prisão. Foi com muito esforço que conseguiu se manter durão diante daquela cena carregada de emoção. Instalou-se profundamente em seu peito uma saudade, uma angústia; sentiu naquele instante muita falta de sua mãe. Que vontade de correr de volta ao tempo em direção ao seu colo, ela lhe transmitia tanta segurança naqueles tempos de menino. Agora nem chorar ele podia, já era um homem feito, tinha de qualquer jeito de disfarçar suas fraquezas, em seu pensamento chorar ou reclamar era uma fraqueza.

— Meu filho — disse a pobre velha, chorando —, estou com um péssimo pressentimento. Queria que ficasse por aqui e mudasse de vida, seu pai já morreu por causa disto, não quero perder meu filho.

— Bobagem, mamãe... Papai morreu porque já era hora, há quanto tempo vinha doente? E sem essa de pressentimentos, não acredito nisso, estamos indo em busca da glória. De uma vida nova — respondeu de forma enfática o Padre.

— Pretendem ir embora quando? — perguntou-lhes a Rose, interrompendo seu irmão.

— Assim que ficarem prontos os novos documentos de seu irmão que mandamos falsificar e eu tiver acertado toda minha situação aqui em São Paulo — respondeu o Magrão.

Com isso quebraram aquela comoção momentânea, mudando o rumo da conversa inicial. Satisfeitos, mataram às saudades, conversaram bastante. Retornaram a Campinas logo após o almoço, com o compromisso de tentarem chegar em casa com o cuidado de não serem notadas.

Resolveram todas suas pendências em São Paulo, foi até muito rápido, decidiram sair no domingo bem cedo. Deixariam São Paulo na madrugada do sábado e chegariam a Campo Grande no domingo à tarde.

— E o Diogo?... conseguiu falar com ele?

— Não... nem o pai dele tinha conhecimento do seu paradeiro. Só sei que se mudou de apartamento, deixei recado com Seu Nené, pedi que o avisasse de nossa partida. Ligaremos novamente quando estivermos instalados.

De acordo com o que havia combinado com Aline antes de viajarem, ela estava esperando por eles no bar Seresta. Ainda era cedo para um início de noitada. Por ser domingo, o bar já estava bem lotado, muitos jovens sentados às mesas ou conversando na entrada do estabelecimento. Assim que puseram os pés na porta, Aline levantou-se de onde estava sentada e abanou a mão, solicitando que fossem até ela. Abraçou-o toda saudosa, beijaram-se longamente, apresentou-lhes a garota que a acompanhava:

— Esta é a namorada do Reinaldo. Aliás, vocês irão ficar em seu apartamento por hoje, amanhã desocupa a casa que aluguei para vocês. Estava morrendo de saudades, que bom que vieram pra cá! — Disparava uma saraivada de palavras, parecia uma matraca.

— Também senti muito a sua falta. Foi até bom que tudo aconteceu dessa forma, agora podemos ficar juntos.

— E aí, fizeram boa viagem? — perguntou-lhes ao aproximar-se todo sorridente o Reinaldo ou Rei, como gostava de ser chamado o novo amigo cantor, colocando os braços sobre seus ombros. Notou uma certa antipatia por parte do Padre, achou de imediato que não gostou muito da cara do cantor apelidado de Rei.

— Sim, foi tudo bem... — respondeu sem demonstrar entusiasmo —, um pouco cansativa, mas nada que com um bom sono não resolva. Apresentou-lhe o Padre, e disse-lhes: — Não vamos ficar muito tempo, gostaria de descansar. Amanhã já estaremos em condições de conversar mais.

— Por mim tudo bem... Levem a chave do meu apartamento, a Aline sabe onde fica. Vocês se ajeitam por lá, que eu pretendo dormir fora hoje. Amanhã nos veremos.

Aline os levou até o apartamento, foi com ela em seu carro na frente e o Padre os seguiu com seu carro. Logo ao atravessar a porta e entrar na sala, o padre olhou tudo muito atentamente: o mobiliário muito luxuoso, a aparelhagem de som, tudo parecia ser caríssimo. Foi então que ele comentou:

— Creio que o cara não vive só de cantar em barzinhos! Pelo que pude notar, o padrão de vida que leva é muito alto, isto aqui custa uma nota.

— Conhece bem esse cara, Aline?

— Conheço sim, realmente não vive só da música não. Se fosse assim, estaria passando fome. Ele canta bem, mas não é um fenômeno, se fosse muito bom, não estaria aqui; o negócio dele é explorar umas coroas ricas e fazer extorsão. Sei que está ligado a alguns ex-policiais, dão alguns golpes na cidade ou então vão para a estrada tirar dinheiro de sacoleiros que vão buscar mercadorias no Paraguai, fazendo-se passar por fiscais. É dessa forma que vive nosso amigo, inclusive já pegou cadeia por isso. Aliás... não faz muito tempo que está livre.

Percebendo o cansaço dos dois amigos, decidiu ir-se embora mais cedo. Aline os deixou, o Padre que até então só havia abanado a cabeça, quando ela terminou de dar a ficha do cantor, virou-se para ele e disse:

— Não estou aqui pra julgar ninguém, Magrão, mas esse cara não me agradou de início, agora muito menos, ao saber que está ligado à polícia. Esse casamento não funciona: ladrão é ladrão, polícia é polícia. Teremos que ficar espertos com esse camarada. O que você acha?

— Tem razão, meu irmão, mas nós vamos precisar de uma pessoa que conheça bem este território, que nos informe quais as principais cidades, ou pelo menos as que têm agências bancárias, as melhores rotas de fuga. Não conhecemos nada por aqui, vamos fazer com ele o que ele pensou em fazer com a gente.

— Como assim?

— O cara é um tremendo pilantra, quer ser bandido, mas não tem coragem e está muito acostumado à boa vida para se meter em trabalho duro. Enfim, é um vagabundo declarado, escuta bem o que vou lhe dizer: os tiras que costumavam trabalhar com ele já devem estar com o saco cheio de lhe dar boa vida e estão colocando-o de escanteio. Então nos achou, pensa que pode se encostar nas nossas costas e tirar vantagem, você acha que nos emprestou o apartamento porque é bonzinho? Só que a coisa vai funcionar de maneira diferente, o trouxa vai ser ele.

— Você está certo, Magrão, até parece que fez curso de psicologia! Vamos precisar conhecer bem este estado antes de começar a agir. Eu não consigo nem sair desta cidade sozinho, mas assim que obtivermos os dados que necessitamos, descartaremos esse indivíduo.

— Estou de pleno acordo. Agora vamos dormir, amanhã faremos nossa mudança.

Antes que a Aline chegasse para os apanhar, a fim de irem conhecer a casa que lhes tinha arrumado, foi a uma cabine telefônica e ligou para a casa do pai do Diogo. Achou estranha a maneira como atendeu o telefone. Foi a irmã dele quem recebeu a ligação. Ele tinha certeza que ela tinha reconhecido a sua voz, mas recebeu a ligação de forma estranha lhe pareceu tensa. Antes que ele se identificasse já foi falando:

— O senhor aguarda, doutor, vou ver se meu pai está em casa, com o telefone aberto gritou a sua mãe:

— Mamãe, o pai está? É o advogado.

Seu Nené atendeu, tentei dizer alguma coisa, mas ele interrompeu me deixando ainda mais intrigado.

— Bom dia, doutor, foi bom que ligou. O senhor já esteve na delegacia de Praia Grande, pode me transmitir como está meu filho? Assim que fiquei sabendo de sua prisão, ontem, tentei vê-lo, mas não me deixaram. Não acredito que tenha sido ele que tenha matado aqueles dois elementos em Santos.

Entendeu perfeitamente o recado velado do Seu Nené, por certo percebera que o telefone estava grampeado e não queria comprometê-los, transmitiu o recado usando o advogado como código. O Diogo devia ter aprontado alguma na Baixada, e provavelmente estava preso. Por esse motivo é que não estava conseguindo contatá-lo nos dias que antecederam sua viagem. Já devia estar em cana e a polícia não permitiu a ele ligar para a família. Também disfarçadamente pediu ao Seu Nené um outro número de telefone que ele pudesse ligar e obter maiores detalhes.

Desligou o telefone, ficou um tempo calado, pensativo:

— Que foi que aconteceu, Magrão, morreu alguém ou viu fantasma? Está pálido como uma cera.

— Prenderam o Diogo em Santos. Pelo que pude entender.

— Cacete!... Quem falou?

— O pai dele... mas não contou tudo, só deu uma dica. Acho que o telefone está grampeado e o velho é muito esperto. Prefere que não descubram onde estamos. Passou-me outro telefone, mais tarde vai me informar melhor.

— O que podemos fazer?

— Ajudá-lo!

— Também acho, mas como faremos isso?

— Volto a falar com o velho, daqui a cinco minutos ligo novamente e fico sabendo com detalhes. Só assim teremos uma noção do que poderemos fazer.

Esperou o tempo necessário. Ligou outra vez no novo telefone que ele lhe havia fornecido. Foi então que foi informado com detalhes o que devia saber:

— Não lhe contei tudo de início porque a polícia de Santos já tem conhecimento da ligação entre vocês, eles estiveram procurando por vocês no apartamento da Santa Cecília. Como não os encontrou bateram em sua casa, apavorou todo mundo, fez ameaças. Como não obtiveram mais informações, tudo indica que grampearam os telefones.

— Tá legal, Seu Nené, até aí eu entendi, mas o que aconteceu de fato com o Diogo? — perguntei.

— Ainda não tenho todos os detalhes, mas, segundo o inquérito policial, o Diogo atirou em dois sujeitos em Santos, matou um e feriu gravemente o outro. O cara que não morreu entregou o Diogo aos tiras, prenderam ele saindo de um restaurante. Só no domingo fiquei sabendo, ainda porque um dos policiais era daqui de São Bernardo. Conhece a gente e me contou.

— É fácil falar com o senhor neste telefone? Vamos estar em contato constante, precisa nos manter informados.

— Toda vez que precisarem, podem ligar, eles me chamam.

— Tá legal... Seu Nené, procura se inteirar melhor da situação do Diogo e nos diz o que poderemos fazer para ajudar. Amanhã ligo novamente.

— Me conta, Magrão — perguntou o Padre apreensivo —, como está a situação?

— Ele meteu bala em dois caras lá na Baixada e um dos caras sobreviveu e ainda teve condições de entregá-lo a polícia, nosso amigo foi reconhecido através de uma foto de procura-se pelas outras broncas que praticamos juntos. Ligaram ele à gente. Tivemos muita sorte de ter deixado o apartamento bem cedo: fizeram diligências a nossa procura. Se demorássemos mais algumas horas seríamos pegos, estiveram lá nos procurando.

— É!... a bruxa está solta, o que faremos?

— Vamos esperar o momento certo e ajudá-lo a fugir. Se for preciso vamos lá tirá-lo da cadeia, nem que for na marra, na força como fizemos com você.

— Tá certo, quando juntarem todas as broncas do cara, vão querer encarcerá-lo pelo resto da vida. Eu já me acostumei com vocês dois, não pretendo trabalhar com mais ninguém, e devo uma a ele, agora tenho a chance de retribuir.

O Padre estava terminando o comentário quando Aline chegou perto sem ser notada, pois estavam distraídos, os dois permaneciam ainda um tanto abobalhados com o ocorrido. Só perceberam sua presença quando perguntou:

— Retribuir o quê?

— Oi!... não vi você chegar, estamos ainda entorpecidos com a notícia da prisão de nosso amigo Diogo.

— Não me digam!... mais uma complicação?

— Pois é!... mais um pepino pra gente descascar, mas vamos deixar isso para mais tarde, agora já aconteceu. Vamos ver a tal casa, é muito longe?

— Mais perto do que você imagina, vamos lá.

A casa não era muito grande, mas possuía garagem para dois carros e não distava muito do centro da cidade. A rua não era difícil de gravar: chamava-se Rua Maracaju. Foi alugada em seu nome, só que no nome falso. Devido às suas atividades, todos tiveram que mudar a documentação. Quem fez caprichou em todos os detalhes, cobrava caro, mas trabalhava bem, um verdadeiro profissional.

— E então — perguntou-nos Aline —, gostaram?

— Então!... vamos comprar os móveis que precisamos e tomaremos posse hoje mesmo. Pode ser?

— Vamos precisar de um telefone — lembrou-lhes o Padre. — Tem como alugar ou comprar uma linha?

— E o telefone celular, não serve?

— Claro que serve, já está funcionando de acordo aqui em Campo Grande? São Paulo já tem um monte, só que o funcionamento ainda é uma merda.

— Aqui na Capital funciona mais ou menos, agora, no interior é uma droga. Por via das dúvidas, vamos alugar uma linha de telefone fixo.

Apressaram a entrega dos móveis junto à loja que lhes vendeu e naquele dia mesmo devolveram as chaves do cantor e se instalaram no novo endereço.

Começaram quase que imediatamente a operação de reconhecimento do território. Depois de uma longa conversa com o cantor Reinaldo, abriram o jogo e expuseram suas intenções. Ele ouviu tudo atentamente, ficou um tempo quieto, mas concordou em participar e, como já havia previsto, deixou claro que não participaria das ações diretamente, não tinha coragem, pelo menos foi honesto em lhes dizer. Visitaram diversas cidades no estado, foram conhecer a fronteira com a Bolívia e logo a seguir com o Paraguai. Em dois meses já tinham em mãos uma relação de todas as cidades importantes. Estudaram mais detalhadamente as cidades que lhes permitiriam um trabalho mais seguro, independentemente do tamanho ou de que banco iriam assaltar. Nesses dois meses ligou regularmente para São Bernardo, buscando notícias do amigo Diogo.

Chegaram em casa logo depois de uma dessas viagens, o Padre jogou-se pesadamente sobre o sofá da sala e comentou:

— Já estamos nos aproximando do final de outubro e ainda não fizemos nada de objetivo, esta falta de atividades me enlouquece. Logo nosso dinheiro acaba e vamos nos enrolar. Sem contar com essa saudade que sufoca.

— Não podemos nos precipitar — falou o Magrão. Estamos trabalhando de forma correta, creio que logo poderemos dar um ou dois golpes. Este estudo que estamos fazendo da área é de suma importância.

— Só nós dois iremos dar os golpes?

— Falar nisso, vou ligar pra São Paulo.

Seu Nené levou alguns segundos para chegar até a casa do vizinho, deu para perceber que estava meio ofegante, deve ter dado uma corrida, devia estar com pressa de lhe transmitir algo de novo:

— Olá, meu filho, como vai? — Antes que ele respondesse sua pergunta, antecipou a conversa, já foi relatando:

— Escuta bem, meu filho, hoje de manhã estive com o advogado que está cuidando do caso do Diogo, e ele me antecipou que no dia oito de novembro, quarta-feira, o Diogo virá a São Paulo prestar depoimento no inquérito sobre o assassinato dos dois fiscais da Prefeitura. Vão trazê-lo pro 4º Distrito, ele dorme lá numa cela e no dia nove será levado ao Fórum. Quanto ao que ocorreu lá em Santos, até agora não saiu nada de concreto em relação ao julgamento. — Estamos aqui rezando.

— Fica tranquilo, Seu Nené, se depender de nós, ele não vai ter julgamento, vamos tirá-lo desta fria rapidinho. Colocou o telefone no gancho, pensando alto: "Sempre em novembro! Ô meisinho complicado".

— O que sempre em novembro, Magrão?

— Comigo as coisas acontecem sempre em novembro, geralmente coisa ruim, vamos ver neste agora!

— Até aí tudo bem, mas me conta o que vai acontecer agora.

— Vamos tirar o Diogo da cadeia.

— É! como?

— Dia oito de novembro ele terá audiência em São Paulo, vai ficar confinado em uma cela no 4º Distrito, eu sei onde fica. Iremos a São Paulo uns três dias antes, organizamos um assalto à delegacia, tiramos ele de lá e fugimos.

— Se liga, Magrão, vê se acorda, meu amigo. Você fala de uma maneira tão simples que soa como se fosse um passeio no Parque Ibirapuera ou uma visita ao Shopping Center. Como é que vamos fazer isso? Só eu e você, somos dois, esqueceu? Não um batalhão. Vamos precisar de armas e das pesadas. Onde arrumaremos isso? E o pior: temos que entrar na delegacia, render os guardas, o carcereiro, o delegado de plantão. Você acha fácil isso?

O cantor estava com eles até aquele momento, como disse antes, estava servindo de guia, interferiu na conversa e tomou a palavra:

— Bem pessoal, com relação às armas disso eu entendo. Eu tenho onde arrumar de revólver Rossi 22 a bazuca, quantas forem necessárias.

— Ótimo... e pra levar isso pra São Paulo?

— No meio da carga de carvão ou de carne de boi, no primeiro caminhão de frete que for para lá. Isto também eu acerto.

— Vamos precisar de pelo menos mais dois ou três companheiros com colhões roxos para nos ajudarem, Magrão. Além de bolar um bom plano.

— Posso indicar um bom aqui, e se quiserem um motorista experiente, pra fuga podem contar comigo.

— Já somos quatro; mais esse amigo do cantor, cinco. Tenho como arrumar mais dois em São Paulo, conheço uns caras bons, só que teremos que ir cinco dias antes em vez de três.

— Sem problemas, pode providenciar as armas e o transporte, cantor, nós vamos lá resgatar nosso amigo de qualquer jeito mesmo, com cinco ou com dois.

Enquanto dizia isso o Padre levantou-se e caminhou em direção ao banheiro, resmungando:

— Novembro sempre novembro, essa é muito boa; além de maluco, supersticioso.

— Devo providenciar quais armas, Magrão?

— Se não se importa, amanhã vamos juntos ver isso, O Padre às vezes demora para cair a ficha, mas tem uma cabeça privilegiada para arquitetar planos. Vamos tomar um banho, jantar e depois eu te ligo. Agora vou ligar pra minha garota e ver se tenho uma deliciosa noite de amor. Até amanhã.

— Tá legal, vou me aprontar, logo mais estarei me apresentando lá no Seresta. Apareçam.

— Pensando bem, Magrão...

Até assustou quando o Padre entrou na sala novamente e sentou-se no mesmo lugar, com ar pensativo, semblante carregado, com aquelas rugas na testa como se estivesse resolvendo uma questão de alta relevância, coçou a cabeça, ergueu o dedo indicador apontando em sua direção:

— Acho que podemos tomar aquela delegacia, só eu e você, com a ajuda da Rose.

— Agora não sou eu quem está delirando. Mas... diz aí o plano.

— Ligo para minha irmã, peço a ela nos arrumar uma perua Van, despachamos as armas para minha casa.

— Acho melhor não!

— Por que não?

— Despachamos para a casa de minha tia ou para a casa do pai do Diogo, ele trabalha como camelô, sempre está recebendo pacotes, caixas, enfim, encomendas.

— Tá! Voltando ao esquema, minha irmã aluga um quarto ou arruma uma casa onde possamos nos esconder, antes e depois de realizarmos a fita na delegacia. Se o indivíduo que vende as armas tem de tudo, vai ter de nos vender algumas granadas, impõe mais respeito. A Rose se disfarça, pinta o cabelo ou coloca uma peruca, o que for preciso para não ser reconhecida. Eu me enfaixo todo, jogo mercúrio nas faixas e na roupa, entramos na delegacia de madrugada como se fôssemos dar queixa de algum acidente ou tentativa de homicídio. Sei lá, daremos uma desculpa qualquer. Levo as granadas no bolso, elas fazem menos volume. Dentro da delegacia tomo o delegado como refém, você entra atrás com uma metralhadora, pega o carcereiro, abre todas as celas e soltamos todos os presos que lá estiverem. Passamos algumas armas a eles para que possam criar maior tumulto e fugimos, o que acha?

— A princípio parece simples, a ideia é boa. Talvez seja até melhor não colocarmos muita gente na fita, dois ou três despertam menos desconfiança, muita gente pode colocá-los em alerta. A ideia de armar os presos funciona, podem facilitar a nossa fuga.

— Magrão, vou ser muito honesto com você, estas coisas me excitam mais do que uma boa trepada, tenho a impressão que vou acabar virando bandido.

Deu uma boa gargalhada e voltou a repetir:

— "Novembro sempre novembro".

— Magrão? — tornou a chamar-lhe.

— Fala... maluco, você não vai virar bandido, mas... vai ficar mais pirado do que já é e me deixar louco também.

— Dia dois de novembro é Dia de Finados!

— É!... e daí?

— Iremos para São Paulo no dia primeiro, visitamos o cemitério, não me deixaram ir no enterro do meu pai, pelo menos no Dia de Finados poderei visitar seu túmulo. Revemos a família e teremos tempo suficiente para programarmos a fuga do nosso amigo Diogo.

— Pode ser! Ninguém espera por nós, principalmente nesta época de Finados. Tenho a impressão que a polícia de Campinas nem lembra da nossa existência. Tá legal, iremos dia primeiro.

Na manhã seguinte, assustou-se com o telefone tocando tão cedo. Aline quem atendeu, com uma voz meio rouca de quem dormira muito pouco:

— Quem?

— É o Rei, me deixa falar com o Magrão.

— O Rei, pra você.

— Como é, cara? Não vamos comprar os bagulhos?

— Pô! Cantor, você está louco, a esta hora. Não podemos deixar para depois do almoço?

— Não, meu irmão, é longe. Teremos que viajar até Ponta Porã, atravessamos a fronteira e compramos de um vendedor de Pedro Juan Caballero.

— Caramba! E como traremos isso?

— Não se preocupa. Ele coloca aí dentro da sua casa.

— Tá legal... sairemos em uma hora.

O Chinês mantinha um arsenal fabuloso, um salão grande com diversas caixas contendo armas de todo tipo e tamanho, de várias marcas e modelos. Escolheu: uma submetralhadora israelense, era leve e fácil de manejar, desmontada cabia em uma pasta executiva tranquilamente, já tinha experiência com esse tipo de arma, pegou algumas granadas de mão, duas pistolas semiautomáticas de repetição, niqueladas, ventiladas, com apontador laser, calibre 45, verdadeiras obras de arte; e alguns revólveres calibre 38 para distribuir entre os prisioneiros que libertariam, mais munição suficiente para fazerem um bom estrago. Voltou-se na direção do padre e disse-lhe, mostrando a metralhadora:

— Sempre que fugimos nos desfazemos das armas. Desta vez: esta ferramenta eu não vou dispensar; terminado o nosso trabalho, vou trazê-la de volta. Iremos precisar dela.

— É tudo com você mesmo, acho bom comprar mais uma. Também quero.

Acertaram com o chinês ou coreano, enfim, o sujeito era oriental, não dava para saber de que origem. Combinaram a entrega e retornaram naquela tarde mesmo, chegando em casa já bem de madrugada.

As armas foram entregues no dia seguinte, exatamente como foram adquiridas. O Padre conferiu a entrega, dizendo:

— É! são honestos os orientais, está tudo nos conformes.

— Precisam manter a freguesia. Se pisarem na bola, não vendem mais nada, e podem levar uns tiros. Os caras vivem disso.

— Agora é só despachar essas coisas pra casa — ele disse.

— Podemos mandar pelo correio.

— Tá louco! Vamos declarar que é o quê, Magrão! peças de artilharia para assalto à delegacia?

— Artesanato, com nota fiscal e tudo. O cantor providencia.

— É! funciona, podemos tentar, tem o endereço do velho do Diogo? Se não tem, liga lá e pede inclusive a inscrição da firma dele, certamente ele tem uma inscrição, estadual ou municipal. Em seguida vou ligar para a Rose ir buscar e providenciar tudo o que possamos precisar. Magrão, às vezes você tem umas ideias geniais. Não iguais as minhas, lógico. Acho até que não é tão burro como aparenta.

— Por que diz isso?

— Porque, se não fosse burro, não estaria aqui idealizando assaltos e programando fugas. Seria um executivo, e não um ladrão.

— Nesse ponto acho que estamos empatados, somos burros iguais, malucos iguais. Isso deve servir de consolo, somos iguais.

Acharam por bem viajar de ônibus. Se houvesse alguma revista, não seria tão rigorosa como no carro, e tinham em mãos documentos falsos que provavelmente não seriam consultados. Passariam como simples viajantes indo visitar a família e passar o feriado de Finados em casa de parentes.

Chegaram na madrugada do dia dois de novembro. Rose já os esperava na rodoviária, se cumprimentaram rapidamente e embarcaram em seu carro, se dirigindo rapidamente em direção a Campinas. Já na rodovia é que foram começar a conversar.

— Está tudo bem com você? — perguntou meio sem graça.

— Sem problemas, e com você?

— Numa boa, apanhou as encomendas com o pai do Diogo?

— Peguei, está tudo em casa, aliás na casa da sua tia.

— Alugou o quarto que lhe pedi? — perguntou o Padre.

— Está tudo certo. Arrumei um salão desocupado no Brás, uma pequena fábrica de confecções desativada, com dois quartos no piso superior. Comprei uma Van dublê, que seu Nené me indicou que era usada para transporte de alunos, está ainda toda escrita. Achei melhor não mudar, deixar como está. Levei para o salão e a deixei escondida e também alguns colchões e roupas limpas, dei uma faxinada no local. Agora é com vocês.

— Vamos poder contar com você para esta tarefa?

— Claro! Combinei com a Cléu, vai me fazer uma bela maquiagem, comprei uma peruca morena. Vou ficar irreconhecível, até lentes de contato verdes eu comprei. Não perco essa diversão por nada no mundo.

— Seu noivo sabe disso?

— Não, e nunca irá saber.

— Por que não nos leva direto ao esconderijo em vez de nos levar para Campinas? Não acha que é mais arriscado?

— Sua mãe quer vê-lo.

— Disse a ela por que viríamos?

— Não!... só sua tia, ela acredita que seja por causa de Finados, quer que você a leve ao cemitério onde seu pai foi enterrado.

— Acredito que irá tentar fazer uma chantagem emocional, sensibilizar-me e me fazer mudar de vida.

Chegaram ao Jardim Nova Europa antes de o sol nascer, as pálidas luzes que vinham dos postes não conseguiam mostrar se houve algum progresso ou se o abandono ainda se fazia presente, naquele bairro periférico. Só era possível notar algumas pessoas já se preparando para deixarem suas casas com a finalidade de chegarem o quanto antes nos cemitérios para com isso, acredita, terem tempo de limpar os túmulos, aqueles que não o fizeram antes, e consequentemente rezar aos seus mortos, esses dias, para muitos, são atribulados, alguns têm que viajar para outras cidades, o movimento de trânsito nesses dias é muito grande, mas ninguém se importa com isso, querem visitar seus entes falecidos, ia com seus pensamentos perdidos, não conseguia compreender por que a existência de tais rituais, vinha pensando em tudo isto, olhando pela janela do carro, o cansaço da viagem não lhe animava a conversar. Quando a Rose estacionou em frente à casa de sua tia, a vizinha da casa da esquina atravessava o portão da rua com um enorme maço de flores, a maioria palmas. A pobre mulher parecia um vaso ambulante, achou graça a princípio, pensando: "quanta idiotice!". Desceu do carro, esticou o corpo espreguiçando-se, ficou por alguns minutos parado na calçada, olhando-a se afastar, e imediatamente se questionou:

— Não pode ser idiotice! Afinal das contas, matei quatro homens para vingar meu pai, e nunca me lembrei de rezar uma prece sequer ou ir visitar seu túmulo no cemitério.

— Disse alguma coisa, Magrão?

— Não!... Devo ter pensado alto, obrigado pela carona, Rose.

— O melhor seria você parar com os pensamentos e entrar logo em casa. Se ficar aí no meio da calçada marcando touca, poderá ser reconhecido por algum vizinho, e o que não falta é dedo-duro.

— Tá legal... nos veremos mais tarde.

Sua tia já o estava esperando na porta, aproximou-se dela, abraçou-a com força, estava morrendo de saudades. Ficaram alguns segundos abraçados, disse a ela baixinho, sussurrando:

— O tempo pra você parece que não passa, minha tia, sempre bonita!

— São seus olhos. Você parece cansado. Venha, vou preparar um café. Logo sua mãe estará aqui, vai levá-la ao cemitério não é mesmo?

— Estou pretendendo, me empresta seu carro?

— Claro... o tempo que precisar. Limpou algumas lágrimas no rosto.

Já terminava de tomar seu café, quando sua mãe entrou. Levantou-se e imediatamente se abraçaram demoradamente, ela chorou silenciosamente. Não sabia se de saudades, tristeza, não teve coragem de perguntar. Só sabia que sentiu uma forte emoção ao notar suas lágrimas descendo pelo rosto, sulcado pelas marcas do tempo ou por todo desgosto que ele lhe tinha causado. Suas costas já davam sinais de cansaço pelo tempo que estavam enlaçados e pela posição incômoda, sua mãe era bem mais baixa que ele. Desvencilhou-se com cuidado de seu corpo frágil, pequeno, de forma carinhosa, sem magoá-la, dizendo:

— Estava morrendo de vontade de vê-la, mãe, que saudades! E os meninos, não vieram?

— Não!... não vieram.

— Por que, mãe! não querem me ver?

— Pedi a eles que viessem, mas não consegui convencê-los, não estão a fim de vê-lo, preferem assim.

— A senhora não acha isso uma tremenda ingratidão? — perguntou indignado. — Fiz tudo para esses garotos, por que isso agora?

— Da mesma maneira que não é fácil para você entender. Não é nada fácil para eles, Zé Antônio, veja no que se transformou. Você se tornou muito conhecido, é considerado um bandido perigoso e isso reflete negativamente na família. Eles têm sofrido preconceito por parte de colegas, amigos, professores. Já foram obrigados a mudar de colégio duas vezes, não está sendo nada fácil para eles, como não está sendo para mim. Qualquer assalto que praticam na região ou crime que se pratica por aí, a polícia aparece em casa, promovendo um escândalo enorme, achando que você está envolvido, nos pressionando a dizer onde você está. E, por favor, meu filho, não me manda mais dinheiro. Isso poderá nos causar maiores problemas, estamos vivendo bem com o que produzimos.

Passou a mão sobre sua cabeça, acariciando seus cabelos grisalhos. Compreendeu todo o drama e os dissabores que causara à família, de certa forma deixou de ser uma solução e passou a ser problema, por sinal um grande problema. Porém, não tinha como voltar atrás. Esta era a sua sina foi a sua escolha.

— Vamos, mãe... vamos lá ver o túmulo do papai. A viagem é longa e, se demorarmos, só chegaremos de volta tarde da noite.

A viagem foi silenciosa, como se estivessem perdidos em suas reflexões. Entraram no cemitério de Itaquera, lá que seu pai havia sido enterrado. Sua mãe ajoelhou-se defronte à lápide fria e empoeirada. Depois que seu pai foi enterrado, nunca mais voltara ali. Tudo parecia tão triste; uma sensação de abandono; apesar do movimento muito grande e todo o burburinho, sentia um enorme vazio. Ficou olhando sua mãe rezar, tão baixinho que só notava seus lábios mexerem. Acendeu as velas, depositou as flores sobre o granito escuro. Ajudou-a a se levantar e, como já esperava, ela começou a lhe falar.

— Sabe, meu filho... — fez uma pausa como que buscando argumentos — fiz questão de vir aqui com você porque precisávamos conversar. Mesmo arriscando a vê-lo preso, precisava lhe falar. A impressão que tenho é que tudo começou com a morte de seu pai. Sei que foi aí que desencadeou sua revolta, e despertou em você este instinto ruim, selvagem, tenho certeza que seu pai não deseja isto, onde ele estiver deve estar sofrendo muito por você. Nós sabemos perfeitamente que isso pode ser mudado. Você é um moço bom, de bom coração, mas foi levado pela emoção e pela paixão, pelo temperamento forte, agressivo, pela mágoa que endureceu seu coração. Pensa bem, meu filho: aonde vai te levar essa estrada tortuosa que você teima em seguir?

— Já pensei muito, minha mãe, não tem como voltar, por mais que eu queira ou que a senhora insista. Aonde eu for sou um homem marcado, esta é a minha herança, mesmo que mude de cidade, estado ou planeta. O que vou fazer? Não tenho profissão, não tenho estudo, não aprendi nada a não ser roubar, matar e fugir. Vou ter que seguir meu destino até o fim, e nada começou com a morte do meu pai, não existe responsável. O que tem que ser já nasce feito, este era o meu destino e vou cumpri-lo até o último instante da minha vida.

— Você está errado, meu filho.

— Eu sei, mãe!... E vou continuar.

Saíram dali abraçados, tão silenciosos como quando entraram, e permaneceram assim por todo o trajeto de volta. Estacionou dentro da garagem de sua tia, sua mãe abraçou-lhe mais uma vez, beijou-o no rosto e foi-se embora, sem se despedir ou fazer qualquer comentário. Fez a sua tentativa de lhe fazer voltar a ser o que era antes. Percebeu que fracassou.

— Como foi lá? — perguntou sua tia.

— Sem problemas, está tudo como sempre esteve.

— Quer comer alguma coisa, almoçou?

— Não... quero dormir, dormir bastante.

Na madrugada do dia três, Rose bateu em sua janela, já estava acordado, aguardando. Deixaram Campinas e se dirigiram a São Paulo. Foram direto ao esconderijo, não ficava muito longe do local onde já havia morado antes. Ali costumava ser muito movimentado durante o dia, a Rua Boemer era uma rua comercial, repleta de lojas e pequenas indústrias de confecções. Entraram no salão, a perua Van estava lá estacionada, já abastecida, pronta para ser usada.

— Muito bom o local, como conseguiu isto, Rose?

— Com o pai do Diogo — respondeu-lhe ela. — Isto aqui é dele, tinha intenção de montar um atacado de confecções, deixar de ser camelô e se estabelecer. Agora vai esperar o desfecho desta situação do filho.

Eles se movimentavam por ali com todo o cuidado, naqueles dias que antecediam a vinda do Diogo para São Paulo, se disfarçaram o melhor que puderam para despistar a polícia e os curiosos. Procuraram conhecer a rotina da Delegacia do Bom Retiro, 9º Distrito, pois ficaram sabendo que tinha havido mudança na ordem de transferência e que lá aguardaria o depoimento, e não mais no 4º Distrito como estava previsto anteriormente. Passavam horas do dia e da noite estudando os movimentos do pessoal que ali trabalhava, todos os horários, as trocas de plantão, entrada de alimento para os presos. Enfim, tudo o que faziam anotavam. Concluíram que o melhor horário seria entre três e quatro horas da madrugada: estaria na delegacia um carcereiro, o delegado de plantão e um policial civil, além de um escrivão. Na parte de fora da delegacia sempre ficava um PM, fardado, montando guarda. O delegado e o policial civil dormiam em um alojamento nos fundos, só apareciam se fossem chamados.

Teriam que conhecer a delegacia por dentro, saber onde ficavam as celas e como iriam fazer para chegar até elas.

Não foi difícil convencer o moço que entregava as marmitas de comida de os ajudar, com uma pequena quantia de dinheiro e um macacão de uniforme. Entrou junto como ajudante, ajudou a distribuir as marmitas entre os 14 elementos presos. Ouviu alguns gracejos, mas ficou na dele, só gravando na mente a disposição das celas, em número de três, duas com cinco e uma com quatro elementos. Ao lado, uma cela menor, estava vazia, os presos chamavam-na de corró, era usada para os novos presos que chegavam se adaptarem. Estavam juntando as sobras para deixar o local, quando ouviu o carcereiro gritar ao entregador de marmitas:

— E aí, negrão, tem mais uma marmita sobrando? Chegou um cliente novo!

Procurou não se alterar, manteve a calma, a tranquilidade, torcendo para que o Diogo não manifestasse nenhuma reação de surpresa ou demonstrasse que o conhecia, pois era justamente ele que o carcereiro empurrou pra dentro do corró. Pegou uma marmita, uma colher de plástico, virou-se para o carcereiro e falou:

— O senhor precisa abrir a cela, esta aqui não tem boqueta.

— Enfia por baixo da grade ou vira a marmita e empurra por entre os ferros.

Diogo o ficou olhando... muito confiante, agora parecia mais aliviado, esboçou um sorriso bem maroto:

— Você é novo nesse negócio?

— É... Hoje é meu primeiro dia, mas não gostei não. Acho até que vai ser o último também.

— Vamos lá... sem conversa — resmungou o carcereiro —, e não encosta muito na grade do corró. Esse vagabundo tem fama de matador. Quando for transferido para a penitenciária vai mudar: com essa carinha de moça, vai virar mulher de bandido. — Deu uma pancada na grade com o cassetete, saiu rindo, debochadamente, como se tivesse dito uma grande piada, e se afastou. Aproveitou a deixa e sussurrou:

— Vai ser hoje às três. — Diogo só balançou a cabeça, demonstrando que entendera.

Algumas horas mais tarde, depois de desfazer-se daquele uniforme e pagar o entregador de marmitas, encontrou-se novamente com o Padre que, impaciente, foi logo lhe perguntando:

— Como foi lá, gravou tudo na memória?

— Beleza... Adivinha quem entrou na delegacia enquanto servíamos as marmitas?

— Eu o vi chegar, conversou com ele?

— Consegui dizer a ele que será hoje às três da madrugada. Creio que entendeu a mensagem, pois acenou com a cabeça.

— Vamos voltar lá para o esconderijo e nos prepararmos. É importante rever nossa estratégia, nada poderá dar errado, faremos o trabalho todo milimetrado.

Rose chegou no esconderijo a fim de os encontrar com bastante antecedência e já toda produzida: peruca morena, lentes de contato verdes, saia longa, com um enorme casaco por sobre os ombros. Pareceu-lhe linda. Pensou em falar-lhe alguma coisa, lembrar os velhos tempos, os momentos felizes que passaram juntos. Mas!... só ficou admirando-a calado.

— Que foi, Magrão, está me estranhando?

— Não! Estou achando-a linda, aliás como sempre.

— Obrigada... Vim com essa roupa porque é perfeita para camuflar as armas junto ao corpo sem ser notada.

— Tá legal... — disse o Padre, ao sair de um dos quartos. — Trouxe alguma coisa de comer, maninha?

— Trouxe... mamãe fez frango e mandou pra você, do jeito que gosta.

— Comentou com ela alguma coisa sobre nossos planos?

— Não... não disse nada a ela. A única pessoa que tem conhecimento é a Cléu, mas se mantém calada.

Comeram tranquilamente, sem pressa, podiam se dar a esse luxo, o tempo estava tramando a seu favor. A seguir começaram a enfaixar as pernas, um braço e a cabeça do Padre, de acordo com o que haviam programado. Jogaram um produto chamado thimerosal, usado para curativos, na cor vermelha, por sobre as gazes, ficou perfeito. À noite ninguém notaria que aquilo era um disfarce, fizeram um trabalho de mestre.

Quando se aproximava do horário que haviam previsto para a ação de resgate junto à delegacia, entraram na Van, seguiram para o local. Estavam tão calmos e confiantes que nem parecia que iriam enfrentar uma aventura extremamente perigosa, em que poderiam ser mortos ou presos, não se preocuparam se haveria tiroteio ou não. Seguiram calados, cada um perdido em seus pensamentos, tudo já estava devidamente planejado, reestudado, conferido, nada iria dar errado. Permanecia viva na sua memória as palavras do seu amigo. Ao entrarem no veículo, dissera ele:

— Quando estava no seminário; o professor de história sempre repetia a mesma coisa: "Senhores... como dizia Júlio César, grande imperador romano, 'A sorte está lançada'".

Pensando nisso, batia exatamente três e quinze da madrugada, quando estacionaram diante da delegacia. Rose desceu da Van, contornou pela frente, abriu a porta lateral. Isto tudo sob o olhar vigilante do PM, prostrado atrás da porta de vidro. Ela fez sinal ao guarda que viesse ajudá-la, mas de forma indolente e preguiçosa ele abriu a porta e disse:

— Sinto muito, dona, mas não posso abandonar o posto.

— Queremos fazer uma ocorrência, meu marido está ferido, sofreu um acidente. O senhor não pode me ajudar?

— Isso é hora, dona? — bradou ele balançando a cabeça negativamente.

Quando se aproximou para ajudar, Magrão, saiu de dentro da perua e rendeu o camarada, encostando a pistola em seus rins e disse:

— Qualquer movimento em falso, eu te encho de balas, meu chapa. Portanto, venha conosco de bico fechado.

Ao se aproximarem do balcão de atendimento, ele disse em tom de ordem irrefutável:

— Chama o delegado e o outro policial que estão lá dentro.

Os dois entraram na sala esfregando os olhos, com uma aparência horrível, demonstrando total descontentamento, resmungando, alheios aos fatos que estavam ocorrendo:

— Que é que está acontecendo aqui? — Olhou em direção ao Padre todo manchado de vermelho, imitando a sangue: — Que houve com o cara, dona? Por que não levou pro hospital?

Empurrou o guarda que estava à sua frente, com a arma pressionando suas costas. Até então, mantinha-se escondido. Sacou a metralhadora debaixo do casaco da Rose, em uma das mãos empunhava a pistola, com a outra apontou para eles, que levaram um susto tão grande que quase caíram desmaiados.

— O que é isso, cara, tá louco? — gritou o delegado, tremendo de medo, deve ter pensado: "chegou minha hora".

— Fiquem quietos, coloquem a mão na cabeça. Qualquer movimento encho vocês três de chumbo.

O delegado continuava trêmulo, estava tão pálido e com tanto medo que, com o choque, mal conseguia parar em pé, obedeceu imediatamente. Enquanto isso o Padre se desvencilhava das ataduras, acabando com o disfarce. Sacou sua pistola, pegou uma granada de mão, das que trouxera dentro da camisa, e falou firme com a voz empostada:

— Muito bem, pessoal, isso não é uma brincadeira, nem uma representação teatral, é uma operação de resgate. Só pretendemos libertar nossos amigos que estão engaiolados na sua delegacia. Portanto, chama o carcereiro.

— Pode deixar que eu vou até lá, só segura esses caras por aqui.

O Padre olhou em direção a Rose, fez um aceno:

— Vai com ele, pode precisar de ajuda.

Desceram as escadas que davam acesso às celas, encostou a metralhadora na cabeça do carcereiro que estava dormindo tranquilo, sem nunca imaginar o que estava se passando. Deu-lhe um chute no estômago, gritando:

— Levanta, vagabundo, vamos trabalhar. Cadê as chaves das celas? Rápido, cara! não temos o tempo todo não!

— Quem é você? — perguntou gaguejando, depois de respirar fundo para buscar um pouco mais de ar com as mãos sobre a barriga, ainda se contorcendo de dor.

— Hoje eu sou o seu carcereiro. Que achou do chute? É bom tomar o mesmo remédio que aplica nos presos indefesos, não é?

Rose pegou as chaves que estavam penduradas em um armário de madeira, ele puxou o elemento pelo colarinho, com muita agressividade, empurrou-o de encontro às grades.

— Vamos, abre as portas, rápido, todas elas.

Virou para Rose sem dizer nomes e perguntou a ela:

— As armas estão aí com você?

— Estão... e todas carregadas. — Imediatamente foi abrindo a bolsa a tiracolo, retirando as armas.

— Vê quem quer fugir e entrega um revólver para cada um.

Sem se dirigir a nenhum preso em particular, trancaram o carcereiro no corró e subiram. Todos quiseram fugir. Retornaram à sala do delegado, em tom de gozação, perguntou:

— E aí, mano, se comportaram bem essas crianças?

— São uns anjos... — respondeu-lhe o Padre.

— Como foi lá embaixo, cadê nosso camarada?

— Sem problemas, nosso amigo está coordenando as fugas. Está colocando os homens estrategicamente na espreita, para que não haja surpresas. É a retribuição pelo favor que prestamos aos meninos. Já estão todos soltos, felizes como passarinhos quando fogem da gaiola.

— Vai matá-los? — perguntou ao companheiro indicando os policiais com a cabeça.

— Não!... Vamos amarrar esses cornos e dar o fora. A humilhação que vão sofrer é pior que a morte e não haverá repercussão.

Pegaram alguns rolos de fita adesiva, enrolaram em volta de cada um e ainda algemaram braços e pernas. Puxaram-nos para trás das mesas e saíram sem fazer alarde. Diogo os esperava do outro lado da rua, chamou-o.

— Ei! vai ficar aí parado até quando? Vem, entra, este é nosso carro.

Alguns presos que libertaram se aproximaram:

— E aí, cara, pode dar uma carona pra gente?

— Sem chance — respondeu —, já demos a liberdade. Agora é com vocês.

— Não temos para onde ir!

— Voltem para as celas...

Rose deu partida na perua e deixaram o local rapidamente. Puxou Diogo para junto do seu peito, num abraço forte e carinhoso.

— Achou que iríamos deixá-lo nessa roubada, meu irmão?

— Certamente que não. Só não imaginava que pudesse ser tão fácil. — E soltou uma sonora gargalhada.

— Fácil... Olha a do cara! — respondeu indignado o Padre. — Viemos da puta que pariu, arquitetamos e planejamos minuciosamente esta operação, arriscamos nossa pele, e o cara diz: só não imaginava que fosse tão fácil, com a maior cara de pau. Coisa de cinema, meu irmão, obra-prima, uma verdadeira produção cinematográfica. Invadimos uma delegacia, libertamos uma porrada de presos, sem ter que dar um tiro, sem matar nenhum tira, sem um arranhão. E o pior! não posso levar os créditos dessa superprodução, teremos que passar despercebidos.

— Que é, meu! quer que eu coloque nos jornais, televisão? Vai ter que se contentar com meu muito obrigado. Agora... só não entendo por que vocês distribuíram armas entre os outros presos — contestou o Diogo.

— Para confundi-los e para que não ligassem você ao fato. Ficarão em dúvida se viemos libertar você ou se viemos libertar os outros presos, além do que estamos somente em três. Se houvesse resistência, os outros teriam como ajudar.

— Legal... Magrão, bem pensado.

— Mais tarde... quando divulgarem o ocorrido pela televisão, ficaremos sabendo realmente se foi legal. Se a operação deixou sequelas.

CAPÍTULO SEXTO

TRÊS ALMAS: UM DESTINO

— Mais uma vez estamos juntos, nós três. Tenho a impressão que começamos juntos e vamos acabar juntos, fazemos uma bela parceria. O que você me diz, Padre?

Perguntava essas coisas só para puxar assunto, enquanto descarregavam as bagagens do carro da Aline, que, mais uma vez, fez o favor de os apanhar na rodoviária, eram coisas que trouxeram de São Paulo e levavam para dentro da casa, inclusive as armas que havia dito que não iria dispensar.

— O que acho?... — respondeu o Padre, como se falando para si mesmo. — Acho uma tremenda besteira, como vou saber? Nem havia pensado nisso, por que me perguntou?

— Por quê?... porque queria testar seu bom humor, ver se já tinha voltado ao normal. Você sempre tem uma resposta pra tudo, mesmo para aquelas que não são dirigidas a você. Quando não tem uma resposta convincente, tem uma frase filosófica tirada do baú caipira, tipo meu pai dizia, minha avó falava, e assim por diante.

— Quanta bobagem; só sei que, com toda nossa correria, nem tempo tivemos de saber do resultado da operação cinematográfica, produzida pelo cineasta Padre — comentou o Diogo. — Nem pude despedir da família, das namoradas.

— É verdade, estava tão curioso! Queria muito ver a cara de babaca daquele delegado, saber que desculpa vai dar.

— Eu assisti a reportagem na televisão — falou-lhes Aline.

— Verdade?! E o que foi que disseram? Conta... — perguntaram praticamente os três juntos.

— Pouca coisa, só falaram da ousadia de dois homens e uma mulher, que, fortemente armados, entraram na delegacia usando disfarces e renderam os guardas, o delegado e libertaram todos os presos das celas. Alguns presos já foram recapturados, acreditam que seja mais uma ação do crime organizado, pelo armamento apresentado tiveram apoio de traficantes internacionais. Não divulgaram nomes.

— Valeu!... parece que funcionou, não fizeram nenhuma ligação nossa com o fato.

— Essa notícia boa e esse clima quente daqui desta cidade me deram fome. Onde iremos comer?

— Vamos comemorar! Aqui podemos andar livremente, pelo menos por enquanto — respondeu ao Diogo. — Gostei muito da cidade, achei o estado muito bonito, mas não vi nenhuma cidade grande de movimento, pelo menos neste trajeto que fizemos de São Paulo até aqui!

— É!... As cidades daqui parecem pequenas — respondeu o Magrão —, mas os municípios são bastante extensos, e os bancos sempre terão dinheiro suficiente para compensar uma ação, e para seu conhecimento eu e o Padre já andamos por várias regiões, estamos bem informados do potencial do estado. E mais! como iremos recomeçar, temos que ir devagar, começar por baixo, depois de dominar devidamente a região e nos programar adequadamente. Passaremos a atuar em todo o Mercosul, pois agora está na moda.

— Como assim, Magrão?

Perguntou o Padre, voltando-se bruscamente com um certo ar de espanto, como quem não tinha entendido a colocação. Sempre era ele que soltava as novidades bombásticas e as melhores ideias

— Ora, bolas... É simples. Podemos roubar bancos até nos países vizinhos: Bolívia, Paraguai. Só a Argentina e o Uruguai é que ficam um pouco mais longe, o resto é aí mesmo encostado, um pulinho. Com essa nova política de integração comercial, estaremos com as fronteiras abertas.

— Magrão! pelo amor de Deus, fecha essa boca e não fala mais besteira. Eu sou tão imbecil que ouço estas bobagens e acabo comprando a ideia. Pode parar... Mercosul! Essa é muito boa! Me diz uma coisa, Magrão... que tipo de grana rola nestes bancos?

— Dólar... e certamente o Real. Rola mais dinheiro brasileiro e americano que a própria moeda deles. Por que pergunta? Pensei que não tinha gostado da ideia. Que é, interessou-se pela besteira?

— Nunca roubamos dólar, de bancos, isso dá um tremendo status, ladrões de dólar! É... não foi má ideia, vamos pensar nisso. Sabe de uma coisa, Magrão, é a segunda vez que vejo você ter um lance de inteligência. À medida que você vai ficando mais velho, vai evoluindo. Parabéns.

— E eu... que saio da cadeia com fome, sem dinheiro, um monte de dias sem ver mulher, desesperado: venho cair no meio de dois malucos.

Gente! Vamos pôr a cabeça no lugar. Parem com estes devaneios. Por falar em Bolívia, vocês me fizeram lembrar um filme que assisti há muito tempo de dois pistoleiros americanos, ladrões de banco, depois de uma perseguição ferrada fugiram para a América do Sul e morreram cercados pelo exército boliviano.

— Que hora de lembrar essas coisas, Diogo? Não dá pra lembrar filmes com finais felizes? Vamos jantar antes que eu perca a fome. — Saiu resmungando o Padre, balançando a cabeça negativamente.

Enquanto jantavam, Diogo voltou-se para o Magrão e perguntou:

— O que iremos fazer a partir de amanhã? Não podemos ficar dentro de casa os três juntos sem fazer nada, creio que chama muito a atenção, mesmo sem sermos conhecidos na cidade.

— Não faremos nada amanhã — antecipou-se o Padre. Mas não vamos ficar confinados dentro de casa, iremos os três passear pela cidade, conhecer cada bairro, cada rua, e todas as saídas, enfim, conhecer Campo Grande e as possíveis rotas de fuga. Em seguida cada um de nós deverá ir para uma região do estado: o Magrão viaja para a região de Dourados, eu para a região de Três Lagoas, o Diogo para Corumbá. Chegando em cada cidade nos registraremos no hotel como compradores de boi, viajantes ou vendedores de alguma coisa. Procuramos descobrir tudo que nos interessa, procurar fazer um estudo minucioso, quantas agências bancárias e quais são, quantos policiais fazem parte do efetivo da cidade, melhor estrada para se fugir, o melhor dia. Enfim, coletar todos os dados necessários para que, num possível assalto, nada venha a dar errado. O que acham?

— Por mim, tudo bem — respondeu. — Só que vou levar Aline comigo.

— Sem problema, chama menos a atenção viajando o casal junto. Quem iria imaginar qual seria a intenção, senão a de um casal de turistas passeando, para se divertir.

— Eu concordo — falou de imediato Diogo. — Não duvidam que para mim vai ser realmente um passeio. Nunca estive por estas bandas e já ouvi falar em demasia das belezas que nos oferecem estes lugares. Vou juntar o útil ao agradável. É uma boa ideia.

— E o novo amigo que arranjaram? O cantor!

— Quando precisar dele, a gente chama. Mais tarde vamos lhe apresentar a figura, podemos cumprimentá-lo no bar Seresta, amanhã descansamos.

Fizeram o que combinaram: passaram o dia todo na cidade e, em seguida, viajaram e só tornaram a se encontrar no dia 25, em casa:

— Vamos agora analisar o trabalho de cada um — enfatizou o amigo Padre. — Escolheremos o que no parecer melhor. Faremos um único assalto e encerramos este ano, com dinheiro no bolso podemos descansar e refazer nossas energias, voltaremos a fazer algum novo trabalho a partir de janeiro de 97, o que me dizem sobre isso?

Foram unânimes. Todos concordaram, balançando a cabeça ao mesmo tempo, tinha sido um ano difícil. Aliás, não se lembrava de quando foi que haviam tido um ano fácil. Estava aí um bom tema para reflexão. Estavam tão envolvidos com o crime, que em seus pensamentos nada mais era cabível, quando não estavam bolando um assalto, estavam pensando como seria bom poder roubar este ou aquele estabelecimento ou banco, ou então empenhados em tirar um ou outro da cadeia, como haviam acabado de fazer com Diogo.

Nenhum deles tinha o direito de sonhar com coisas diferentes, seus objetivos estavam voltados unicamente para o crime. Aos poucos foram se envolvendo naquela teia de ilegalidades, e a cada dia ficavam mais e mais enrolados, a ponto de se sufocarem. Com isso não percebiam até que ponto ou o tamanho e a profundidade do abismo escuro a que se lançaram. Não tinham mais tempo ou disposição para reflexão, estavam tão envolvidos por essa trama, que perderam as suas próprias identidades, já confundiam o ladrão e o cidadão, transformaram o roubo em profissão. Lembrou a conversa com sua mãe no cemitério. Sua profecia estava se realizando.

Logo que entraram em casa, foi direto ao telefone, discou primeiro para a casa de sua tia. Assim que ela atendeu, percebeu algo de diferente, sua voz lhe pareceu tensa, nervosa. Teve um pressentimento estranho. Sentiu um mal-estar repentino, e antes que ele falasse alguma coisa, como que adivinhasse quem seria, ela perguntou de forma muito objetiva:

— Está em casa? Te ligo de volta em cinco minutos. No momento estou ocupada.

Desligou o telefone suavemente, ficou um pouco pensativo, em silêncio. O Padre percebeu seu constrangimento e perguntou:

— Algum problema?

— Creio que sim, minha tia pediu-me cinco minutos para retornar a ligação. Nem esperou que me identificasse, como se estivesse algum intruso por perto, ou o telefone estivesse grampeado. Certamente deve ter ido a um telefone público.

Diogo que ouvia aquele diálogo a certa distância, já correu pra perto do telefone e disse:

— Vou ligar em casa!

— Calma! Vamos esperar minha tia, em seguida cada um faz a sua ligação, acho bom que você ligue no telefone do vizinho de seu pai, como eu fazia quando você esteve preso.

Não demorou nem os cinco minutos que havia lhe pedido, o telefone chamou: Rapidamente pegou o fone e, sem esperar, foi perguntando:

— Algum problema?

— Vim ligar do orelhão porque acho que nossos telefones estão grampeados. Nem queira saber o tamanho do problema.

— Eu quero saber sim! Fala logo.

— A polícia esteve vasculhando aqui na casa de sua mãe e na casa do Padre, e logicamente na casa do Diogo. Na casa de sua mãe aprontaram uma barbaridade: foram entrando com violência, iam derrubando tudo, jogando os móveis pelo chão numa verdadeira algazarra, perguntando por você e pelos outros. Agrediram seus irmãos, para forçarem eles a contar onde estão escondidos. Vieram aqui em casa, revistaram tudo e em seguida nos levaram para a delegacia. Por sorte, quando eles entraram aqui em casa, a Rose percebeu o movimento e imediatamente ligou para o advogado, que chegou logo em seguida ao sermos jogados praticamente para dentro da sala do delegado. Tenho a impressão que iam nos torturar a todos, até dizermos onde estão. Na presença do advogado eles maneiraram. O delegado de São Paulo estava louco de raiva, gritava de forma histérica, ficou tão furioso que ameaçou matar um por um. Mas ficou por isso mesmo. Demos nosso depoimento, todos dissemos que não sabíamos de nada e tampouco onde estavam escondidos, nos liberaram em seguida.

— E minha mãe, como está?

— Arrasada, como não poderia ser diferente, mas vai superar, fica tranquilo.

— E vocês chegaram bem?

— Chegamos e estávamos bem até agora, essa notícia é de arrasar qualquer cristão, mas creio que também vamos superar. Acho que nem adianta pedir desculpas, não é mesmo?

— Se cuidem — soluçou baixinho e desligou.

Estavam os três com os ouvidos grudados ao telefone, afastaram juntos as cabeças, pensativos, quietos, sentindo um enorme complexo de culpa: colocaram suas famílias numa situação vexatória, impuseram a elas uma humilhação enorme:

— A que ponto chegamos? — disse, pensando alto.

Sentou-se no sofá que ficava no canto da sala, completamente abatido. Aline aproximou-se, passou o braço sobre seus ombros, enlaçou-o carinhosamente:

— São os ossos do ofício, meu amor. Sabemos que não é nada fácil, a gente nunca deseja o mal para as pessoas que gostamos. Pelo que sei você os tirou da miséria absoluta, eles precisam dar suas cotas de sacrifício e superar esses problemas que porventura possam surgir.

— É!... pensar assim fica mais cômodo. Mas não serve de consolo. Acho conveniente que não liguem direto para suas casas. Minha tia tem razão: do jeito que humilhamos o delegado, ele fará qualquer coisa para nos apanhar ou pelo menos para descobrir nosso paradeiro. Não tenham dúvida, os nossos telefones estarão todos grampeados em São Paulo.

— Meu celular é de São Paulo — falou o Padre. — Podemos usá-lo sem que descubram nosso paradeiro. Preciso saber como está minha mãe!

Havia se esquecido do celular, ainda não tinha se acostumado com essa nova tecnologia.

Os dois ligaram logo em seguida e a resposta foi a mesma: invasão de domicílio, agressão física. Mas apesar de toda pressão, preservaram o esconderijo, a polícia continuava sem saber onde os encontrar.

Toda aquela confusão e o constrangimento que, por culpa de seus atos, seus familiares tiveram que passar os deixaram com o moral tão abatido que, consternados, decidiram nem sair de casa, ficaram assistindo televisão, ouvindo música, ou simplesmente conversando, até que o cansaço os derrubou e dormiram.

Por dois dias rodaram por Campo Grande, conhecendo melhor a cidade, no terceiro dia rumaram para as novas praças, durante o final do mês de novembro. Já tinham coletado informações suficientes para fazerem uma escolha de seus futuros alvos, sabiam tudo sobre as regiões que visitaram: principais rodovias, melhores cidades, o que era produzido no setor, se era agricultura, pecuária ou turismo, e qual a agência bancária de melhor movimento, os dias mais propícios para o assalto. Enfim, nada foi deixado para trás. O primeiro a chegar foi o Padre, em seguida apresentou-se o Diogo e logo depois chegou o Magrão e Aline.

Colocaram sobre a mesa suas anotações e, após os cumprimentos, teceram alguns comentários sobre a viagem e de forma bem objetiva foram escolher qual seria o primeiro alvo. Logo após cada qual apresentar seus argumentos, virou-se o Padre:

— Posso dar minha sugestão?

— Claro... é tudo com você.

— Três Lagoas, divisa com São Paulo.

— É uma boa cidade, soube que é uma das maiores do estado. Mas o que o motivou tanto?

— Com relação a valores, todas estão no mesmo nível. Porém, assaltamos o banco de lá e fugimos para o interior de São Paulo. Dirigimo-nos até Ilha Solteira, dividimos a grana e nos escondemos em alguma cidade daquela área, até o Natal. Daremos uma de turistas, é uma região de grandes lagos, onde estimulam o turismo de pesca. Alugamos um rancho ou uma chácara de lazer nas imediações de um daqueles lagos, dos tantos que existem ali naquela fronteira, vamos dar uma de pescadores, arrumamos uma forma de trazermos nossas famílias para passar o Natal com a gente. O que acham da sugestão?

O Diogo achou interessante, aprovou a ideia imediatamente. Magrão permaneceu pensando por alguns momentos sem manifestar-se. Sentiu uma melancolia, até um abatimento. O Padre olhou-o incisivo:

— Que acha, Magrão, não aprova a ideia?

— Eu topo, concordo com tudo, só que não acredito que meus parentes venham. Essa coisa me deixou um pouco triste, só isto.

— Mas... você fica conosco, caso isto se confirme?

— Sem dúvida.

— Pelo plano que bolei, vamos precisar do cantor.

— Por mim, está bem. Mas, se for possível trabalharmos sem ele, eu prefiro. O cara não me inspira confiança

— Sabe, Diogo, também não morro de amores pelo sujeito. Acontece que bolei um plano de fuga que vai precisar de mais um elemento para que dirija um caminhão de mudanças, para atravessarmos a barragem da usina hidroelétrica e os postos policiais da fronteira sem que nos perturbem. Pelo que sei a seu respeito, em uma conversa de dias atrás, ele é daquelas bandas, conhece muita gente por lá. Nos será útil, pode crer.

— Vamos nessa —, respondeu ele, sem mais contestação.

Chegaram na cidade de Três Lagoas, já surgiam as primeiras estrelas no céu. Com o cair da noite, as luzes da cidade tomavam vida, até as árvores dos jardins estavam enfeitadas com lâmpadas coloridas anunciando a chegada do Natal, já bem próximo. Nesta época as pessoas parecem imbuir-se de um novo espírito, tudo é motivo de riso, a felicidade parece eclodir de dentro de cada um. Ele nem lembrava mais de como era passar o Natal em família, fazia muito tempo. Mas o que fazer? Tinha que se conformar, escolheu aquilo para sua vida. Sentiu a boca um tanto amarga, aquele vazio profundo brotar no peito, uma mágoa aflorando, invejou aquela gente que corria apressada em busca do aconchego do lar. Sentiu os olhos arderem, quando Diogo, que parecia adivinhar seus pensamentos, bateu em seus ombros de leve:

— Saudades de casa, mano?

— Adivinhou, cara, pelo brilho dos seus olhos acho que sente o mesmo, ou é cansaço?

— Não dá pra disfarçar, meu amigo. Às vezes chego a pensar se esse é o melhor caminho. Estamos numa encruzilhada, e as duas estradas nos levam ao mesmo lugar. Fizemos de nossa vida uma guerra sem limites, onde o pior inimigo somos nós mesmos, nossa consciência.

— Aprendendo a filosofar, Diogo? — perguntou o Padre num tom bem debochado, procurando eliminar aquela emoção que se formava. — Acho melhor começar a ficar mais distante do Magrão, ele já vive sonhando, agora você com essa filosofia desencontrada. Você não é disso, cara, tem que pensar positivo, somos o que decidimos ser, fizemos nossas escolhas e vamos encarar essa guerra como vitoriosos. Não abaixa a cabeça não, nunca se deixa abater, que aí é o fim.

— Foi só um descuido, já passou, retornei à realidade, fica frio. Para onde está nos levando?

— Vamos para o hotel, de lá ligamos para o cantor que está nos aguardando na casa da irmã. Creio que já deve estar com o caminhão de mudanças pronto pra viajar.

— Até o momento não entendi bem, essa do caminhão de mudanças, quem sabe amanhã, depois do assalto, quando entrarmos na carroceria eu compreenda — ia resmungando o Diogo.

— Alguma vez meus planos deram errado?

— Até agora, não.

— Então fica frio e vai por mim.

Quando da vinda do Padre a Três Lagoas, realizou um trabalho minucioso, estudou a rotina e o comportamento do gerente do banco, tudo nos mínimos detalhes, sabiam que ele nunca chegava antes nem após as nove horas. Mas, por via das dúvidas, tomaram o cuidado de verificar se já havia deixado sua casa antes do horário que era acostumado, naquele dia. Estava mantendo a rotina de sempre, o que facilitou. Estacionaram nas imediações da agência e aguardaram.

O Padre retirou de uma sacola de viagem um uniforme idêntico ao do segurança que prestava serviço na instituição bancária que haviam escolhido. Vestiu-o com toda calma, essa por sinal era uma de suas qualidades. Perguntou a ele onde tinha conseguido o uniforme.

— Mandei fazer — respondeu ele, sem fornecer mais detalhes.

Ficou na dele sem mais perguntas, só aguardando os acontecimentos. Quando o gerente estacionou seu carro e já se dirigia ao banco, o Padre imediatamente encostou-se nele. Foi caminhando ao seu lado.

— Bom dia, senhor Clóvis, sou o novo segurança, me pediram para acompanhá-lo quando chegasse, para substituir o outro agente.

— Bom dia! Tá... Tudo bem, vamos lá então.

— Não quer ver os documentos?

— Não! Costumo conhecer as pessoas só no olhar. Chegando lá dentro, você me mostra.

— Legal... então vamos.

— Que cara de pau, se fosse eu estava me borrando todo — comentou o Diogo ao ver tamanha calma.

— Frio como uma cobra — confirmou. — Vamos esperá-los na porta da agência. Assim que ele der o sinal, entramos e rendemos a todos.

Estavam tão perto que lhes foi possível ouvir não só o diálogo entre o Padre e o gerente, como também a respiração ofegante do pobre diabo. As últimas palavras que ouviram por sinal foram as ditas pelo companheiro, que já estava com a pistola pressionando os rins do homem:

— Assim que você abrir a porta, faz um sinal para aqueles dois rapazes, chamando-os para entrarem, não tenta bancar o herói nem ser o salvador da pátria. Sua família e sua vida valem muito mais que o dinheiro que vai nos entregar numa boa. Portanto, se comporta e tudo vai dar certo.

O coitado, achando que sua família estava refém de algum assaltante, balançou a cabeça concordando, já estava a ponto de chorar. Enquanto o guarda abria a porta, uma senhora funcionária deu uma corridinha os alcançando, tentando com isso aproveitar que a porta já estava aberta.

— Com licença, bom dia! Posso aproveitar a carona? Tudo bem, Senhor Clóvis?

Aproveitou a inesperada intervenção da rechonchuda senhora e a distração geral, enquadrou o guarda da agência, sem ao menos dar a ele tempo de perguntar quem era o colega que chegava fardado igual a ele.

O Padre empurrou a funcionária com tanta violência, fazendo-a ir esborrachar no chão liso do prédio. Nunca imaginou que uma gordinha como ela pudesse ser tão ágil, ficou tão assustada que caiu e levantou-se tão rápido que parecia uma atleta. Precisou com esforço conter o riso. Neste momento o Diogo intimou os funcionários presentes, com uma voz dura que ecoou por todo salão e fez todos estremecerem,

— Muito bem, pessoal, já perceberam que isto é um assalto, portanto nada de tentar fazer graça. Vamos juntar todos aqui na gerência. Quem tem a chave do cofre? Depressa... depressa.

— Aquela senhora — respondeu o gerente gaguejando, quase soluçando.

— Pega lá, Padre, estamos demorando muito.

— Meu Deus! Você é Padre?! — perguntou a mulher cheia de espanto.

— Podemos dizer que faço dessa minha atividade um sacerdócio, minha senhora.

— Não entendi! — balbuciou ela.

— Não é para entender mesmo, passa essa chave logo antes que tenha que lhe aplicar a extrema-unção, vai lá, mano, com a piedosa senhora e alivia essa gente do pecado da usura, limpa o cofre e vê se tem mais grana nas gavetas dos caixas.

— Mete todos no banheiro, tranca. E você, gerente, vem comigo, vamos ver se achamos mais algumas coisas de valor.

— O cofre é programado, tem hora para ser aberto.

— Se for programado, nós desprogramamos, temos experiência, ou, se for preciso, explodimos o cofre e sua cabeça juntos.

Terminaram o serviço, trancaram o gerente e a funcionária gorda, junto aos outros no banheiro, e já estavam de saída, quando encostou uma viatura da polícia em frente ao banco. Puxou o Padre pelos ombros e disse-lhe.

— Sujou!

— Peguem a sacola de dinheiro, vou na frente, estou de farda. Vou tentar confundi-los, eu abro a porta, cumprimento os homens, você sai por trás de mim e metralha os caras. Enche esses putos de chumbo.

O Padre abriu a porta, cumprimentou os policiais todo sorridente:

— Bom dia, pessoal, o que manda?

— Está acontecendo alguma coisa aí dentro? Recebemos uma denúncia — perguntou desconfiado, já com a mão sobre o coldre do revólver. O outro companheiro desceu da viatura e se protegeu atrás do carro.

— Não... nada de especial. Como vê, tá tudo pela ordem.

Magrão saiu de trás do Padre, e como um gato saltou para a calçada, atirando em direção ao policial. Viu bem quando ele tombou com os ombros estraçalhados por uma rajada de balas, mesmo antes de o Padre terminar a frase que tinha iniciado. Atirou contra a viatura com o intuito de inutilizá-la, evitando que pudesse persegui-los. O outro tira sequer teve coragem de levantar a cabeça de trás do carro, parece que ficou petrificado de medo. Correram os três juntos, entraram no carro, o Diogo acelerou, perguntando:

— Por onde devo seguir? Fala!

— Segue essa mesma rua até chegar na parte de terra. Lá chegando no primeiro quarteirão, entra à esquerda, o cantor vai estar nos esperando.

Entraram em uma estrada vicinal, que iria morrer na barranca do rio. Alguns metros à frente estava o caminhão F-350, tipo furgão, com o baú aberto. Encostaram o carro na traseira do caminhão, desceram, o cantor perguntou:

— E aí, como foi?

— Tudo dentro do previsto — respondeu. — Agora vamos dar o fora bem rápido.

— Tá legal... Entre aí, que eu arrumo os móveis de forma que vocês não serão vistos, se porventura nos pararem na barragem.

— Esse macacão de mecânico ficou bem em você, cantor. Melhor ainda esse boné vermelho.

— Foi sugestão do Padre. Diz ele que posto de gasolina só dá boné vermelho ou amarelo. Como eu só tinha vermelho... Bem, pessoal, vou fechar. Aqui vai ficar meio abafado, mas vale a pena.

Abandonaram o carro do assalto e seguiram dentro daquele baú que mais parecia um forno ambulante. Já atravessavam a barragem, alguém perguntou:

— Cadê a nota fiscal, meu amigo?

— É mudança, seu fiscal, isso aí não tem nota não. É só traste velho.

— Abre lá, vamos dar uma olhada.

Ficaram lívidos, pararam até de respirar, com as armas preparadas, se houvesse necessidade. A porta abriu, entrou um vento fresco. Foi até um alívio, a luz do sol penetrava por entre os móveis velhos cheirando mofo. Ficou imaginando onde o cantor teria arrumado tanta porcaria? O mais importante é que a notícia do assalto, por sorte, ainda não havia chegado até ali, senão a checagem seria mais rigorosa. Seu coração até diminuiu o ritmo, quando o fiscal da fronteira falou alto, dando um tapa na lataria:

— Tá tudo bem, fecha essa bagulheira e boa viagem.

— Obrigado, seu fiscal.

Bateu a porta, produzindo aquele som metálico, voltando a escurecer tudo lá dentro. Deram uma chacoalhada junto com a carroceria do caminhão na hora da partida e seguiram adiante.

Já tinham se afastado uma boa distância dentro do estado de São Paulo, em direção à cidade chamada Ilha Solteira. Já não suportavam mais, tiveram que bater na cabine do cantor e fazê-lo parar: aquele mofo, impregnado nos móveis velhos, estava causando alergia no Diogo; estava sufocando, não conseguia respirar, parecia que tudo estava entupido do nariz ao pulmão. Saíram um pouco, respiraram um ar mais puro, colocaram o Diogo ao lado do cantor na frente e tocaram novamente até a cidade.

Estacionaram o caminhão a uma certa distância do hotel, acabaram por chegar à pé. Entraram, os apartamentos já estavam reservados e o cantor tinha anteriormente providenciado um carro que estava os esperando na garagem. Ali mesmo fizeram a divisão do dinheiro roubado, Diogo já se sentia melhor da crise alérgica, voltou-se para o Padre:

— É, meu amigo, apesar do susto, parece que até agora está tudo muito bom. Foi bem bolado, parabéns!

— Obrigado... mas pode crer, em tudo tem que haver organização, já tive oportunidade de comentar isso algumas vezes e é por isso que chamam de crime organizado. Só não estava no programa aqueles dois guardas imbecis surgirem na porta do banco, na hora errada.

— Pintou polícia na hora do assalto? — perguntou o cantor espantado. Até então não tinham comentado o incidente.

— Não se preocupa, não deram trabalho. O Magrão encheu um de chumbo, o outro sumiu, deve estar até agora correndo.

— Mataram o policial?

— Não fiquei lá pra verificar, mas talvez você descubra quando voltar.

— Esse é que é o problema, conheço todo mundo da polícia naquela cidade, meu irmão foi policial.

— Me liga informando se o cara morreu. Vou fazer umas preces em louvor a sua alma. — Deu uma boa gargalhada, enquanto pegava uma toalha e dirigia-se ao banheiro:

— Bem, meus amigos, vou tomar um banho e dormir até a hora do almoço. Agradeço se derem o fora e me deixarem descansar. Isto se não quiserem fazer o mesmo.

Logo que o cantor se afastou, acharam melhor deixá-lo desinformado de seus propósitos. Perguntou ao Padre sobre o rancho na beira da lagoa, a resposta foi que já estava tudo acertado, alugara um belo recanto com boa casa, piscina, enfim, todo conforto.

— E aí, vai ficar com a gente?

— Creio que não, vou voltar para Campo Grande. Meu pessoal não virá, da última vez que liguei em casa fiquei sabendo que meu irmão do meio ia se casar, realmente não poderão vir.

— Você vai ao casamento?

— Não fui convidado. Nem que fosse, você sabe que seria muito arriscado.

Passado o tempo, dia 8 de janeiro de 1997 estavam sentados no sofá da sala, Aline com a cabeça em seu colo. Conversavam algumas banalidades, descontraídos. Quando bateram à porta, assustado, afastou-se para trás da porta da cozinha, pediu a Aline que abrisse a porta. Entraram quase que praticamente juntos o Padre e o Diogo, pararam mais assustados do que ele quando o viram com a arma na mão.

— Por que isso, meu irmão, tá com medo de quê?

— Bobagens, acho que estou ficando psicótico, neurótico, sei lá. O cantor vez ou outra sai com uma garota que trabalha na polícia e ela lhe disse que um delegado de São Paulo pediu informações sobre nós. Essa história deixou-me um pouco apreensivo.

— Isso iria acabar acontecendo — disse o Padre. — Não esquenta não, aqui ninguém nos conhece. Mas... precaução e caldo de galinha nunca fizeram mal pra ninguém. Gosto deste ditado.

— Ninguém nos conhecia — retrucou ele. — Mandaram nossas fotografias com um dossiê a nosso respeito, vamos ter que redobrar os cuidados para não sermos reconhecidos e surpreendidos ou até presos nesta cidade.

— Calma... Não vamos sofrer por antecedência, primeiro nos conta como foi de festas?

— Passamos muito bem. E com vocês como foi? Vieram suas famílias, aproveitaram bastante?

— Aproveitamos porque arrumamos duas garotas maravilhosas. Não veio ninguém, nossas famílias querem distância de nós. Pensando bem, eles é que estão certos, nós agora passamos a ser fatores de risco, e por que se arriscarem?

Dito isso, acabaram de entrar e se dirigiram cada qual para seu quarto, aparentemente amargurados, abatidos, tão desolados que nem a presença das garotas no rancho serviu de consolo, sentiam-se abandonados pelas pessoas que achavam que seriam as últimas a desaparecerem de suas vidas. É certo que eram os únicos responsáveis pelo fato. Tiveram endurecidas suas almas, seus corações já não expressavam os mesmos sentimentos, ao longo da vida perderam muito da sensibilidade humana e só a família conseguia lhes abalar o espírito. Este era o único sentimento que permanecia forte: os laços da família.

A sociedade lhes impõe agora péssimos adjetivos: ladrões, assassinos, bandidos, enfim, tudo de ruim. Chegou a ler, certa vez, em um jornal que o delegado, em reportagem após um assalto, os classificou de psicopatas.

As coisas que preservaram em seus íntimos e que nunca se perderiam eram o amor, o respeito, o carinho aos seus familiares, ainda tinham, sim, sentimentos.

Já bem mais tarde o Padre os chamou: reuniram-se em volta da mesa, iriam começar a discutir os novos rumos para aquele novo ano. Nesse instante, chegou o cantor com um semblante carregado. Antes de cumprimentar a todos, foi logo dizendo:

— Aquele policial que o Magrão acertou na frente do banco morreu.

— Morreu!... e daí? — perguntou enfaticamente o Padre.

— Você acha que era necessário encher o cara de chumbo, ele deixou mulher e filhos.

— Era seu parente?

— Não!... Conhecia só de vista.

— Certamente você levou sua parte para a viúva? — falou em tom de deboche, sorrindo largamente o Padre.

— Não!... nem sou louco ou burro pra fazer uma coisa dessas.

— Então?

— Então o quê?

— Vai parar! Quer cair fora? — perguntou.

— Não... lógico que não, mas podemos evitar este tipo de coisa, parar de matar pessoas.

O Padre levantou-se devagar, com toda calma do mundo, sacou seu revólver da cinta, aproximou-se do cantor, encostou a arma em sua cabeça e disse a ele pausadamente.

— Vou te dar um grande conselho, não costumo fazer isso, dar conselhos, mas pra você vou dar e não vou cobrar nada: nunca mais venha com essa cara preta feia nos dizer o que devemos ou não fazer. Se não estiver contente, ou se tiver medo, caia fora já! Para começo de conversa, você entrou no nosso grupo pelas portas dos fundos. Você se convidou.

— Calma, irmão, não vai fazê-lo sujar as calças e infectar nosso ambiente. Acho que ele compreendeu bem o espírito da coisa — disse, batendo-lhe suavemente nas costas, procurando acalmá-lo.

O Padre olhou em direção ao amigo Magrão, de soslaio, voltou-se novamente para o cantor:

— Fui claro?

— Para que isso, cara?... só fiz um comentário.

— Não faça!... tá legal?

— Me diz mais uma coisa, cantor? Você está namorando uma policial? — perguntou Diogo, de forma objetiva.

— Não!... só um caso, sem compromisso; e ela não é policial, é radiotelegrafista.

— Sério? O computador ainda não chegou na polícia daqui?

— Chegou, mas a profissão é que continua existindo.

— Você deixa a gente preocupado, cara, temos a impressão que está querendo jogar nos dois lados. E isto faz mal pra saúde, sabia?

— Ei!... calma, não é nada disso que estão pensando. Eu acho que esta garota vai ser muito útil para a gente, teremos acesso fácil a toda informação que pintar na polícia. Essa última que eu trouxe não foi importante?

Levantou-se pela primeira vez, Magrão, colocou o braço por sobre os ombros do cantor, sentiu nele um leve tremor, e disse, de maneira mansa e voz macia:

— Cantor?... você percebeu. Somos uma família, eu, o Padre e o Diogo, se houver uma discussão, será como entre irmãos. podemos falar o que bem entender dar sugestão até chamar a atenção um do outro e tudo bem. Agora, você não faz parte e não pode chegar querendo impor nada pra gente, nem dizer o que é bom ou ruim, ou dizer o que devemos ou não fazer. Você deu uma vacilada feia, ninguém gostou. O ideal é você sair de mansinho e voltar outra hora, mais calmo, tá legal?

— Tá!... vou nessa. Se precisarem de mim, estarei no Seresta.

Como executivos de uma empresa bem organizada: discutiram, definiram as metas para o novo ano, traçaram minuciosamente seus objetivos.

O Padre sugeriu que o melhor seria, para a segurança do bando, que se separassem, em relação à casa, os três morando em uma casa. Logo começaria a chamar a atenção, a não ser que fosse uma república, mas eles não tinham nenhuma semelhança com estudantes, com o que concordaram prontamente. Ficou definido que o ideal seria: praticar um assalto a cada dois ou três meses em lugares diferentes e em estados diferentes.

A decisão foi unânime, concordaram que o ideal seria começarem o ano por Mato Grosso do Sul, eles roubariam um banco e dariam o fora. Passariam o Carnaval longe dali, cada qual por seu lado, e marcariam se encontrarem novamente em março, por enquanto naquele mesmo local, quando seriam programados novos trabalhos.

Logo após o assalto a uma agência bancária do Bradesco em uma pequena cidade chamada Águas Claras, Magrão voltou a Campo Grande, pegou a Aline e foram para o Rio de Janeiro, se instalaram como turistas do Mato Grosso do Sul e passaram uma temporada até o Carnaval. Para ele foi maravilhoso, parecia uma criança que começa a dar os primeiros passos, quando começa a descobrir o mundo. Tudo era novidade, o carnaval, as escolas de samba, as praias sempre cheias de gente do mundo todo, o Cristo Redentor, o Corcovado e Pão de Açúcar, foram até assistir a uma partida de futebol no Maracanã, nunca havia entrado em um campo de futebol, procurou aproveitar cada minuto daquele passeio. Aline, como tinha mais experiência, lhe serviu de guia. No dia de vir embora, virou-se para ela e disse:

— Tem horas que o crime compensa, jamais poderia passar momentos tão felizes como estes se não fosse roubando. Se tivesse trabalhando honestamente, não conseguiria nem pagar o ônibus de São Paulo ao Rio. Aliás jamais teria te conhecido. É provável que ainda estivesse morando naquela periferia mal cheirosa e triste, passando fome, necessidades.

— Você ainda precisa continuar roubando e correndo riscos? — perguntou ela num tom pesaroso.

— Por que pergunta?

— Queria saber o que você espera da vida em termos de futuro. Não pensa em constituir sua própria família? Um dia a gente acorda e vê que está velho, com problemas e sem ninguém.

— Ladrão só envelhece na cadeia e isto não está nos meus planos — rebateu ele. — Afinal, está pensando em me deixar?

— Não!... Só queria saber se tem alguma perspectiva para o futuro, algum plano! Até onde pensa chegar.

— Não penso no futuro, meu futuro é hoje. E só vou parar de roubar quando morrer, e não quero pensar nisso agora.

Voltaram a se encontrar em várias ocasiões, ele e seus dois companheiros. Estavam vivendo momentos de glória, alternavam os assaltos de acordo com o que haviam combinado, assaltavam e fugiam, alguns mais complicados, outros mais fáceis. Mas até ali tudo corria muito bem, o que só lhes aumentava a confiança e não dava espaço para questionamentos quanto a suas estratégias, Só achavam que precisavam investir o dinheiro produto dos roubos. Magrão, através de sua tia, começou a construir uma bela casa em Campinas, o Padre comprou um sítio para sua mãe, o Diogo acertou um empreendimento comercial no ABC Paulista com seu pai. Mesmo sem querer, se preocupavam com o futuro, estavam se preparando de alguma forma.

Em outubro voltaram a se encontrar naquele que se tornou o quartel-general de Campo Grande. Naquele dia o Padre chegou pela manhã, Diogo chegou já bem à tarde, quase escurecendo. Veio dirigindo uma linda camioneta Ranger com todos os opcionais. Entrou todo sorridente, calçando botas de boiadeiro, chapéu tipo Panamá, completamente diferente daquele Diogo dos velhos tempos:

— Boa noite, pessoal, cumprimentou ele sorridente, tudo certo por aqui?

— Que é isso, meu irmão? Virou peão de boiadeiro? Não sabia que tinha se tornado fazendeiro, faz tempo isso?

— Não! fazendeiro nada. Só para curtir a nova onda, bota, chapéu e música sertaneja. Esse negócio de fazenda quem gosta é o Padre.

— Tudo bem. Chegam aí, meus camaradas, vamos pensar no próximo trabalho para encerrarmos mais este ano. Algum de vocês tem ideia formada de onde devemos agir? — A pergunta partiu do Padre, ele era sempre muito objetivo, sem rodeios.

— Estive com Aline dando umas voltas pela região e descobrimos uma cidade que me pareceu bastante interessante, bem movimentada.

— Como chama?

— Camapuã. A agência é do Banco do Brasil e tem um movimento extraordinário, deve rolar muita grana, vimos grandes lavouras de soja, criação de gado e boas rotas de fuga, saída para todo lado, até para Goiás.

— E quando você acha que devemos realizar o assalto?

— Primeiro vamos avaliar melhor, confirmar o potencial, estudar o melhor dia, a melhor hora e como sempre... organizar a operação.

— Concordo, vamos sortear e ver quem vai fazer o trabalho de reavaliação.

— Não precisa, eu volto lá — falou Magrão.

— Podemos ir nós dois — prontificou-se o Padre. — Duas cabeças pensam mais bobagens, é o que meu pai sempre dizia.

— Essas suas tiradas filosóficas cada dia ficam piores, está precisando melhorar. Tá legal, vamos nós dois.

— Então vamos melhorar, com uma boa rodada de cerveja arrumo alguns ditados melhores. Vamos lá no bar Seresta, a gente bebe, ouvindo aquele cantor bola-murcha. Pelo menos para cantar ele é bom e sempre canta o que eu gosto.

— Vamos nessa então.

— Cadê sua garota, Magrão? Estão sempre juntos.

— Achei melhor dar um tempo. A mina está muito preocupada com o meu futuro. Desde nossa ida ao Rio de Janeiro se mostra preocupada em saber o que eu penso ou o que pretendo do futuro e como não sou mágico nem adivinho, não tenho como prever o que vai acontecer. Pedi para ela refletir melhor sobre o que pretende, mas sem ficar agourando do meu lado. E prometi a ela que iria pensar.

— Acho que a mina não está errada, meu irmão. Tem horas que penso que já fomos longe demais — falou Diogo, com semblante pensativo.

— Também acho... também tenho pensado nisso, por isso mesmo pedi a ela um tempo. Prometi que depois deste trabalho, que vai ser o último do ano, pelo menos é o que espero, vamos sentar e conversar, já disse a ela só depois deste próximo trabalho.

— Me sinto cansado também, meu irmão, estou achando que está na hora de pendurar a chuteira, mudar de vida, procurar um pouco de sossego. O que me diz, Padre? — Foi a vez do Diogo com uma voz desolada participar do diálogo.

— Não tenho nenhuma ideia formada para o momento, ainda não pensei com carinho sobre um assunto como esse, mas tenho que concordar; já vou completar 33 anos de idade e não vivi, parece que começamos ontem.

Então vamos combinar o seguinte: agora vamos tomar cerveja tranquilos e amanhã iniciamos os preparativos para o próximo trabalho. Quando estiver terminado, nos reunimos e discutimos essa questão.

— Combinado — repetiram em coro.

— Como eu já tive a oportunidade de dizer tempos atrás — falou Magrão, olhando na direção dos dois amigos —, começamos juntos e vamos parar juntos. Sabe de uma coisa: vou ligar para a Aline, quem sabe ela vai querer tomar umas com a gente.

— Mas você não disse que pediu a ela um tempo? Que homem frouxo! não aguentou uma semana — falou em tom de brincadeira o Padre.

— É verdade, mas não rompemos definitivamente, além do que, sou um cara carente e ela me ajuda a pensar de forma mais clara essa questão. Acho que irá ficar muito feliz quando disser a ela que este será o último trabalho, que poderemos pensar em montar um futuro, com casamento, filhos, e tudo mais. Este é o sonho dela.

— Só se for em outro país — retrucou Diogo, outra dimensão —, porque aqui no Brasil vai encontrar muita dificuldade, não só você, como nós todos teremos. Não podemos simplesmente passar uma borracha no passado, apagar tudo que fizemos. Vamos ter que fazer uma cirurgia nos dedos, trocar nossas digitais, documentos e fazer uma boa plástica, uma mudança radical, e para isso iríamos acabar com nossa velha identidade. Com isso iremos gastar tudo que conseguimos.

— Não deixa de ter razão, amigo velho, é um fato pra se pensar. Quem sabe se eu me mandar para o Paraguai, lá consigo uma nova cidadania e começo uma nova vida. Assunção é uma linda cidade. Não acha, Diogo?

— É verdade, mas o que você iria fazer lá?

— Abriria um comércio, ou uma firma de segurança.

— Essa é boa — riu gostosamente o Padre —, uma firma de segurança. Seria pra proteger as empresas e os bancos contra você?

— Que é isso, irmão. Tenho muita experiência em roubo, vou usá-la na prevenção de outros roubos, não acha? Foi a única coisa que aprendi, vou usar esta experiência do outro lado.

— Você é tão maluco, mano, que pode até dar certo — respondeu rindo o Padre.

— Então liga logo pra sua garota e vamos lá para o bar. Estou ficando seco — falou Diogo.

Assim que chegaram, logo após puxarem as cadeiras, se acomodarem e pedirem as bebidas, como uma ave de rapina, se aproximou o cantor, todo sorridente. Cumprimentou-os a todos, como se nada tivesse acontecido, também puxou uma cadeira, sentou-se deliberadamente, como se fosse contar um segredo. Sussurrou perto dos ouvidos do Padre alguma coisa que não puderam ouvir pelo barulho da música que tocava e pelo tom das conversas ao redor. O Padre acenou com a cabeça, sinalizando a ele que telefonasse mais tarde. Assim tiveram a privacidade necessária para continuar com a comemoração. Quando pode dizer a Aline do acordo que entabularam, de fazer daquele o último assalto, e em seguida procurar novos rumos, construir uma nova vida, ela se mostrou tão feliz que mal se continha. Abraçaram-se com muita euforia e ali mesmo trocaram vários beijos. Nesse clima de esperança e emoção foi sugerido por ela de forma bem sutil um momento mais íntimo. Antecipar uma comemoração a dois. De imediato aceitou a sugestão, levantaram-se, foi puxando seu braço, acenou com as mãos se despedindo e pediu aos companheiros que acertassem a conta e foram para casa.

Pelo ardor do sexo, tombaram exaustos e, na madrugada, com o barulho da porta, e som das vozes, acordou se debatendo, gritando por socorro. Sentou-se na cama com um salto, suando por todos os poros, com os olhos esbugalhados, uma expressão de pavor. Aline, assustada, saltou para o lado da cama, apavorada se enrolou no lençol, perguntando aos gritos:

— O que foi, amor?

Os dois companheiros invadiram o quarto, já com as armas empunhadas e engatilhadas numa reação espontânea. Alguém bateu a mão no interruptor, acendendo a luz. Os dois perguntaram ao mesmo tempo:

— O que foi, Magrão?

Por alguns segundos, ficou olhando-os de forma patética, os olhos arregalados, o suor correndo pelo rosto, as mãos tremiam. Aline apanhou uma toalha, começou a limpar a sua testa, conseguiu se recuperar daquele transe momentâneo quando ela encostou a pele suave de seu rosto junto ao seu e, aliando-se a ele carinhosamente como se embalasse uma criança, perguntou-lhe com sua voz meiga, quase angelical:

— Está melhor? Quer um pouco de água?

Aceitou com um aceno de cabeça, esfregou as mãos no rosto procurando despertar melhor, e disse aos companheiros:

— Meus irmãos! tive um sonho tão horrível. Nunca havia tido um pesadelo como esse, ainda estou trêmulo. Que bom que chegaram.

— Como foi isso? — perguntou Diogo.

— Está tarde, amanhã eu conto.

— Perdemos o sono — rebateu o Padre —, fiquei curioso. Amanhã talvez você esqueça alguns detalhes, conta-nos o sonho.

— Está bem. Estava sozinho em um local deserto onde outrora deveria ter sido um bosque ou uma floresta e foi colocado fogo. Só via os troncos e os galhos secos, todos contorcidos, num tom cinza-escuro, por todo lado percebia uma neblina espessa, um ar pesado, poluído. Estava perdido, não sabia por onde seguir. De repente, em minha frente, começaram a surgir de forma ameaçadora as imagens das pessoas que no decorrer de minha vida eu matei ou ajudei a matar. O primeiro a surgir foi um velho com uma antiga espada nas mãos, sua fisionomia era nítida, foi meu primeiro assalto e consequentemente o primeiro homicídio. Estávamos roubando sua casa, ia bater com a espada na cabeça do Beto e eu atirei nele. No sonho vinha ao meu encontro com aquela espada. Logo atrás surgiu o cabo Bento, grunhindo com aquela voz horripilante, repetia a todo instante minha espada agora é a Bíblia, sua garganta espirrando sangue por cima de mim. Seus comparsas vinham juntos, o Pernambuco pegando fogo, Jacaré todo furado de balas, queriam me arrastar não sei para onde segurando meus braços e logo mais atrás vinha o China com aqueles olhinhos arregalados de pavor. Tudo como no dia em que os matei. Abracei-me em um daqueles troncos de árvore, procurei minha pistola, não achei, tentava me livrar lutando desesperado com aqueles espectros. Olhei para o lado, senti um alívio, o Beto vinha em meu socorro, mas meu pai impediu, segurou-o dizendo:

— Não, Beto! esta é a hora do encontro, agora irá prestar contas, é seu destino. Eu gritei:

— Pai, me ajuda, pai! E ele abraçou o Beto, deram as costas e foram se afastando... Eu estava sufocando quando vocês chegaram.

— É!... tantas vezes já passei por isso, às vezes me encontro com meus fantasmas do passado, também eles estão sempre me rondando — disse o Diogo, batendo com a mão em seus ombros —, mas o consolo é que sempre acordo vivo e eles continuam mortos. Sempre me pergunto: até quando essas almas penadas irão me perturbar?

— Acho que é falta de reza! Alguma vez você rezou pra eles, Magrão? — perguntou-lhe o Padre, debochado como sempre.

— Não!... nunca. E você já rezou para seus fantasmas?

— Também não, mas devíamos começar, ou talvez mandarmos rezar uma missa em intenção às suas almas amaldiçoadas. O que acha?

— Acho que isso é um mau presságio, um aviso.

— Você acredita que os sonhos vêm nos trazer alguma mensagem?

— Para! Magrão! Isso é papo de cigano, de vidente ou desse pessoal que gosta de usar o misticismo pra ganhar dinheiro. Vamos dormir, que ganhamos mais. Boa noite.

Daquele momento em diante não tocaram mais no assunto, porém aquele pesadelo lhe pareceu tão real que não lhe saía do pensamento. Estava a fim de fazer o que o Padre sugerira, sabia que foi de brincadeira, mandar rezar uma missa. Ele tinha uma enorme superstição, isso desde menino. Sabia que a única coisa que lhe podia causar medo era isto: fantasmas, almas de outro mundo. Enfim, sua mãe sempre lhe incutiu o medo através da religião.

Estudaram detalhadamente o assalto ao Banco do Brasil de Camapuã, como sempre fizeram em todos os assaltos anteriores: hábitos do gerente, a rotina dos funcionários, quantas pessoas trabalhavam na agência, melhor horário para o trabalho, rotas de fuga, quantos carros iriam usar, e o dia ideal para o assalto ser realizado.

Só estava indignado, e questionou o Padre, porque tinha colocado o cantor novamente na fita. Sua resposta foi convincente, disse a eles que ele o procurara aquele dia no bar porque estava precisando de grana e eles precisavam de dois carros e não poderiam ser os deles. Portanto, encarregara o cantor de arrumar dois veículos para a fuga, um dos quais seria dirigido por ele. Esta seria sua tarefa: arrumar os veículos e ser o cavalo louco da quadrilha na fuga,

Ficou tratado que os esperaria na saída do banco, quando terminassem o trabalho, fugiriam ele e o Padre em um carro, e o Diogo e o cantor em outro, cada um por um lado da cidade para despistar a polícia.

No dia do assalto, chegaram em Camapuã na madrugada do dia 12 de novembro de 97, foram direto para a frente do banco. Diogo estava no volante, estacionou o carro rente à calçada. Olharam para o interior da agência, tudo estava escuro, o sol relutava em aparecer, mas a lua já dava sinais de despedida. Nem o segurança foi possível saber se estava dormindo ou em algum canto escondido. O Padre pediu ao Diogo que desse mais uma volta no quarteirão e estacionasse um pouco mais distante: deveriam esperar que o dia amanhecesse.

Diogo estacionou a uns quarenta metros de distância, mas ficou preocupado e perguntou a eles se não seria melhor se afastarem. Logo as pessoas começariam a se levantar para o trabalho e poderíamos chamar a atenção, três dentro de um carro sem fazer nada.

— Tem razão, vamos fazer o seguinte... Eu e você vamos para o estacionamento do banco nos escondemos lá dentro até que comecem a chegar os funcionários. O Diogo fica dentro do carro no outro lado da calçada nos dando cobertura, que acha?

— Concordo..., melhor lá de tocaia do que aqui dando bandeira.

Aproveitaram a solidão da madrugada ainda escura e entraram sorrateiramente no estacionamento da agência bancária. Ali havia dois carros estacionados, aproveitaram e se esconderam por trás deles. Se acomodaram de tal forma que, além de não serem vistos, ainda poderiam rapidamente sair e render o gerente quando chegasse. Logo que se acomodaram, o telefone celular do Padre vibrou, ele atendeu quase sussurrando:

— Fala?

— É o Diogo!

— Tudo bem... fala!

— Você acredita que está formando fila diante da agência?

— Com isso eu não contava!... mas por que tão cedo?

— Sei lá. Hoje deve ser dia de pagamento de aposentadoria ou pagamento do funcionalismo público, não faço a menor ideia.

— E o cantor já apareceu?

— Até agora não. Este desgraçado vai dar o cano na gente, covarde!

— Permanece dentro do carro, só sai se aparecer polícia e depois que nós limparmos o banco você nos recolhe. Pode ser?

— Por mim, tudo bem..., mas não vão precisar de mim?

— Não!... fica frio, vou desligar.

— Entendido, estarei de olho.

— O que houve? — perguntou.

— Está formando fila na porta da frente do banco.

— Será que vai atrapalhar?

— Espero que não, acho até que é um bom sinal, deve estar apinhado de dinheiro no caixa. Que horas tem?

— Sete e meia.

— Vamos nos preparar, ficar atentos, que os funcionários devem começar a chegar. Vamos rendê-los na troca do agente de segurança.

— Tá legal... Eu enquadro os primeiros funcionários, entro na agência com eles e você fica aqui do lado de fora, até entrar o último bancário. Quando estiverem todos imobilizados, te dou um toque pelo celular: você entra, pega o gerente e obriga-o a abrir o cofre.

— Deixa comigo. Silêncio agora, que já estão chegando.

Mais uma vez vibrou o celular do Padre, que imediatamente levou-o à altura do ouvido.

— Estão entrando pelo portão da garagem: o gerente, uma mulher e um agente de segurança.

— Entendido — sussurrou o Padre e desligou.

— Assim que abrirem a porta — falou olhando para o Magrão —, você chega junto, agarra o gerente e empurra todos para dentro.

— Deixa comigo, mano.

O segurança abriu o portão do estacionamento, o gerente entrou com seu carro Fiat modelo Tipo, estacionou-o a poucos metros de onde estavam. A mulher que vinha logo atrás entrou a pé junto com o agente de segurança e ficaram esperando o gerente fechar o carro e se dirigir para a porta, quando já se preparavam para entrar, Magrão, sorrateiramente, chegou por trás, como uma sombra, ameaçadora e silenciosa, empunhando sua velha pistola e uma granada na mão esquerda. Disse num tom bastante ameaçador, todos estremeceram de susto e medo:

— Isto é um assalto.... entrem, entrem rápido. Não estou pra brincadeira. Se gritarem ou fizerem qualquer movimento em falso, eu meto bala. Só quero o dinheiro, se cooperarem ninguém se machuca. Fui claro?

— Por favor, senhor... tenha calma, todos temos família, vamos cooperar — respondeu quase chorando o gerente. Os outros pareciam petrificados.

— É muito bom que se preocupem com as suas famílias, que eu não me preocupo com a minha. — Enquanto dizia isso, foi empurrando-os para dentro e tomando as armas dos dois agentes de segurança.

— Encostem-se na parede. Vamos esperar mais alguns minutos até que cheguem os outros funcionários e meus companheiros que estão lá fora entrem, para nos entregarem a grana.

— Posso ir ao banheiro, moço? — perguntou a mulher que suava de escorrer.

— Agora não... Daqui a pouco vou trancar todo mundo lá, aí você pode se aliviar. Agora tenta segurar ou faz aí mesmo.

Ela começou a chorar convulsivamente, apresentando um ataque histérico. Aproximou-se dela e disse-lhe num tom ríspido:

— Para com isso, senão lhe meto uma coronhada! — Nesse momento foi interrompido pela entrada de mais dois funcionários, que, ao se depararem com a cena, levaram um tremendo susto, que mais parecia um choque elétrico, quase caíram.

— Sem escândalo, caras, encostem-se aqui junto aos seus companheiros e nada de gracinhas. Coloquem as mãos na cabeça. Quantos funcionários ainda faltam chegar?

— Por ora, não virá mais nenhum, só virão os outros às onze horas — respondeu o gerente.

— Ótimo... — Pegou o celular e ligou ao Padre. — Já estão todos aqui, pode entrar.

O Padre entrou com uma sacola de lona em uma das mãos e uma submetralhadora na outra. Aproximou-se do gerente, pegou-o pelo colarinho da camisa, usando sempre aquele tom de deboche, disse-lhe rente aos ouvidos:

— Vamos lá, meu chapa, preciso fazer um saque no dinheiro do banco. Abra o cofre pra mim.

— Quem tem a chave é a tesoureira, D. Lourdes.

— Então pega a maldita chave com a Dona Lourdes e abre o cofre rápido, que não sou muito paciente. — Empurrou-o para cima da pobre mulher, que já estava quase pra desmaiar e fazia um esforço sobre-humano para conter a sua incontinência urinária nervosa.

— Por... Por favor, Dona Lourdes, as chaves!

— Cacete... esses caras só colocam mulheres pra cuidar de cofres, parece castigo. O senhor sabe o segredo?

— Não!

— Isso está indo muito longe. Vamos lá, Dona Lourdes, vem com a gente e abre este maldito cofre. Estamos demorando muito e meu tempo é dinheiro. — Deu uma risada curta e sarcástica da piada espontânea, ele costumava se achar muito engraçado, pegou no braço da já apavorada senhora e puxou-a com violência, quase jogando-a ao chão. Só não caiu porque se apoiou no gerente, impulsionando-o também para a frente. Foram até a sala do cofre, abriram-no, e o gerente foi obrigado a encher a sacola, com todo o dinheiro disponível que estava lá dentro. Quando ele já vinha voltando, acompanhado dos dois funcionários, seu telefone vibrou novamente.

— Isso tá parecendo uma central telefônica: Fala?

— Sujou!... encostou uma viatura em frente ao banco.

— Quantos tiras têm dentro?

— Três... estão descendo do carro. Parecem mal-intencionados.

— Isto não vai ser problema, não é a primeira e nem será a última vez. E o maldito cantor, apareceu?

— Não! até agora não.

— Vacilão, filho de uma vaca, vai ver que foi ele que entregou a gente. Não tem problemas. Vamos emprestar um carro aqui do amigo gerente, vamos sair com dois reféns. Você nos dá cobertura: assim que sairmos, atira nos homens e procura danificar a viatura para evitar perseguição. Três policiais babacas não são páreo pra gente, vamos detoná-los. Como fizemos em Três Lagoas, lembra?

— Pode deixar, entendi. Pode sair, que eu começo a festa. Enquanto fogem eu dou cobertura.

— O que foi desta vez? — perguntou indignado o Magrão.

— Sujou!... — respondeu o Padre. — Encostou uma viatura com três tiras aí na frente, tranca os empregados no banheiro. Pega a Dona Lourdes, eu pego o gerente e vamos levá-los de reféns. Infelizmente, vamos precisar do seu carro, meu amigo — falou Magrão olhando para o gerente, me dá as chaves.

— O cantor não apareceu?

— Não!... bem que você estava desconfiado, mas não vamos precisar dele. Só que quando encontrá-lo novamente, vou fazê-lo comer capim pela raiz.

Entraram os quatro no carro, o Padre pegou o volante e colocou o homem na frente ao seu lado. Magrão entrou atrás e colocou a mulher do seu lado. Os dois do mesmo lado, servindo como escudos, isto para os proteger de um eventual tiroteio e também para inibir os homens da polícia. Pegou o celular, ligou o Diogo:

— Prepare-se, estamos saindo.

— Estou pronto. Podem sair, que vou aprontar a maior confusão nesta frente de banco, tem quase um quarteirão de fila.

— Tudo bem... Vamos seguir em direção ao estado de Goiás, você nos acompanha de perto.

— Vamos nessa.

Atravessaram o portão do estacionamento em alta velocidade sem olhar para os lados. O movimento nas ruas já havia começado, foi gente caindo assustada, outros pulando para sair da frente, evitando serem atropelados. Carros dando bruscas freadas, o cheiro de borracha queimada dos pneus se arrastando no asfalto exalava forte. A fila de clientes do banco se desfez de imediato, todos fugiam apavorados, alguns mais curiosos queriam ver o que estava acontecendo, acabaram atrapalhando o trânsito do local e a ação da polícia, facilitando-lhe a fuga. Diogo, com um sorriso maroto, mirou seu fuzil primeiro nos pneus da viatura e atirou várias vezes, deixando os policiais atônitos, sem saber o que fazer, aumentando em muito a confusão. Não tinham como reagir; além do medo de serem feridos, ainda havia o receio de atingir pessoas inocentes, que debandavam aos gritos, em desabalada carreira, acometidas de intenso pavor. Aproveitando este distúrbio generalizado, Diogo arrancou na mesma direção dos comparsas, voltando a dar mais alguns tiros. Todos pularam para o chão, a fim de se protegerem de uma possível bala perdida, ou mesmo numa reação instintiva de sobrevivência. Os policiais, passado o susto, correram em direção à viatura toda danificada, com o objetivo de passar um rádio para a central, comunicar os fatos e solicitar reforços, enquanto fugiam com o dinheiro e dois reféns.

— Olha lá, Magrão. Vê se o Diogo está vindo aí atrás?

Olhou para trás, aguardou alguns segundos para se certificar se realmente era ele e respondeu:

— Está!... vem logo aí. Pra onde vamos?

— Goiás... Vamos atravessar a fronteira, antes disso entramos na próxima cidade, que se chama Paraíso. Lá trocaremos o carro e continuamos a fuga.

— Quando entrarmos no Paraíso, que carro vai estar nos esperando?

— Qualquer um... você escolhe, vai ser roubado mesmo, sendo novo e em boas condições, qualquer marca serve.

A funcionária do banco que levavam como refém, a pobre Dona Lourdes, estava tão assustada que não conseguia se mover. Olhou para ela, viu que tremia o corpo todo, parecia uma gelatina de banha, se debatia como se estivesse tendo uma convulsão, dava para ouvir o barulho de seus dentes baterem uns nos outros. Perguntou:

— Ainda quer ir ao banheiro, Dona?

— Não... queria que me libertassem, tenho filhos e sou sozinha para criá-los.

Parece ter buscado forças em alguma divindade, rezava o tempo todo. Só deu para perceber que foi com extremo esforço que conseguiu balbuciar estas palavras:

— Por favor, Senhor Padre. — E começou a soluçar, chegando ao choro histérico, descontrolado, como fez no interior da agência.

— Está bem — respondeu ele — para com essa choradeira, que vou libertá-la, vou deixá-la na sombra daquela árvore lá na frente.

— E eu?... vai soltar-me também? — perguntou o gerente.

— O que acha, Magrão?

— É! solta o homem, já temos o que queríamos dele.

Ao chegarem ao local citado pelo Padre, ele encostou o carro dizendo:

— Desçam, logo a polícia deve aparecer, serão socorridos. Seu carro tem seguro?

— Tem!... tem sim.

— Ótimo! Assim fico com a consciência mais tranquila, sabendo que você não vai ter prejuízos. — Deu uma boa gargalhada, como sempre se achando muito engraçado, e arrancou em velocidade.

— Fiquei sensibilizado com a sua preocupação. Gozador você!

— É!... Às vezes temos que brincar um pouco, não podemos ser sérios o tempo todo. Ouvi dizer que quem tem bom humor vive mais.

— Que horas tem aí?

— Já passa das dez. Por quê? Tem algum compromisso?

— Não, é que estou sentindo fome.

— Creio que teremos que controlar essa fome, Magrão!

— Por que diz isso?

— Olha para cima e nota aquele avião lá no alto. Tenho a impressão que ele está nos seguindo, os malditos tiras não perderam tempo, estão monitorando nosso trajeto.

Olhou atentamente, pela janela do carro e deu pra perceber que voava em círculos, realmente ele vinha os acompanhando e não muito alto.

— Faz tempo que percebeu que ele está nos seguindo?

— Já há alguns quilômetros. Acho que seria melhor esperarmos o Diogo, pegar seu fuzil e meter umas balas nesse cara. Se não acertarmos o avião, pelo menos damos um bom susto nele. Quem sabe até desistam da aventura.

— Vamos tocar um pouco mais pra frente, às vezes pode ser só impressão nossa: pode ser algum fazendeiro da região ou estar indo na mesma direção que a nossa. Não dá pinta de ser avião da polícia.

— Se fosse assim, já estaria longe. Ele vem devagar, parece que está nos seguindo realmente.

— Faz o seguinte... diminua a velocidade, deixa que o Diogo nos alcance, ele não está vindo muito longe. Vamos olhando com atenção nas beiras da estrada se existe algum local, uma árvore onde podemos estacionar e manter o carro camuflado. Se realmente estiver nos monitorando, teremos a confirmação: ele vai passar pela gente e se não nos localizar, tenho certeza que a seguir retorna para nos procurar. Aí sim, teremos certeza absoluta, então tomamos providências.

— Tem razão, vamos seguir sua ideia. Já estou vendo o carro do Diogo pelo retrovisor, em alguns minutos deve nos alcançar. Estou indignado. Queria saber onde estes caipiras arrumaram o avião, eles não estão tendo dinheiro nem pra gasolina das viaturas! São todos uns quebrados.

— Pode ser algum aparelho tomado de traficantes. Pegaram com o tanque cheio e enquanto tiverem a gasolina original, eles voam. Quando tiver acabado, terão que desistir, retornam e não alçam voo mais.

— Estou vendo um desvio logo à frente. Vou dar sinal ao Diogo e entramos nesta variante, parece abandonada. O barranco pode nos esconder, é bastante alto e coberto de mato.

Diogo encostou logo atrás como haviam previsto, desceu do carro perguntando:

— O que houve, algum problema?

— Estamos preocupados com um pequeno avião — disse-lhe o Magrão. — Parece estar nos seguindo, paramos para confirmar. Diga aí! percebeu se alguém o seguiu?

— Parece que não, mas temos que ficar espertos, devem estar montando alguma barreira aí pra frente. Eu já havia notado a presença desse avião, mas não imaginei que pudesse estar nos monitorando. O que pretendem fazer?

— Estávamos te esperando porque se forem confirmadas nossas suspeitas, vamos usar o seu fuzil. O Magrão atira bem e esta arma tem um bom alcance. Assim que aparecerem novamente, ele sobe naquele barranco e mete bala nos vagabundos.

— É!... então pode pegar o fuzil e se preparar. Pelo barulho que ouço é o ronco do motor de um avião, já estão voltando. Vai lá, Magrão, quando estiverem bem perto, mira na asa, o tanque de combustível é lá. Se a bala acertar o alvo, veremos o estouro, vai ser uma bela explosão.

— Deixa comigo, vamos ver se o piloto é bom de queda?

O pequeno monomotor, quando tentava fazer o reconhecimento da área e os localizar, se colocava em uma altura que lhe possibilitava saber até que se tratava de dois elementos, o piloto e um acompanhante. Acomodou o fuzil em uma forquilha dos galhos de uma árvore baixa e ficou na expectativa de uma manobra mais favorável, um voo rasante talvez. Respirou fundo para eliminar a ansiedade, posicionou-se de joelhos junto ao barranco, repousou o fuzil sobre o ombro direito, prendeu a respiração por alguns segundos, tentando evitar qualquer movimento que atrapalhasse, procurando apurar a pontaria. Mentalmente foi fazendo a contagem regressiva, como se fosse promover o lançamento de algum foguete, cinco, quatro, três, puxou o gatilho por duas vezes seguidas. Uma das balas com certeza resvalou na hélice e acertou a antena do rádio instalada em cima da cabine; a outra perfurou a carenagem e penetrou no motor. Deve ter provocado alguma avaria séria, o barulho mudou por completo. Imediatamente o piloto, após o susto que deve ter sentido, conseguiu alinhar o avião e sumiu no horizonte. Antes de desaparecer e ficar fora do alcance da sua visão, ainda deu para ver uma fumaça negra sair como uma espiral da parte de baixo em evidente sinal de que aquele aparelho não os perturbaria mais.

— Cacete, Magrão! Você errou? Vai precisar de voltar pra academia de tiros, um alvo deste tamanho!

— Errei?! Olha só o tufo de fumaça que sai daquele teco-teco. Não acertei a asa porque ele balançou na hora do tiro. Parece até que pressentiu alguma coisa.

— Bem, pelo menos desse aí estamos livres. Se não cair mais à frente, terá um pouso forçado pode crer. Sequer conseguiu contornar e retornar, seguiu em frente.

— Ainda está com fome, Magrão? — perguntou-lhe o Padre.

— Sei lá!... Não sei se é fome ou um vazio no estômago de ressentimentos ou de maus pressentimentos. Sei lá! Alguma coisa estranha estou sentindo.

— Bem! O caso é que também sinto a mesma coisa e acho que é fome, vou optar pela fome, precisamos fazer alguma coisa. E você, Diogo, está com fome?

— Não! Mas logo atrás existe um pequeno posto de gasolina, vocês dois permanecem aqui, pois estão bem escondidos. Eu volto até lá, compro algo para comermos e damos o fora.

— Tá legal, mas tenha muito cuidado. Não é possível que não estejam no nosso encalço.

— Só se pediram ajuda e conseguiram viaturas novas em Campo Grande, porque a que estava na frente do banco, em Camapuã, eu detonei e, pelo que apuramos, lá só existia uma.

— É... Mas se a polícia da Capital mandou este pequeno avião nos monitorar, certamente já estão tomando novas providências. Sabendo onde estamos, por certo já terão colocado algumas viaturas na nossa pista.

— Então, precisamos agir logo. Vou lá buscar comida e nos mandamos o mais rápido que pudermos.

Assim que o Diogo partiu em busca de alimentos, se calaram, o silêncio era total. Só ouviam os sons do campo, uma vaca que mugia, um pássaro que cantava e eles ali sentados esperando. Nem movimento de caminhões ou carros eles percebiam, às vezes um ou outro. Até a estrada estava vazia. O Padre é que quebrou o silêncio ao dizer que pelo horário o movimento estava pouco:

— É um horário em que todos param para almoçar ou descansar — respondeu a ele molemente. E tornaram a se calar, seus pensamentos iam longe. Ele estava quase dormindo.

Suas reflexões foram quebradas pelo barulho do motor de uma máquina agrícola que vinha pelo acostamento. Se encolheram atrás das moitas de capim para não serem vistos, mas viram perfeitamente quando aquela máquina grande passou e alguns quilômetros adiante entrou em uma estrada de terra. Tocou mais um pouco de tempo e parou rente à cerca, debaixo da copa de uma grande árvore. Logo após ela ter passado, subiu no alto do barranco de onde tinha atirado no avião e lhe era possível acompanhar o movimento da máquina, uma enorme colheitadeira. Mal dava pra saber qual era a sua cor, estava coberta de poeira.

— Será que o maquinista nos viu, Magrão?

— Não!... com certeza não. Parou pra dar uma mijada e comer eu creio. Se o Diogo demorar muito, vou lá e tomo a marmita do cara.

— Acho que não vai ser preciso, estou ouvindo uma buzina e barulho de carro se aproximando. Vê se não é ele!

— Cacete!... Você está certo, Padre, é ele sim. Mas nosso amigo não está vindo sozinho.

De um só salto, como uma onça, pulou para cima do morro onde Magrão estava, evidentemente espantado, perguntou com uma voz ofegante, pelo esforço praticado sua respiração estava acelerada, como devia estar também o coração:

— Quem vem com ele, Magrão?

— Com ele não, atrás dele a polícia, me parece que são duas viaturas. Está buzinando para nos alertar, tenho certeza de que vai passar direto. Vamos em seu socorro, meter bala nesses tiras?

— Vou descer e apanhar o fuzil.

— Não! não vai dar tempo.

Diogo passou pelo local onde estavam escondidos, impunha uma velocidade tal, que mal pudemos notar o pequeno Fiat Palio que ele dirigia, estava dando toda a potência. Não seria possível descer o barranco, apanhar o fuzil e subir a tempo de atirar nas viaturas, segurou o braço do Padre:

— Espera, deixa-os passar. Logo a seguir vamos por trás e pegamos os caras de surpresa.

Acabou de falar seu plano, voltou os olhos em direção aos carros que acabavam de passar. Diogo, talvez pensando em os deixar com o caminho livre para fuga, entrou na estrada de terra vicinal logo à frente, justamente onde havia entrado a máquina agrícola que ainda estava parada no mesmo lugar. Conseguiu o intento, os dois veículos da polícia o seguiram. De onde estavam ele e o Padre tinham uma visão privilegiada.

Deixou cair seu corpo pesadamente, suas pernas tremeram, todo seu corpo formigou, lhe parecendo que o sangue todo das suas veias migrara para o cérebro, a cabeça lhe pareceu dilatar a um tamanho que logo explodiria. Apoiou-se em um galho de árvore para não rolar o morro abaixo, quando viu o carro em que Diogo estava derrapar por sobre a areia solta da estrada estreita, batendo de forma violenta na traseira da colheitadeira.

O tratorista mal teve tempo de saltar e se enroscar todo no arame da cerca. Diogo bateu com seu pequeno carro numa velocidade tão grande, que lhes pareceu ter ouvido o estouro de um míssil. Bateu na traseira, rodopiou, bateu nas pás da colhedeira e saiu capotando. com o que sobrou do carro, porque parte dele foi arrancada na batida, tendo voado rodas por um lado, lataria para outro. O Padre caiu de joelhos, não conseguiu manter-se de pé, apoiando suas mãos no chão.

Os dois veículos que vinham na perseguição conseguiram brecar as viaturas antes, mas não tiveram como evitar uma colisão traseira entre eles, causando grandes avarias, embora não tenham se ferido. Permaneceram atônitos, por alguns momentos, admirando aquela cena grotesca, sem forças para se mexerem; impossível dizer o que sentiam naquele momento. Seu peito se contraiu numa dor profunda, seus olhos marejaram, teve uma vontade de gritar, como se aquilo estivesse acontecendo consigo, Diogo era como um irmão muito querido, estava se passando tudo de novo, lhe veio a lembrança do Beto morrendo na igreja. Conseguiu sair daquele estado de transe, quando o Padre bateu em seu ombro e disse-lhe:

— Vamos chegar até lá para ajudá-lo?

— Não acho possível que tenha sobrevivido, o desastre foi feio. Não entendo ainda como não explodiu!

— É... mas vai explodir.

— O quê?... Vai explodir?

O carro pegava fogo, já algumas labaredas subiam de onde antes fora o motor. A última coisa que puderam ver foram os policiais correrem em busca de extintores de incêndio. Desceram de onde estavam e não puderam ver o resto. Só acharam que foi um esforço em vão, o fogo alcançou rapidamente o tanque de gasolina, e a explosão foi inevitável. Virou-se ainda mais atordoado, bateu a cabeça com toda força no tronco de uma árvore como querendo se castigar.

— Calma, Magrão!... vamos pôr a cabeça no lugar sem estourá-la. Estamos sujeitos a isso, e a coisas piores. Ninguém é responsável ou culpado pelo que aconteceu, aliás, isto até já estava previsto. Nós escolhemos o nosso destino, lembra? Ao iniciarmos nossa guerra particular, entramos dispostos a morrer ou matar. Fizemos nossa escolha e vamos colher os frutos daquilo que plantamos, mas sem assumir culpas nem culpar ninguém.

— Diogo era como um irmão, Padre! Essas coisas a gente nunca espera, e ele entrou naquela estradinha maldita para nos proteger, fazer com que os policiais o seguissem, deixando a rodovia aberta para nós. Por isso passou buzinando, para nos alertar.

— Eu percebi... Mas não podemos ficar aqui nos lamentando eternamente, vamos aproveitar a confusão lá embaixo e vamos dar o fora. Aconteceu! O que fazer?

— Quando acabar tudo isso e a gente sair dessa, nunca mais farei nada no mês de novembro. Só vou ficar em casa dormindo.

— Só você, com suas besteiras, pra me fazer rir numa situação dessa. Para com essa estória tonta de que tudo te acontece no mês de novembro, Magrão! Isso é superstição, não creio que em todos esses anos de sua vida tenham acontecido só coisas ruins em novembro. Aconteceram coisas boas também, ou não?

— Sei lá, Padre... Só sei que sempre que acontece, acontece no mês de novembro, parece uma maldição, não é possível que seja coincidência. Bem... toca esse carro pra frente, vamos sair daqui.

— Vamos entrar em Paraíso? Pegar outro carro, como havia dito.

— Nessas alturas dos acontecimentos, todos já sabem a nosso respeito dentro deste estado, é melhor seguir em frente. Quanto mais cedo atravessarmos a fronteira, melhor.

— Em todo caso, teremos que parar para abastecer o carro.

— Não estamos longe de um posto de abastecimento, acabamos de passar por uma placa indicativa. Aliás, já dá pra vê-lo daqui.

— E já dá pra ver que estamos próximos da cidade também. O posto, por certo, fica bem na entrada.

— Pelo menos por enquanto não se nota nenhum movimento de polícia, fazendo barreiras ou de tocaia.

— Temos que ter muito cuidado. Vou encostar na bomba de gasolina, enquanto abasteço você entra na lanchonete e pega alguma coisa para comermos no caminho. Lembre-se, todo cuidado é pouco.

Assim que se aproximaram da bomba de gasolina, o frentista encostou-se no carro e começou a tagarelar.

— Bom dia, pessoal,

— Bom dia... Pode encher o tanque pra nós?

— Claro... que dia quente, vão pra onde?

— Goiás!

— Estadão Goiás! Mas tomem cuidado, nessa estrada tão dizendo que tem uma quadrilha perigosa solta por aí.

— É mesmo? — perguntou forçando uma expressão, a mais inocente que conseguiu interpretar. — Mas e a polícia daqui da cidade?

— Ah! foram socorrer um avião que dizem que os bandidos derrubaram a tiros. Esses caras estão fortemente armados, dizem até que possuem bazucas. O piloto parece que conseguiu fugir da artilharia, mas acabou caindo ali perto do rio Sucuriú. Sei não, se estão vivos.

— É mesmo? Foi todo o efetivo da polícia ver o que aconteceu com os tripulantes do avião?

— Foram sim, a polícia toda foi pra lá, a fim de socorrê-los.

— Foi bom nos avisar, vamos tomar cuidado. Vou pegar umas coisas pra comermos e vamos dar no pé. Esses caras perigosos podem aparecer por aqui, e não estou a fim de confusão.

— Tá certo, boa viagem. E que Deus os acompanhe.

— Muito obrigado... Ele vai, acho que vai!

— Pelo que o frentista nos falou, poderíamos entrar na cidade sem problemas, que acha?

— Não, Magrão! não vamos nos arriscar, vamos embora.

— Podíamos parar para comer, já faz tanto tempo que não como nada que estou sentindo o estômago grudado no intestino.

— O que você comprou de comida?

— Dois marmitex, reforçados. Não vai ser fácil comer e dirigir, e eu não vou pôr comida na sua boca. Portanto, busca encontrar um lugar que possamos nos esconder mais adiante, vamos nos distanciar da cidade. Tenho a impressão que isso aqui vai ficar fervilhando de polícia, não vai demorar muito.

— Por quê?

— Raciocina comigo... o Diogo se acidentou a alguns quilômetros antes de chegarmos a esta cidade. O avião caiu nas imediações, o piloto certamente tentou chegar em Paraíso, mas a avaria no motor causada pelo seu tiro levou-o para longe da rota. Foi cair aí por perto do rio, como disse o frentista do posto. Assim sendo, tudo indica que estão por perto e os tiras vão vir correndo pra cá, não acha correto meu raciocínio?

— Tem razão!..., pisa fundo neste acelerador e vamos embora.

Algum tempo mais de viagem, avistaram uma entrada de fazenda que cortava pelo meio de um bosque de árvores nativas. O Padre entrou pelo caminho, rodou alguns metros e depararam com um riacho tranquilo, de águas cristalinas, atravessado por uma ponte de madeira. Em uma das margens havia uma clareira, feita possivelmente por pescadores. Notaram ali sinais de fogueira, encostaram o carro de modo a não ser visto nem da estrada oficial nem da pequena estrada vicinal, se porventura alguém passasse por ali.

— Padre! Quanto de dinheiro temos na sacola? — Uma pergunta aleatória, pura curiosidade, ou talvez para puxar uma conversa enquanto comia, sentado à beira daquele córrego manso, que naquele momento inspirava tanta calma. Nem parecia que tinham tido um dia tão movimentado e tão fatídico. O espelho de águas claras que serpenteava por entre as folhagens parecia lhe hipnotizar.

— Por que essa pergunta agora?

— Só pra saber se vale a pena toda essa correria, se vai compensar a batalha que ainda vamos enfrentar.

— Acho que tem mais de cento e vinte mil reais. Não tive tempo de contar.

— É! sessenta mil pra cada um, compensa.

— Esqueceu do Diogo?

— Não! não esqueci não, só que no momento tenho que lutar por metade do total e quanto maior for o volume do dinheiro mais eu me animo.

Depois... quando sairmos dessa, vou pensar nele. Só não faço ideia de como vou chegar em sua casa e dar a notícia para os pais dele, vai ser muito difícil.

— Fica frio, a notícia chega lá de qualquer jeito, talvez da mesma forma que vai chegar para nossas mães. Amanhã mesmo já vão estar sabendo, notícia ruim chega logo, é que nem mentira tem perna curta, mas corre muito. Acho que o Brasil inteiro vai tomar conhecimento, através da televisão será divulgada nossa ousadia e o estragos que promovemos com nossa aventura.

— Por que diz isso: da mesma forma que para nossas mães? Não acredita que vamos sair dessas vivos?

— Falei por falar, mas não podemos descartar nenhuma possibilidade. Sabe que horas são?

— Não! Que horas são?

— Seis horas da tarde. O tempo passou e nem percebemos.

— Então, estou almoçando e jantando tudo junto. Não era à toa que estava com tanta fome.

— Não acha que seria bom ficarmos aqui acampados esta noite e sairmos bem cedo, de madrugada.

— Não dá pra tocarmos à noite?

— Já não dormimos a noite passada, mais uma noite sem dormir eu não conseguiria, podemos nos acidentar, dirigir com muito sono a gente perde a coordenação. Além do que não tenho ninguém me esperando ou preocupado com a minha demora.

— Isso é verdade: consta dos cuidados que deve ter o motorista nas regras de direção defensiva.

— Onde aprendeu isso, Magrão?

— Vou montar uma firma de segurança, lembra-se do que falamos quando pararmos. Tenho que saber destas coisas, é parte da segurança.

— Como é bom ouvir essas bobagens, me fazem lembrar que não sou surdo. Ladrão com firma de segurança! Essa é boa. Quero só ver a hora em que tiver uma recaída. Isso é um vício, sabia?

— Você acha que todos os empresários bem-sucedidos ficaram ricos trabalhando honestamente?

— Não! não acho, mas nenhum deles ficou rico e passou incógnito como assaltante de banco. Vamos dormir que ganhamos mais, conversa besta.

Ainda estava escuro, só viam os raios da lua rompendo por entre as folhagens das árvores que naquele momento os protegiam. O Padre sussurrou:

— Magrão, vamos?

Vamos!... Não consegui dormir mesmo, em nenhum momento, fiquei a noite toda imaginando, tentando descobrir a razão de minha vida, como cheguei até aqui e aonde isto vai me levar?

— Filosofia... era uma das matérias que estudei no seminário, só que na parte que estudava a existência já tínhamos a matéria pronta. Não precisávamos pensar ou questionar. A Bíblia já ditava a origem do homem.

— Não entendi!

— Também... Não faz diferença, não vou conseguir te explicar mesmo, deixa pra lá. É muito cansativa.

— Gostaria de ter podido estudar, cara! aprender um monte de coisas. Pensando bem, como existem pessoas inteligentes no mundo, cientistas, médicos, inventores, pessoas com capacidade de mudar o curso da História. E eu não sei nem conversar. Sou uma besta quadrada. Pelo menos meus irmãos estão conseguindo, minha tia me falou da última vez que falei com ela que meu irmão mais novo, o Preto, entrou na faculdade de medicina, já pensou que orgulho.

— Por que isso agora, Magrão? Logo de madrugada, no meio de uma fuga desesperada, quando precisamos descobrir um meio de sair ilesos desta situação crítica, sem a menor ideia do que nos espera ali na frente, você me vem com esse papo furado, essa filosofia de folhetim de almanaque, este lamento sem precedentes. Me dá só um motivo pra essa conversa mole e qual a conclusão que você extraiu deste pensamento idiota e pode parar. Vê se isso é hora. Me fala uma palavra pra definir esses pensamentos. Você consegue?

— Paixão!...

— Paixão?... por que paixão?

— Uma vez, fui à missa com minha mãe, era menino. Ouvi o padre dizer na hora do sermão que precisamos ter amor, a paixão desenfreada nos leva a cometer desatinos. Não entendi naquele dia o significado das palavras, mas entendi o sentido da mensagem.

Iam conversando descontraídos pela estrada sem se darem conta do perigo, como se nada tivesse acontecido. Já havia algum tempo estavam viajando, fazia horas que tinham deixado o recanto agradável em que passaram a noite. A alvorada já os agraciava com suas luzes multicores, o sol surgia preguiçosamente ao longe, tingindo o horizonte e ferindo seus olhos com seus raios. Subiam aquela lombada íngreme tão distraídos, inebriados com tanta beleza, que nem notaram o caminhão na sua frente que bateu de forma contundente o pneu dianteiro em um enorme buraco na rodovia, provocando um estouro ensurdecedor. O Padre sofreu um susto tão grande quanto o motorista do caminhão, que perdeu a direção, atravessou-se na estrada. Eles surgiram no mesmo instante embalados pelo susto do estouro do pneu, bateram na lateral do caminhão, que no embalo capotou tragicamente, jogando sua carga a alguns metros por sobre a cerca da fazenda que beirava a estrada. O Padre tentou firmar o carro na estrada, mas com a pancada sofrida ficaram um tanto atordoados: o carro capotou de lado, deslizando por um enorme barranco, do outro lado da pista. Não foi possível prever quanto tempo ficaram ali presos entre as ferragens retorcidas do carro. Naquele momento o movimento ainda era pequeno e ninguém parou para lhes prestar socorro, talvez pelo horário: ainda de madrugada, os motoristas tinham receio de viajar naquele horário, principalmente por aquelas bandas.

Com muito esforço, sentindo dores em cada músculo do corpo, começou a se movimentar, forçando a porta e janelas. Virou-se para o Padre, que, ao seu lado, estava trêmulo, muito pálido, falando algumas palavras ininteligíveis. Mostrava algumas escoriações na testa e nos braços.

— E aí!..., como se sente?

— Nada mau para um dia 13 de novembro de madrugada. Estou começando a concordar com sua ideia supersticiosa sobre o mês de novembro, Magrão. Ô mês complicado!

Conseguiu com muito esforço abrir a porta do seu lado.

— Consegui! Ufa! que dureza. Será que o motorista do caminhão se deu mal?

— Se não se deu mal na capotada, vai se dar muito mal agora. Vou meter um monte de balas no desgraçado, assim nunca mais atrapalha a vida de ninguém com essas tranqueiras velhas nas estradas.

— Foi um acidente, meu irmão, o cara não teve como segurar o caminhão. Você não reparou que ele bateu a roda dianteira em um buraco. A carga que estava na carroceria é que estava mal colocada e forçou-o a atravessar a pista.

— Tá legal... Vamos juntar todas as nossas coisas de dentro do carro e vamos levar para cima: a sacola com dinheiro, as armas. Vamos arrumar outra condução.

— Vamos socorrer o motorista do caminhão?

— Vamos socorrer a nós mesmos. Ô Magrão, deixa ele que se lasque, não mandei ser imprudente. Mas de qualquer forma agora não vai dar, vamos lá, está encostando um caminhão-baú, vamos pegá-lo e dar o fora.

— Vamos roubar um caminhão?

— É! E sequestramos também o motorista, na próxima cidade nós trocamos. Pegou todos os pertences?

— Peguei, está na mão.

— Ótimo. Vou me aproximar e enquadrar o motorista, ele ainda não nos viu. Quando menos esperar, agarro o trouxa.

O Padre aproximou-se do motorista sorrateiro, encostou o revólver nas suas costas, perguntou com uma voz mansa e calculada, sempre com aquela maneira debochada que era sua característica:

— O caminhão é seu, meu amigo?

— É!... é meu. O que está fazendo? Quem é você? — Deu alguns passos para trás assustado.

— Sou a pessoa que está precisando do seu caminhão para continuar a viagem. Vai ter algum problema em nos ceder?

Neste mesmo instante vinha o Magrão se aproximando pela lateral. O motorista ficou ainda mais assustado, teve um sobressalto, olhou para a sua direção:

— Vo... vocês...vocês são os assaltantes?

— Adivinhou, mas não vai sofrer nenhum tipo de agressão se cooperar conosco. Certo? O que dizem da gente por aí é tudo invenção, intriga da oposição, somos gente boa.

Balançou a cabeça afirmativamente, e perguntou:

— Mas!... E o motorista que está acidentado, vai deixá-lo aí?

— Já está recebendo assistência espiritual, não se preocupa, o cara já era. No momento, portanto, não vamos precisar dele, e ele pelo que vejo já não vai mais precisar de nada, só de um modesto enterro em um cemitério qualquer. Não dá pra ver de que cidade ele é, até a placa do caminhão sumiu. Bem!... problema dele. Vamos embora, você vai guiando.

— Faço o que quiserem, mas este caminhão é tudo o que tenho, e ainda estou pagando, trabalho com ele para o correio.

— Não vamos estragar seu caminhão. Se houver algum problema com ele, nós lhe daremos outro, fica frio.

— Qual a próxima cidade, meu irmão? Fica longe?

— Não! estamos a uns quarenta ou cinquenta quilômetros. É Chapadão do Sul, uma cidade pequena. É a última cidade do Mato Grosso do Sul, depois vem a fronteira.

— Entendi!... Então faremos o seguinte: passa direto por Chapadão do Sul e nos leva até o outro lado da fronteira. Qual a cidade que faz fronteira do lado de Goiás?

— Chapadão do Céu.

— Aqui é Chapadão pra todo lado? Que falta de imaginação.

— É... Daqui pra frente é um enorme chapadão, dá pra se enxergar a quilômetros de distância. Os terrenos aqui são lisos como uma tábua.

— Tudo certo... Já estamos por dentro da geografia da região. Agora pisa nesta coisa e faz isso andar, e bem depressa. Tenta manter-se calmo, que não quero sofrer mais nenhum acidente hoje.

O sol já se mostrava inteiro, com sua luminosidade ardente, quando deixaram para trás o local do trágico acidente que tinham acabado de sofrer. Estavam com o coração tão calejado que aquilo tudo não parecia abalá-los. Agiam de forma mecânica, estavam embrutecidos, pareciam feras, isentos de sentimentos, esvaía-se aos poucos de dentro dele toda sensibilidade, parecia que, tinham absorvido toda a maldade humana. Queria dizer isso ao seu companheiro, mas não dizia para não transparecer qualquer indicio de fraqueza. E tinha certeza que iria dizer que estava filosofando novamente.

Seguiram lentamente por aquela estrada mal cuidada. O caminhão não conseguia desenvolver uma velocidade maior, era um Mercedes 608, com um baú de carroceria, o que vinha dificultar mais ainda o deslanchar do veículo. Aquela morosidade, o barulho monótono do motor e o sol batendo de frente em seus rostos e ferindo suas vistas estava lhe dando sono. Estava quase cochilando quando o Padre se voltou para ele, cutucou-o de leve:

— Acorda, irmão, acho que vamos ter problemas.

— É! como sabe? — perguntou a ele com um olho aberto, outro semicerrado.

— Enxergo muito bem de longe, e já estou notando um movimento incomum logo mais à frente.

— Será uma barreira para nós?

— Talvez seja só uma blitz da policia rodoviária, mas em todo caso é bom ficarmos de sobreaviso.

— Conhece algum desvio por perto, motorista? — perguntou por perguntar, já imaginava a resposta. Se fosse realmente uma barreira, esta seria uma boa oportunidade para que ele se livrasse daquela carga incomoda, mesmo que conhecesse algum desvio, iria dizer que não.

— Não! nenhuma entrada. Estamos chegando em Chapadão do Sul, eles devem estar cobrindo a única saída.

— Tá legal! Vamos passar assim mesmo, procura se manter calmo. Se o policial der sinal para encostar, faz menção de obedecer, dá sinal que vai encostar e acelera. O restante deixa conosco. Magrão, você continua como está encostado na janela como se nada estivesse acontecendo. Eu vou ficar aqui debaixo da cabine para que não me vejam. É melhor que pensem que estamos só em dois aqui dentro. Assim que passarmos, se for preciso, deixa isto de presente.

Passou-lhe uma granada de mão, disfarçadamente, para que o motorista não visse e pudesse apavorar-se mais do que já estava. Pegou a granada, colocou do seu lado direito sobre o banco, acenou com a cabeça concordando.

— Você já foi Padre mesmo? — perguntou o motorista, iniciando uma conversa, talvez para quebrar a tensão ou o medo.

— Tenho cara de beato?... Sempre me perguntam isso.

— Não!... tem cara de pessoa comum!

— Padre não tem cara de pessoa comum?

— Nunca prestei atenção.

— Essa não entendi, por que perguntou?

— Só perguntei se já foi Padre, ouvi seu colega lhe chamar assim. Foi por pura curiosidade.

— De padre, médico e louco todo mundo tem um pouco. Você perguntou, porque não pode imaginar um sujeito que foi padre virar um assaltante, bandido ou assassino. É isso?

— Estamos chegando, corta o papo. Tem tira pra caramba, deve ser um batalhão, estamos importantes, meu irmão, montaram uma força conjunta, tem polícia militar, civil, rodoviária. Tá uma verdadeira festa ali na frente, parece uma parada militar, só falta uma banda pra nos recepcionar. Cadê a velha e boa Uzi? Vamos pôr molho nesta festa. Vou dar o tom.

— Está aqui na sacola, quer ela?

— Quero! vou fazer macaco pular. Queria que você visse que bonitinhos! todos com colete à prova de balas, suspensórios sinalizadores, uma graça.

— Vo... vo... vocês vão enfrentá-los — gaguejou o coitado do motorista, que àquela altura já devia estar molhando as calças.

— Não!... só vamos dar um susto neles, sem muitas pretensões. Mas não esquece de fazer exatamente como o Padre te mandou. Entendeu?

O guarda rodoviário deu sinal com a mão direita, indicando o acostamento ao motorista, e com a mão esquerda apoiava uma metralhadora reluzente. Com aquilo na mão ele devia sentir-se seguro e superior, sentia-se o dono do poder. Apesar disso, demonstrava certa indolência, ele e os outros, pela displicência, o faziam crer que nem imaginavam o que os esperava. O suor lhe descia pela testa; embora fosse cedo, o intenso calor já castigava, o sol era inclemente. O motorista fez menção de obedecer. Ainda deu uma boa olhada no rosto daquela figura prepotente, sorriu de forma bem zombeteira:

— Tá muito quente aí, seu guarda?

— Encosta logo aí, seu porra! Está querendo me gozar, pilantra?

— Não!... Estou querendo te assar, seu bosta...

Arrancou o pino da granada, atirou no meio das viaturas estacionadas no centro da rodovia fazendo a barreira, abaixou a cabeça. O Padre levantou-se com a submetralhadora na mão, acionou o gatilho, dando uma rajada de tiros, fazendo-os saltar ao chão, os que viram a granada que lançou saltaram o mais longe que podiam dos carros, gritando freneticamente:

— É uma granada! Protejam-se. Esses caras são malucos!

Foi uma explosão fantástica, causou avarias em quase todos os veículos que estavam ali parados um ao lado do outro. Não foi possível avaliar melhor os estragos, estavam com muita pressa. Mas pelo retrovisor traseiro deu pra pegar alguns lances daquela cena bizarra: policiais engatinhando, outros rolando pela rodovia, uma das viaturas explodiu, esparramando fogo por sobre as outras, causando alguns incêndios.

O Padre teve um ataque de riso, chegou a gargalhar até com histerismo. Já estava conseguindo contagiá-lo. Passou seu braço esquerdo por sobre seus ombros, com a mão direita afaguei seu peito, disse a ele:

— Calma, meu irmão, tá ficando bobo? Está parecendo um psicopata.

— É! Mas foi muito engraçado, esses caipiras nunca iriam esperar por uma coisa dessas, demos uma lição nesses putos.

— Demos!... demos sim. Agora eles sabem com quem estão lidando, e creio que não sobrou nenhum carro pra nos perseguir, sem contar com o susto. Até se refazerem vamos estar longe.

— Só que tem um porém, Magrão!

— Sim!... Qual será o porém?

— Quando se refizerem do susto e forem nos enfrentar novamente, virão com tudo. Mostramos nossas garras, assustamos eles pra burro, agora sabem do que somos capazes. Estão pensando que temos um arsenal e vão atirar pra valer.

— Tá certo... Temos que nos conscientizar, para nós vai ser matar ou morrer. Mas já estamos chegando na fronteira, talvez nos deem uma trégua.

— Tenho a impressão que você errou na sua conclusão — disse o motorista.

— Por que diz isso? — perguntou, já olhando o retrovisor, sem conseguir ver nada de anormal.

— Deve ter sobrado alguma viatura em bom estado. Estão vindo aí atrás, pela sinalização é carro de polícia.

Olhou mais uma vez e pôde ver: realmente vinham perseguindo-os a uma certa distância, mas não conseguiriam alcançá-los antes de atravessarem o rio Aporé, que fazia a divisa com o estado de Goiás.

Alcançaram os limites de Chapadão do Céu já quase onze horas, não tinham sido em momento algum incomodados por nada, sequer cruzaram com alguma viatura policial. Pararam em um posto de serviços, comeram alguma coisa, o motorista do caminhão sempre ao seu lado. Pelo menos até ali não houve nenhuma manifestação contrária, estavam completamente incógnitos. Terminaram a rápida refeição, falou ao motorista:

— Vamos? Na próxima cidade nós o liberamos, foi bom te conhecer! Mas até agora não sei seu nome?

— Luís Cândido Belo, todo mundo me chama de Belo.

— Belo!... Essa é boa! Belo, cada nome! — O Padre levantou-se, pagou a conta, continuou resmungando como se não tivesse gostado do nome do coitado do motorista:

— Tem dinheiro pra voltar pra casa? Belo!... — Balançou a cabeça negativamente ao repetir o nome que o intrigava.

— Tenho!... tenho sim. Pode deixar, eu me viro.

— Eu me viro, como coisa que sabe se virar. Dê a ele algum dinheiro, Magrão. Faz as contas de uma calça nova e inclui, que essa aí ele deve ter borrado toda.

211

— Quando devo dar a ele? Quinhentos? mil? quanto?

— Três mil, está bom?

— Puxa! Três mil. Nunca ganhei tanto numa viagem, está ótimo. Mas vocês não disseram seus nomes, só gozaram do meu.

— Bem... se por acaso formos apanhados pela polícia, vai saber pelos jornais, televisão, nossos nomes. Se não nos apanharem, só vai poder contar a sua aventura aos seus netos, usando nossos apelidos.

Acomodou-se na cabine do caminhão, dizendo ao boquiaberto condutor:

— Entra em Chapadão do Céu. Quando eu mandar você parar, para e nos deixa descer. Assim que nos deixar, vira a primeira esquina e some. Se for um cara inteligente, só vai nos denunciar quando chegar no Mato Grosso do Sul novamente.

Balançou a cabeça, fazendo tremer suas vastas bochechas e sua proeminente papada que pendia por baixo do queixo, isto sinalizava que estava bem acima do peso.

— Opa! Parece que entramos justamente defronte à Delegacia — mostrou-lhes o motorista, fazendo sinal com a cabeça, indicando um prédio antigo, escrito Delegacia de Polícia na fachada suja. Bem em frente um policial militar acabava de bater o capô dianteiro do carro Fiat Uno que servia de viatura.

— Para ao lado da viatura, pediu ao caminhoneiro.

— E aí..., faço o quê?

— Vai embora!... Que foi que lhe disse há pouco?

— Tá!... Boa sorte.

O Padre lhe pareceu estar ficando louco, ou extremamente abusado, não entendeu nada quando deu volta por trás do veículo. A única coisa que pode fazer foi segui-lo, ele abriu a porta do carona e entrou. O policial olhou-o com cara de espanto, tendo um pequeno sobressalto, quando se curvou para olhar melhor quem havia entrado no carro. Talvez pensasse que fosse algum conhecido fazendo uma brincadeira, um estranho não faria tal absurdo. Espantou-se mais ainda quando sentiu o revólver do companheiro pressionar suas costelas.

— Tem mais policiais na cidade, amigo? — perguntou o Padre.

— O que é isso?

— Você não respondeu minha pergunta!

— No momento só eu, estou de saída do meu turno. Já, já vem outro pra me substituir. Quem são vocês?

— Seus sequestradores, entra aí no carro e toca em direção à rodovia. A partir de agora você é nosso prisioneiro.

— Mas o que estão fazendo?

— Estamos te sequestrando. Será que está tão difícil de entender? É burro ou está dormindo? Quer levar uma bala nos cornos pra acordar?

— Este carro não está legal, está apresentando defeito.

— Não faz mal. Na rodovia apanhamos outro, se este não aguentar.

O policial ainda parecia não estar acreditando no que estava acontecendo. Nunca iria imaginar uma coisa dessas, nos confins do estado de Goiás e justo com ele. Balançou a cabeça, como que querendo acordar de um pesadelo, deve ter imaginado que aquilo só podia ser um sonho, suas mãos tremiam, os olhos pareciam que iam saltar do rosto. Ainda olhou mais uma vez, apresentando na testa algumas rugas de indignação. Magrão teve vontade de rir daquela expressão idiota, aparentemente envelheceu vinte anos em um segundo.

— Alguma dúvida ainda?

— Vocês estão loucos, eu sou da polícia!

— E daí? Nós somos ladrões... tá estranhando o quê, acha que vai nos intimidar com sua farda? Eu conheci tantos policiais ladrões, assassinos, psicopatas. Corruptos então não dá nem pra contar, e nem por isso estou espantado.

— Sinceramente, Padre, me responde? O que te deu na cabeça de sequestrar um policial e essa droga de carro? Existem tantos outros por aí que poderíamos ter roubado, por que justo este?

— Impulso!

— Impulso?! Às vezes você me surpreende!

— Sempre quis fazer isso, era uma fixação. Agora surgiu a oportunidade. Pena que o carro está uma merda, realmente ele disse a verdade, vamos ter de substituir este veículo. Infelizmente, nosso amigo polícia vai ter que nos ajudar a conseguir outro. Porém, enquanto este aqui aguentar rodar, nós vamos nele.

Ao retornarem na rodovia, perguntou ao policial, estava se sentindo perdido:

— Esta estrada nos leva aonde?

— Jataí... É a próxima maior cidade.

— Está a que distância?

— Duas ou três horas.

Já tinham se afastado consideravelmente de Chapadão de Céu, quando o rádio da viatura começou a fazer algumas chamadas. Queriam saber onde se encontrava o policial que estava sumido e se encontrava agora em poder dos dois companheiros:

— Central chamando Deolindo, responda. Câmbio.

— Deolindo!... que coisa estranha! Isto é nome que se coloca num cidadão? Cada nome esse povo me arruma, resmungou novamente o Padre. Deolindo!

— Não gostou do nome do policial, Padre?

— Não... nem do nome nem dele, e já estou com raiva de quem colocou esse nome nele.

— Posso responder o chamado? — perguntou o policial.

— Olha pra nossa cara, acha que temos cara de bobos. Podemos ser loucos, mas burros e bobos não somos.

— Deixa ele responder — falou o Magrão. — Pega esse rádio e diz que está na oficina, o carro deu problema. Pega e diz exatamente como estou mandando. Se falar qualquer coisa diferente, leva uma coronhada capaz de abrir sua cabeça pelo meio.

— Deolindo para a central... câmbio?

— Pode falar, estamos ouvindo... câmbio.

— Estou na oficina mecânica, dando uma arrumada no carro, voltou a dar problema... câmbio.

— Entendido... câmbio.

— Tá vendo... ficou mais fácil agora, vão esperá-lo por longo tempo. Mas daqui para frente deixa esse rádio ligado sem tocar nele. Qual é o alcance?

— Não sei, só usamos na cidade, vez ou outra. Vocês têm intenção de me matar?

— Depende! Se você cooperar conosco, sai vivo. Senão...

— Entrei faz pouco tempo na Polícia, não tinha outro emprego. Fiquei mais de ano parado, só fazendo bico. Não quero morrer, tenho família.

— Essa história não é nova, hoje em dia todo mundo passou ou está passando por isso. Nós nunca tivemos problemas de emprego, você concorda comigo, Padre? Somos autônomos, damos assistência a bancos, somos executivos.

— Gostei, Magrão! Está aprendendo a fazer piadas interessantes: executivos... muito boa, enquanto um executa o assalto, o outro fica assistindo e executa quem se atreve a nos atrapalhar.

— O que está acontecendo com esta droga de carro?

— O carro está pifado, eu disse a vocês que estava com problemas.

— Entra naquele acesso de fazenda à direita, estou vendo algumas casas. É possível que haja um carro por lá, pegamos emprestado.

À medida que se aproximavam, os moradores das duas únicas casas saíam para o quintal de chão batido. Encontravam-se em casa duas senhoras, uma já bem idosa e uma outra mais jovem, porém com sinais claros de ter passado dos quarenta anos, algumas crianças, um casal bem jovem e um casal de adolescentes. A senhora que devia ser a mãe das crianças foi quem os recebeu, todos muito apreensivos, também não era pra menos, ver chegar uma viatura policial, qualquer pessoa fica preocupada, aproximaram-se pouco mais, cumprimentando:

— Bom dia! — ainda com um ar desconfiado. Mostravam-se bastante retraídas, os demais parentes foram se agrupando em torno da senhora que os cumprimentou. O Padre é que respondeu:

— Bom dia! Ou será boa tarde? Não se assustem, estamos de passagem. O carro está com defeito e achamos que poderiam ter um outro aí que pudéssemos emprestar até chegarmos à Jataí.

Parece que tirou um peso enorme das costas, a pobre mulher suspirou aliviada e respondeu:

— É!... bem que a gente gostaria de ter, moço, mas a única condução que temos é uma velha carroça e um burro, que meu marido está usando. Foi levar umas coisas na cidade pra ver se vende pra podermos comer. Olha lá, se não tiver que vender a carroça e o burro.

Empurrou o policial pra fora do carro e saiu ao seu lado. Foi quando pode perceber realmente a miséria por que passavam, a pobre mulher não mentira, as crianças aparentavam estar desnutridas, isto pela palidez estampada nos seus rostos esqueléticos, deviam trazer uma forte carga de verminose. Angustiado, virou-se para o companheiro e disse-lhe:

— É, meu irmão, batemos no lugar errado. Mas pelo menos um pouco de água poderemos beber.

— Por que não usam o rádio do carro pra pedir ajuda, perguntou-lhe o jovem adolescente?

— O rádio também está com defeito, só recebe chamadas, mas não as emite.

— Diz a eles a verdade, Padre. Não vai mudar em nada nossa sorte e tampouco alterar nosso destino.

— O senhor é Padre?

— Outra vez... Não aguento mais responder isso. Não, filho, sou assaltante de bancos, eu e meu amigo. Padre é um apelido que ele me colocou quando nos conhecemos e ficou.

A infeliz senhora, ao ouvir isso, teve que ser amparada pelas crianças, suas pernas falsearam e na bambeada quase caiu desmaiada. Tal foi o susto.

— Calma, minha senhora, não temos intenção de lhes fazer nenhum mal e tampouco causar-lhes problema. Já percebemos que os problemas que vocês têm por aqui são suficientes. E também não existe mal maior que a fome. Só queremos descansar um pouco, tomar um gole de água, e seguiremos nosso caminho. Não somos de todo maus, pode acreditar.

Neste momento o rádio do carro voltou a funcionar. Interceptou sinais de uma comunicação da polícia do Mato Grosso do Sul para a polícia de Jataí, Goiás. Aumentou o volume e ficou na escuta. Informavam à polícia goiana a respeito deles, passando detalhes sobre o assalto ao banco, suas características e dizendo que eram elementos de altíssima periculosidade, que estavam muito bem armados, tinham, além de metralhadoras, também granadas. Disseram o quanto eram ousados, que conseguiram furar um cerco policial, após terem tomado de assalto um caminhão dos correios, que já haviam abandonado. Segundo informações do motorista do caminhão, deviam estar de posse de uma viatura da polícia de Chapadão do Céu, tendo o policial como refém. Isto se já não o mataram.

— Positivo... mensagem recebida, mas de quantos bandidos é composta a quadrilha?

— Restam dois, mas pelo que consta são os mais perigosos e mais violentos. Estavam três em dois carros. Na perseguição um dos carros capotou após bater em uma máquina agrícola e o bandido morreu no acidente. Mas convém que tenham todo o cuidado com os dois que restam, são sangue ruim.

— Tem informações dos nomes ou mais detalhes dos ladrões?

— Só os apelidos, o motorista dos correios nos informou que um atende pela alcunha de Padre e o outro por Magrão. São extremamente frios e violentos

— Entendido... câmbio e desligo.

— Padre!... escutou isso? Estamos ficando famosos. A pior notícia foi de que o Diogo morreu mesmo.

— Tinha alguma esperança?

— Para ser franco? Tinha!

— O que vamos fazer?

— Vamos voltar para a rodovia e o nosso camarada Deolindo vai parar o primeiro carro que passar em direção à Jataí. Como está de farda, fica mais fácil, qualquer trouxa para.

— Dá algum dinheiro pra essa família, Magrão. Estão em pior situação que a gente.

— Estamos parecendo o bando de Robin Hood. Daqui a pouco estaremos com um exército de roceiros roubando com a gente.

— Vai ser muito engraçado.

— Também acho que vai.

Entrou na casa, colocou a sacola sobre uma mesa de madeira tosca, carcomida pelo tempo, em seguida chamou a senhora de lado, entregou-lhe um pacote de dinheiro. Deveria conter ali uns quinhentos ou mil reais. Pensou que mais uma vez ela fosse desmaiar, agora seria de alegria, duvido que alguma vez em sua vida tivesse visto tanto dinheiro na sua frente.

— Toma, dona, fica com essa grana. Vai ajudar a comprar comida e remédio de vermes para as crianças.

— Meu senhor Jesus Cristo! — Começou a suar e deu alguns pulos, esfregando as cédulas com suas mãos calejadas. — Nunca vi tanto dinheiro na minha vida, quanto tem?

— Sei lá! Depois a senhora conta, obrigado pela acolhida.

— Acho que foi Deus que mandou vocês parar aqui. Deus abençoa vocês dois, muito obrigada.

Abraçou seu pescoço tão apertado, quase que o sufoca, tanto pelo aperto do abraço como pelo cheiro forte do suor e pela falta de higiene. Compensou com um sorriso largo que iluminou o rosto. As lágrimas rolaram abundantes, molhando sua pele. Sentia-se constrangido, sem saber o que responder, lembrou-se dos tempos de menino, das dificuldades que passou, ele e sua família, a saudades que sentiu de sua mãe naquele momento o fez soluçar. Antes que a emoção tomasse conta, afastou a senhora suavemente, com um sorriso sem graça, acenou a todos em sinal de despedida e saiu sem dizer nada, sentindo um nó na garganta. Deixou o local rapidamente, para não chorar junto, já estava bastante sensibilizado, até debilitado, com a notícia da morte do Diogo, coisa que já tinha certeza, mas não queria aceitar. Diogo, seu grande amigo, companheiro para todas as horas.

— Vamos, Magrão, vai acabar ficando por aí desse jeito.

Deram uma mexida no motor, com alguns trancos fizeram o carro funcionar, estava duvidando que aguentasse chegar até a rodovia, mesmo assim, entrou no carro e foram tocando aos solavancos de volta para a rodovia.

— Vou abrir o capô e o porta-malas da viatura, para que as pessoas vejam que está avariado. Coloca o triângulo mais atrás e o Deolindo vai parar o primeiro carro que passar.

— E depois, o que farão comigo? — Já não dava para distinguir qual era sua cor de tanta palidez.

— Fica tranquilo. Se nos ajudar sem criar problemas, vai usar essa farda horrível muitos anos. Pode crer.

— Não vamos levá-lo com a gente? — perguntou o Magrão.

— Não! Vamos deixá-lo algemado na viatura.

O veículo Corsa, com um jovem casal dentro, estacionou no acostamento ao sinal do policial, sem que houvessem percebido a encrenca em que estavam se metendo. Logo que desligaram o motor, aproximou-se com a arma em punho, encostou-a no peito do rapaz. com uma voz ameaçadora e autoritária, ordenou:

— Chega pra lá, moça, desce daí e vai sentar-se atrás. Procurem não ser engraçados ou dar uma de valente, que tudo vai dar certo.

A garota imediatamente cumpriu com o que lhe foi ordenado: desceu rápido e entrou na parte traseira do carro. O seu companheiro, que estava no volante, continuou lhe olhando incrédulo, com a boca aberta, sem saber que atitude tomar. Esperou que se refizesse do susto, recuperasse a voz, enquanto o Padre algemava o policial dentro da viatura e pegava a sacola com o dinheiro roubado e as armas. Encostou-se no carro, puxou a porta lateral traseira, foi entrando e ao mesmo tempo empurrando a garota para o outro lado do banco, sem a menor cerimônia, sem pedir licença, só foi forçando a entrada.

— O que houve com o moço, Magrão? O cara virou estátua ou é surdo?

— Estou esperando-o se decidir a ir para o outro lado, como eu mandei, ou levar um tiro no ouvido pra desentupi-lo.

O jovem motorista olhou pra trás, soltou um urro ao sentir um cutucão nas costas da ponta da pistola do Padre, deu um salto todo desajeitado, indo sentar-se no outro lado, no banco do carona. O Padre travou as portas, e falou:

— Estamos pegando emprestado seu carro por ser uma emergência e por pouco tempo. Podem ficar tranquilos, que nada de mau irá acontecer, a não ser que nos forcem a isso.

Os dois assentiram com a cabeça, os movimentos foram coordenados. Parecia que ainda não tinham conseguido recuperar a voz.

Voltou-se em direção ao rosto do indivíduo, olhou bem fundo nos seus olhos, sorriu dizendo:

— É!... meu camarada, agora você aprendeu. Nunca para em uma rodovia nem para ajudar ou, pior, dar carona a quem quer que seja, é muito perigoso. Quando tiver minha empresa de segurança, esta vai ser uma das normas. Mas me diz, a hora que conseguir falar, lógico: Jataí está longe?

— Não!... é perto, estamos quase chegando. Vão parar em Jataí?

— Não!... não vamos não. Você viu, companheiro, como não é difícil falar. Nós iremos seguir adiante. Qual a próxima cidade depois de Jataí?

— Rio Verde, tem algumas pequenas vilas entre as duas cidades.

— Rio Verde está ótimo. Vamos seguir juntos até lá e em seguida vamos para o Mato Grosso. Se não me engano fica perto.

— Vamos levar estes dois com a gente até Rio Verde?

— Eles é que vão nos levar, estavam indo pra lá mesmo.

— Como sabe? Adivinhou ou perguntou a eles?

— Não... vi a placa do carro, é de Rio Verde.

Passaram por Jataí sem mais fazer comentários, estavam com suas atenções redobradas, ficaram muito mais atentos, depois do que ouviram pelo rádio. Estranharam muito, tudo lhes parecia muito calmo, nem no posto da Policia Rodoviária foram importunados. Porém, assim que cruzaram defronte à guarita, o Padre ainda desconfiado olhou para trás e notou um movimento diferente: viu alguns policiais correndo em direção às viaturas estacionadas ao lado. Percebeu, ainda, que chegaram mais alguns veículos apressados: tinham as cores da polícia militar do estado de Goiás.

— Magrão, pisa fundo nesta coisa, que o nosso amigo Deolindo já foi socorrido.

— Por que você acha?

— O movimento lá no posto da guarda rodoviária intensificou-se. Assim que passamos armaram um alvoroço danado, estão surgindo guardas por todo lado e estão chegando mais viaturas da Policia Militar, certamente virão atrás da gente.

— Você não avariou ou pelo menos retirou os cabos do rádio da viatura que deixamos?

— Esqueci-me desse detalhe. É provável que Deolindo tenha passado um rádio para a guarda rodoviária, dando inclusive a descrição do carro que estamos usando.

— É o que eu também acho, mas deve ter dito que fizemos duas pessoas de reféns. Não vão querer nos atacar e pôr em risco suas vidas.

— Tomara que não, estou ficando cansado, queria muito não ter que matar mais ninguém. Se sair dessa com vida, meu irmão, prometo, vou me aposentar.

— Como assim? Sair vivo!... Nós estamos vivos. E vamos sair dessa, pode crer. Ninguém vai morrer não, Padre.

— Esqueceu-se de um porém, cara, estamos em novembro.

— Cacete...Tinha que me lembrar? Tenho traumas de novembro, tudo me acontece em novembro. Espero que desta vez aconteçam coisas boas.

— Falei isso pra te encher o saco, Magrão. Já tivemos tantos novembros na vida, e estamos vivos, com saúde. Enfrentamos situações bem piores e até hoje nunca levamos um tiro, aliás nem um arranhão. Se fôssemos frequentadores da umbanda, diria que temos o corpo fechado.

— É verdade, nesse ponto você tem razão. Quando enfrentei meu primeiro tiroteio, estava pra completar quatorze anos. Foi quando tive que matar um velho pra salvar o Beto, te contei?

— Contou, mais de uma vez, nem sei quantas, agora vê se não se distrai e pisa fundo nesse acelerador.

— Notou se estão nos perseguindo?

— Não... por enquanto não estou conseguindo ver. Se estiverem, ainda estão longe. Vê se para com essa sua história, pode assustar nossos amigos.

— É... tem razão, vão pensar que somos os piores bandidos do mundo. E ainda nem nos apresentamos, ficamos de prosa eu e você, esquecemos nossos bons modos.

— Não sinto muita disposição nesses dois em se manifestarem, acho que não estão gostando da gente.

— É melhor assim: quanto menos intimidade tivermos, melhor. As coisas começam com um papo amistoso, daqui a pouco querem que sejamos compadres. Já viu né! Acabo me apegando muito, aí qualquer coisa que aconteça vou morrer de remorsos.

— Não quer saber nem os seus nomes?

— Os nomes, tudo bem. Só tem um porém, se for estranho não vai fazer gozação, é falta de educação. — Tocou em suas costelas com o cotovelo, sinalizando com a cabeça, como que interrogando.

— Pedro Alonso.

— Pedro Alonso... É bonito nome! E o seu, moça?

— Maria Rita.

— Também não é feio, duas santas. Eu sou o Magrão e ele é o Padre. Agora misturamos santos e padre, ficará tudo abençoado.

— Magrão e Padre não são nomes, são apelidos — falou com uma voz meio embargada a garota, me pareceu que disse aquilo pra soltar o nervosismo, devia estar tão tensa que perguntou para não explodir.

— É verdade, há tantos anos só me chamam de Magrão, que até esqueci meu nome. Também quanto tempo não falo com minha mãe ou minha tia, só elas me chamam pelo nome. É José Antônio.

— Meu nome é Heitor. Meu pai, apesar de caipira, um sujeito chucro, gostava do compositor Villa Lobos, o primeiro nome dele era Heitor. Bonito, né?

— Por que vocês não nos deixam aqui na beira da estrada e vão embora com nosso carro? Não diremos nada à polícia.

— Está vendo, Magrão! Você tem razão, começamos a dar colher de chá, e já querem uma jarra, foi só abrirmos nossos corações pra essa gente e já pensam que podem abusar da nossa fraqueza. Se dermos mais um minuto de prosa já vão nos influenciar mal.

— Isso é verdade — respondeu sorrindo.

Notou pelo retrovisor que o Padre remexia nervosamente por dentro da sacola. Retirou uma granada o e disse:

— Esta parece ser a última. Segura com uma das mãos, dirige com a outra. Na hora de lançá-la atire com capricho, vê se não erra.

— Por que isso?

— Pela placa que vi ali atrás, já estamos chegando e estou com pressentimentos que vamos ter problemas. É quase certeza que a polícia de Rio Verde foi comunicada e estarão nos esperando. Eu detesto surpresas, é bom estarmos preparados.

— Vão encarar a polícia com a gente aqui dentro? — perguntou o refém, pálido como uma cera. Pareceu a eles o jovem estar com ânsia de vômito, de pavor.

— Vocês serão nossos escudos. Vira essa cara para o outro lado da janela, se quiser vomitar.

— Deixem pelo menos a Maria Rita fora disto, pelo amor de Deus?

— Acertou outra vez, Padre! Lá estão eles nos esperando, cruzaram duas viaturas no meio da rodovia.

— Dá pra passar pelo acostamento, deixaram um espaço à direita. Não dá?

— Vai ter que dar, mas posso passar entre os dois veículos. Avanço com o carro para cima dos dois tiras que estão no centro da rodovia e passamos atirando cada um para um lado. Pela maneira que montaram a barreira, esses miseráveis não têm a mínima experiência.

— Será que daria tempo de você atirar a granada sobre eles e passarmos antes de explodir? Eu atiro com a metralhadora, enquanto você atira a granada.

— Não dá... não vamos arriscar. Mas faz o seguinte: atira nos caras com sua metralhadora, eu jogo a granada sobre eles quando estivermos passando. Quando virem a bomba caindo nas suas cabeças, vai ser um Deus nos acuda.

— Tudo bem... vamos seguir sua sugestão. Pisa fundo e vai pelo meio.

— Estou ouvindo barulho de sirene.

— São nossos perseguidores vindo lá de Jataí, estão perto agora.

Puxou o pino da granada. Levou a bomba perto do rosto para melhor impulso e imediatamente arremessou-a sobre eles:

— Tá aí, um presente pra vocês seus filhos da mãe. Morram desgraçados.

Enquanto isso o Padre atirou com a metralhadora na direção dos policiais que se postavam em frente, as balas iam estilhaçando para-brisas, fazendo os tiras saltarem ao chão para se protegerem dos projéteis que ameaçavam atingi-los. Assim que arremessou a granada, levou a mão à cintura, empunhou sua automática e entrou no tiroteio. Os policiais que sentiu estarem no seu alcance, perceberam, fugiram do local, buscando proteção nos barrancos da estrada, mas alguns deles, protegidos, abriram fogo em sua direção. Atingiram vários projéteis na lataria do veículo, algumas balas passaram perigosamente entre as janelas, dava pra sentir o vento das balas passando rente a suas cabeças.

Quando o carro atravessou a barreira, forçando o espaço entre as duas viaturas a sua frente, teve que se concentrar o máximo naquela manobra arriscada. Por muito pouco não capotaram, em função do impacto lateral que tiveram: saíram ziguezagueando na pista, os cavaletes sinalizadores voaram alguns metros acima do teto do carro. Ouviram alguns gritos de dor, mas não pôde olhar pra trás, porque o carro dançava sobre o asfalto, uma bala atingira um dos pneus. Só percebeu que o jovem do seu lado estava ferido quando tombou sobre seu colo, foi controlando o carro e viu que logo adiante havia um posto de abastecimento, conseguiu chegar até a entrada e não foi possível prosseguir: o motor travou bem na rotatória em frente dele. Olhou para trás:

— Passamos, meu irmão. E aí, como está?

Ele estava arcado sobre os joelhos, gemendo com as mãos sobre o rosto, a garota desmaiou com um enorme buraco de bala na coxa esquerda, sangrava em abundância. Colocou o rapaz na posição anterior, para fora do seu colo e ergueu delicadamente a cabeça do seu amigo, o sangue banhava todo seu rosto.

— Me acertaram um tiro no olho, Magrão, arrancaram meu olho fora.

— Vem, vamos dar uma corrida até o restaurante do posto. Lá trataremos disso, vem, eu te ajudo.

— Não!... Dá pra andar sozinho, sem ajuda, pega as armas e o dinheiro.

— Tá legal, vamos? E o casal, vamos deixá-los aí?

— Deixa! alguém vem socorrer.

— Foi você que atirou na perna dela? A bala alojou-se do seu lado.

— Acho que foi. Assim que me acertaram na testa, fiquei meio zonzo e acho que nesta hora disparei sem querer.

Havia uma Fiat Fiorino junto à bomba de gasolina, abastecendo, pegou no braço do Padre e o arrastou naquela direção, falando:

— Vamos... vem comigo, vamos pegar aquela Fiorino.

Chegaram perto, empurrou o frentista, jogando-o ao chão. Sentou-se no volante, o padre deu a volta, foi trombando com o que vinha pela frente, seguia tapando o olho cego com a mão e com isso não conseguia firmar as pernas trôpegas, com esforço, entrou do outro lado. Arrancou em velocidade, mas não foi possível ir muito longe. Fecharam a saída, colocaram um caminhão do exército bloqueando a passagem e ao mesmo tempo iniciaram novo tiroteio em sua direção: a saraivada de balas arrancou o capô dianteiro, com os impactos deve ter sido aberto, fazendo-o saltar por sobre a camioneta.

— Não dá para prosseguir, meu irmão, vamos voltar para o posto.

— Está doendo para burro, não enxergo nada.

— Fica frio, aguenta mais um pouco, lá dentro acertamos isso. Eles não são loucos de atirar em nós em um local cheio de gente e que pode explodir com o impacto de uma bala.

— Não! Hem?... Eles atiraram na gente e nos reféns que estavam conosco.

— Responderam aos nossos tiros, agiram no reflexo. Vamos, rápido.

Entraram no restaurante do posto, se jogaram no solo para se protegerem, caíram pesadamente e rolaram para trás da amurada. Era uma mureta baixa e sustentava uma vitrine protegida por persianas, enquanto sentaram no chão, recostando-se à parede. As pessoas que estavam fazendo suas refeições ou descansando, ao vê-los entrar, imediatamente deixaram o local em desabalada carreira. Desapareceram dali, buscando proteção em outros lugares, após terem assistido incrédulos aquela tentativa frustrada de fuga. Percebiam claramente que poderiam sofrer alguma consequência daquela batalha. Só a garota que estava no caixa não teve tempo de sair, ou ficou tão estarrecida pelo medo que não conseguiu se mover.

— Tem alguns produtos de primeiros socorros por aí? — perguntou a ela, enquanto o Padre tentava segurar o sangue com a camisa.

— Temos um estojo aqui — respondeu-lhe de forma mecânica, já indicando o local onde estava.

— Ótimo, então traz. Abaixe-se para não ser confundida e levar uma bala na cabeça. E fica de olho, vê se não se aproximam; se notar qualquer movimento me avisa, vai prestando atenção lá fora

Ela lhes trouxe o estojo de primeiros socorros. Pegou um chumaço de algodão, embebeu de água oxigenada, limpou a ferida, colocou por sobre o buraco que havia se tornado o local onde antes estava o olho. Colocou algumas compressas de gaze e firmou com esparadrapo, improvisando um tampão.

— Vou ficar cego de um olho, Magrão!

— É!... acho que vai, mas tem que ver o lado bom da coisa.

— Porra, Magrão! Não é hora pra brincadeiras, cara, vou ficar cego, não está vendo? Que merda de lado bom?

— Por este fato, podemos perceber que os caras atiram mal pra burro. No mínimo tinham mirado sua enorme cabeça e erraram acertando o olho. Você com um olho só terá muito mais vantagens que esses caipiras com os dois. Pior seria se tivessem te arrancado o braço direito. Aí o bicho pegava feio. O seu braço esquerdo não presta nem para subir em ônibus.

— Bem! Escutando essas bobagens, me dá o alento de que pelo menos não fiquei surdo e estou vivo. Ei, garota, está vendo alguma coisa lá fora, como está a movimentação? Será que vão nos atacar, Magrão?

— Por enquanto devem estar recolhendo os restos do estrago que fizemos, juntando os cacos da batalha. Daqui a pouco devem se manifestar.

— O que vamos fazer, Magrão?

— O que acha de corrermos até a rodovia, parar um carro e fugirmos. Devem estar distraídos. Jamais esperariam por uma atitude desta.

— Daqui até a estrada é um trecho longo. Devem ter alguém de espreita. Se fizermos isto, poderemos cair numa cilada.

— Eu sei, espera! Agora é que estão socorrendo o casal que estava com a gente. O cara deve ter morrido na hora, mas a garota, se morreu, foi porque perdeu todo o sangue.

— Vão dizer que fomos nós que os matamos.

— É verdade, vamos ter que assinar mais esse B. O.

Ficou olhando em volta, era possível enxergar toda a extensão do terreno. Foi quando algo lhe chamou a atenção:

— Sei que você não acredita em sonhos, mas em premonições você acredita, Padre?

— Sei lá... ultimamente estou acreditando em qualquer coisa, por que a pergunta, agora?

— Lembra-se do sonho que tive, antes deste assalto, quando falei do bosque com as árvores todas queimadas, pareciam esqueletos de carvão, o chão recoberto de cinzas. E os meus velhos fantasmas vindo ao meu encontro!

— Claro que lembro. E daí?

— Encontrei o local, meu irmão, está bem na minha frente. Do outro lado da rodovia tem um bosque todo queimado, idêntico ao do meu sonho, até o som que ouvi no sonho estou ouvindo agora. Só faltam os fantasmas. Será um aviso?

— Vamos nos entregar, Magrão?

— Quer se entregar? Você vai, está ferido, receberá tratamento, pega uma cana e sai numa boa.

— Não! Vamos encarar essa batalha juntos, começamos juntos e vamos acabar juntos. Lembra? Sabe quantos anos de prisão pegaríamos se nos entregássemos?

— Nem faço ideia.

— Uns duzentos anos.

— Cairemos na lei dos trinta anos e de qualquer jeito cumpriremos trinta anos de cadeia. Não é mole, não.

— É... mas... até lá estaria com mais de sessenta anos de idade, e suportar trinta anos trancado! Não, prefiro morrer lutando.

— Parou de doer o olho?

— Não... parou nada. Continua dando umas agulhadas profundas que dão vontade de gritar. Mas vou aguentar.

— Pra quem sempre se gabou de nunca ter levado um tiro em toda a existência, esse veio pra compensar.

— Você me diz isso porque não levou nenhum ainda.

De repente se calaram, ficaram em absoluto silêncio, um silêncio fúnebre, porque tudo em volta estava também muito quieto, nem do vento conseguiam ouvir o barulho, quando ele balança as folhas das árvores. Nada se movia, parecia que o tempo tinha parado. Encostou a cabeça na parede, semicerrou os olhos, recomendou à garota do caixa:

— Continua olhando lá fora, fica atenta e não se distraia. Qualquer movimento dá um grito.

Ficou perdido em seus pensamentos, sentia-se tão cansado, viajou distante naqueles pensamentos, uma viagem no tempo, indefinida, vieram-

-lhe as lembranças dos tempos de menino. Seus pensamentos chegaram na velha periferia de São Paulo, onde cresceu e logo retornaram para Campinas, não queria ficar com as lembranças tristes do passado. Sentia uma dorzinha profunda dentro peito, atingindo o coração. Passeava através das recordações, quando o Padre o cutucou:

— Sonhando acordado, meu irmão? Estava onde?

— Com saudades!

— Também sinto saudades... Do que mais sente saudades, Magrão?

— De tudo... da infância que não tive, da família que acabei perdendo ao afundar-me nesta lama, achando que este era o caminho certo para poder protegê-los, saudades dos poucos amigos que se foram e principalmente da única mulher que amei realmente.

— Minha irmã?

— É! Ainda a amo, sinto muita falta dela.

— E a Aline?

— Gosto dela, mas não com a mesma paixão que sinto pela Rose... a Rose, sim, foi meu primeiro, único e grande amor.

— Por que não brigou por ela, por esse amor?

— Há muito tempo que sabia que minha vida iria acabar assim, minha mãe, quantas vezes não me alertou. Esse é o meu destino, aliás entrei nesta vida de crimes por causa dela.

— Como assim?

— Quando trabalhávamos na mercearia, aquela que roubamos, lembra? o primeiro trabalho que fizemos juntos, bem antes de conhecê-lo eu a pedi em namoro. Sabe o que me respondeu?

— Não... nem faço ideia.

— Ela falou-me: "Magrão... meu negócio é dinheiro. Viver na miséria já chega. Quero alguém que tenha condições de me dar de tudo, luxo, conforto, um cara que tenha grana. O que você pode me oferecer?... Nada!"

— É! Isto é muito próprio da minha irmã, sempre foi muito revoltada, era vaidosa, egoísta, mas gostava realmente de você, meu irmão.

— Vamos ficar aqui chorando o leite derramado, ou vamos enfrentar os tiras e tentar fugir?

— Deixa-me ver como está lá fora? É estranho este silêncio, que será que estão tramando. Será que estão querendo nos deixar nervosos?

Continuava o mesmo, aquele silêncio profundo. Não viu nenhum policial, verificou sim aquele caminhão do exército: continuava estacionado no mesmo local. Um ou outro carro cruzava a rodovia. Sentiu um calafrio, o vento levantou as cinzas do bosque queimado, tingiu de escuro a brisa da tarde. Formou-se em seguida um rodamoinho, levantando a poeira do asfalto corroído, misturando tudo, terra e cinzas:

— Só tem aquele caminhão do exército parado ali adiante.

— Como você sabe que é do exército?

— A lona da carroceria é verde-escura e as camuflagens na lataria. Isto indica que vamos ter guerra. Chamaram o exército para nos enfrentar.

— Não seja bobo, Magrão, acha que iriam chamar o exército pra nos prender?

— Não estou vendo nada lá fora, nem soldado nem polícia. Devem estar escondidos nos esperando.

— Que me diz, vamos testar?

— Levamos o fuzil?

— Não... só a metralhadora e os revólveres.

— E granadas?

— Acabaram, não temos mais, usei a última na barreira.

— Bem!... vamos ver do que somos capazes: se temos o corpo fechado mesmo. Foi isso que você falou?

— Foi!... mas não acredito nestas coisas, é idiotice. Esqueceu que fui seminarista?

— Foi mesmo, bom seminarista. Vamos sair, tá preparado?

— Vamos... Contamos até três: um... dois... três... já!

Correram desenfreadamente, em zigue-zague: aquela estrada parecia tão longe, corriam... corriam e nunca chegavam. Ele estava ofegante, parecia que seu coração ia saltar pela boca. Olhou para o Padre, o ferimento de seu olho voltava a sangrar e ele não parecia se importar, estava obcecado por fugir. Por fim chegaram no meio da estrada: aquele asfalto quente emitia um vapor seco, parecia uma caldeira, contrastava com a brisa suave da tarde que soprava em suas faces. De repente pararam, como se tivessem trombado com uma barreira invisível. Seu coração acelerou descompassado, foi a primeira vez que sentiu medo de morrer: lhe pareceu que todo o exército e toda a guarnição da polícia de Goiás estavam ali os esperando. Foram vários estampidos, aliás uma chuva de chumbo quente que ia penetrando em suas carnes. O Padre bambeou a perna, ainda deu para ver quando rodopiou em torno de si e se agarrou nele, como se ele fosse seu último refúgio buscando ajuda, pareceu-lhe que pedia socorro. Não pode socorrê-lo tombou com o peito sangrando. Mesmo ferido, começou a atirar desesperado sem mirar em nada. Não procurava um alvo certo, atirava na direção de onde vinha o som dos tiros inimigos, já não ouvia nem sentia mais nada, estava anestesiado. Só percebia o impacto dos projéteis que o empurravam para mais longe, até trombar na cerca que circundava o bosque escuro, com suas árvores negras de carvão. Apoiou-se no arame, olhou distante aquele cenário triste. Sentiu um projétil entrar dilacerando suas costas, varando pelo peito. Sentiu-se explodir. Com um olhar perdido, na direção do bosque cinzento, balbuciou as últimas palavras:

(...) Beto?.....

(...) Pai?....

Para onde estão me levando? Preciso voltar, o Padre.